徳間[illegible]庫

警視庁極秘捜査班

南　英男

徳間書店

目次

第一章　連続猟奇殺人

1

死体なのか。

緊張感が一気に高まった。マネキン人形のような白っぽい物体が灌木《かんぼく》の向こうに転がっている。

仰向《あおむ》けだった。人形よりも生々しく見える。微動《びどう》だにしない。

剣持直樹《けんもちなおき》は、思わず立ち止まった。

ジョギング中だった。自宅マンション近くにある代々木《よよぎ》公園内を走っていた。まだ汗はにじんでいなかった。

八月上旬の早朝である。

東の空は斑《まだら》に明け初《そ》めていた。あたりに、人影は見当たらない。

剣持は遊歩道を逸《そ》れ、繁みに近づいた。

目を凝《こ》らす。やはり、マネキン人形ではなかった。

横たわっているのは女性の全裸死体だった。

頭には、真珠色のパンティーを被《かぶ》せられている。自分が穿《は》いていた下着だろうか。

伸びやかな肢体《したい》は瑞々《みずみず》しい。

体つきから察して、二十代と思われる。秘部には、黒いサインペンが突っ込まれていた。両脚は閉じた恰好《かっこう》だ。

剣持は屈《かが》み込んだ。

豊かに張った乳房は波動《はどう》していない。すでに息絶えていることは一目瞭然だ。

滑《なめ》らかな肌は紙のように白かった。首には、くっきりと絞殺痕が彫《ほ》り込まれている。

剣持は首に掛けたスポーツタオルを外して、遺体の胸部と股間を覆《おお》ってやりたい衝動に駆られた。しかし、それを実行するわけにはいかなかった。

三十八歳の剣持は警視庁の刑事である。どんなときも、事件現場はそのままにしておかなければならない。現場保存は鉄則だった。

ちょうど十日前に四谷署管内で酷似《こくじ》した猟奇殺人事件が発生し、一週間前に所轄署に捜査本部が設置されたばかりだ。

都内で殺人事件が起こると、所轄署刑事課強行犯《きょうこうはん》係、本庁機動捜査隊、鑑識班、捜査一課強行犯捜査殺人犯捜査係の面々がまず臨場《りんじょう》する。言うまでもなく、鑑識作業が最優先される。捜査一課の管理官が現場に赴《おもむ》くことも多い。当然、検視官も現場に臨む。

所轄署刑事と本庁機動捜査隊が一両日間、初動捜査を担《にな》う。その間に事件が片づくことは稀《まれ》だ。

警視庁は所轄署の要請を受けて、地元署に捜査本部を設ける。会議室や武道場に設営されることが少なくない。捜査一課の殺人犯捜査係員たちが出張《でば》り、所轄署の刑事たちと協力し合って事件の真相を解明する。

第一期捜査は現在、一カ月だ。かつては二十日間だった。それまでに事件が落着しなかった場合は、本庁の捜査員が追加投入される。

その時点で、地元署の刑事たちは捜査本部から離脱する。つまり、それぞれが自分の持ち場に戻るわけだ。後《あと》の捜査は、本庁の刑事たちに委《ゆだ》ねられる。

第二期捜査でも加害者が検挙されなかったら、第三期捜査に入る。難事件になると、延べ百人以上の本庁刑事が捜査本部に詰めることになる。

本庁捜査一課には約四百五十人の課員がいるが、その半数はたいがい都内の各所轄署に出向いている。

ちなみに、捜査本部事件の諸経費は所轄署が全額負担する。所帯の小さな警察署だと、同じ年に二件以上の殺人事件が管内で発生すると、年間予算は吹っ飛んでしまう。

東京の深川で生まれ育った剣持は都内にある有名私大の法学部を卒業し、警視庁採用の一般警察官《ノンキャリア》になった。

子供のころから正義感は強かったが、別に青臭い使命感に衝《つ》き動かされたのではない。単に平凡なサラリーマンにはなりたくなかっただけだ。

職業選択の理由は、それだけだった。妙な気負いはなかった。

それでも剣持は、なんとなく刑事には憧《あこが》れていた。拳銃を携行《けいこう》できることは大きな魅力だが、制服は苦手だった。

剣持は一年間だけ交番勤務をすると、池袋署刑事課強行犯係に転属になった。その後、築地《つきじ》署、高輪《たかなわ》署と移り、二十七歳のときに本庁捜査一課強行犯捜査殺人犯捜査係に抜擢《ばってき》された。所轄署時代の活躍ぶりが高く評価されたのだろう。

剣持は素直に喜んだ。幾分、誇らしい気持ちになったことをいまでも憶《おぼ》えている。

殺人犯捜査係は第一係から十二係まである。いずれかの班が所轄署に設営された捜査本部に出向く。

剣持は一貫して殺人事案《じあん》を手がけ、二年数カ月前に第三強行犯捜査殺人犯捜査第七係の係長になった。主任のころに警部に昇格していたとはいえ、まだ三十六歳だった。スピード出世である。

といっても、剣持はいわゆる点取り虫ではない。それどころか、ポストには拘《こだわ》っていなかった。現場捜査に携《たずさ》わっていられれば、それで満足だった。

殺人犯捜査はハードだ。地道に聞き込みを重ね、捜査対象者の自宅を徹夜で張り込むことも珍しくない。時には、逆上した被疑者が刃物を振り回したりする。剣持は容疑者に銃口を向けられたこともあった。

それでも殺人犯を追い詰め、手錠を打ったときの達成感は大きい。容疑者に翻弄《ほんろう》されたりして苦労した場合は、勝利感さえ味わえる。

係長になって一年近く過ぎたころ、剣持は担当管理官に高級レストランの個室《コンパートメント》に呼び出された。そうした前例はなかった。

担当管理官は東大出の警察官僚《キャリア》で、唯我独尊《ゆいがどくそん》タイプだった。ノンキャリア組をいつも見下《みくだ》していた。そんな上司が深々と頭を下げ、親しくしている友人が引き起こした事件を迷宮入りにしてくれないかと切り出した。

剣持は一瞬、我が耳を疑った。だが、空耳ではなかった。管理官は真顔《まがお》だった。

上司の友人は愛人のクラブホステスと痴話喧嘩の末に相手を強く突き飛ばし、脳挫《のうざ》傷《しょう》を負わせて死なせてしまったのだ。剣持は圧力には屈《くっ》しなかった。すぐにも管理官の友人を傷害致死容疑で検挙する気でいた。

裁判所に逮捕状を請求する直前、担当管理官をかわいがっている警察庁幹部から横槍が入った。

せめて被疑者を過失致死容疑にしてやれという指示だった。指示というよりも、命令に近かった。やむなく剣持は、妥協する振りをした。一般警察官《ノンキャリア》の立場は弱い。圧力に屈した真似をするほかなかった。

二十九万人近い警察組織を支配しているのは、およそ六百人の警察官僚《キャリア》だ。

キャリアたちの結束は固い。一部のエリート官僚たちは、巨大組織を私物化している。政財界人の圧力に抗しきれずに、傷害、恐喝、贈収賄《ぞうしゅうわい》の事実を揉《も》み消したケースは数多い。

剣持は、キャリアたちの横暴な要求を敢然と突っ撥《ば》ねた。

もともと筋の通らないことは嫌いだった。打算や思惑《おもわく》で、警察官が真相から目を逸《そ》らすのは堕落だ。剣持は権力や権威にひざまずくことを最大の恥だと考えている。反骨精神を棄《す》て、腰抜けに成り下がりたくなかった。

警察は、軍隊そっくりな階級社会だ。

権力を握っているキャリアたちに逆《さか》らえば、間違いなく前途《ぜんと》は閉ざされてしまう。

剣持は警察庁幹部を欺《あざむ》いたわけだ。何らかの厭《いや》がらせをされることは覚悟していた。

案の定《じょう》、次の人事異動で本庁交通部運転免許本部に飛ばされた。あからさまな仕返しだった。陰険すぎる。

剣持は憤《いきどお》りを覚えた。

上司と警察庁幹部をぶちのめしてやりたかった。尻《けつ》を捲《まく》ることはたやすい。だが、そうしたら、敗北ではないか。

剣持は転属先で、黙々と職務をこなした。しばらく夜ごと深酒をし、暗い日々を送っていた。

そんなある晩、捜査一課長の鏡恭太郎《かがみきょうたろう》警視と理事官の二階堂泰彦《にかいどうやすひこ》警視が打ち揃って自宅に訪《たず》ねてきた。

五十四歳の鏡課長は、ノンキャリア組の出世頭である。大学の二部を出た苦労人で、長いこと捜査畑を歩いてきた。落としの恭《きょう》さんの異名を持つ。

ている。侠気《おとこぎ》もあった。
外見はいかついが、神経は濃《こま》やかだった。どの部下たちにも必ず犒《ねぎら》いの言葉をかけ
一男一女を育て上げ、同《おな》い年の妻と杉並区内の戸建て住宅で暮らしている。酒豪だ。
しかし、酒席で乱れたことは一度もない。
捜査一課の参謀である二階堂理事官は、エリートの警察官僚だ。もうひとりの理事
官と十人の管理官を束《たば》ねる要職に就《つ》きながらも、きわめて謙虚だった。
誰とも分《わ》け隔《へだ》てなく接し、常に穏《おだ》やかさを崩さない。賢さも決してひけらかさなか
った。真の優《すぐ》れ者なのだろう。
まだ四十九歳だが、額は大きく後退している。細身で、知的な風貌だ。二階堂警視
はキャリアには珍しく、まったく上昇志向がなかった。もともと無欲なのだろう。
警察庁に同期入庁したキャリアが早々と警視庁の警備部部長になっても、特に羨《うらや》ま
しがる様子はなかった。警視庁の警備部と公安部は出世コースである。理事官は官僚
仲間たちとは距離を置いているが、別に変人ではない。
二階堂は早婚だったせいで、すでに一歳半の孫娘がいる。ひとり娘が大学を中退し、
シングルマザーになったのである。実家に母子ともに身を寄せているらしい。
理事官の妻は、人気絵本作家だ。シングルマザーの娘は介護施設で働いている。給

料は安いようだ。

鏡課長は、思いがけないことを打ち明けた。

非公式に捜査一課別室極秘捜査班を結成し、第一期捜査で落着しなかった捜査本部事件や迷宮入りしかけている事案をチームメンバーに解決させる心積もりだという。警視総監、副総監、刑事部長は承認済みらしい。

まとめ役の班長には、二階堂理事官を充《あ》てることは決定しているそうだ。また、別室の刑事部屋として西新橋三丁目にある雑居ビルのワンフロアを借り上げたという話だった。

剣持は、現場捜査チームの主任にならないかと打診された。チーム入りした場合は、本庁総務部企画課に異動させるという。いわゆるカモフラージュ人事だ。

剣持は二つ返事で快諾《かいだく》した。殺人事件の捜査活動には未練があった。望みが叶《かな》うなら、隠れ刑事になってもかまわない。

メンバーには本庁捜査二課知能犯係として大型詐欺、汚職、企業犯罪を担当してきた美人巡査長の雨宮梨乃《あまみやりの》のほか、捜査三課スリ係主任の徳丸茂晴《とくまるしげはる》警部補と組織犯罪対策部第四課の城戸裕司《きどゆうじ》巡査部長を加える予定らしい。剣持は、その三人とは顔見知りだった。

雨宮梨乃は現在、二十七歳の美女だ。犯罪心理学をマスターしていた。事件関係者の表情、仕種《しぐさ》、話し方などで、心の動揺や虚言をたちまち見抜く。それこそ嘘発見器《ポリグラフ》並だった。

頭の回転が速《はや》く、セクシーでもある。それでいて、男に決して媚《こ》びたりしない。いつも凜《りん》としている。私生活は謎だらけだ。

四十二歳の徳丸は、職人気質《かたぎ》の刑事である。

立場を超《こ》えて、伝説に彩《いろど》られた老スリと親交を深めている。そのせいか、芸術的な盗みの技を習得していた。

徳丸は頑固一徹だが、不器用な生き方しかできない者たちには優しい。スリの常習者たちの更生に身銭を切ることも厭《いと》わない。それだけではなかった。働き口まで見つけてやっていた。

夫の浪費に呆《あき》れ、妻は三年前に結婚生活を解消した。徳丸は目下、行きつけの小料理屋の女将《おかみ》に想《おも》いを寄せている。

そのくせ、顔を合わせるたびに憎まれ口をたたく。照れ隠しなのだろう。

徳丸は警察社会のルールを無視して、職階が上でも自分よりも若い者には決して敬語は使わない。警察官僚たちに対しても同じだった。その徹底ぶりは小気味いいほどだ。

城戸は強面《こわもて》の大男である。身長は百九十センチ近く、筋骨隆々としていた。肩はアメリカンフットボールのプロテクターのように分厚い。組織犯罪対策部第四・五課に長く所属していたから、裏社会にはめっぽう精《くわ》しかった。風体《ふうてい》はやくざそのものだが、人柄は悪くない。酒も好きだが、スイーツに目がなかった。

恋人は競艇選手だ。ちょくちょく地方のボートレース場に遠征しているらしく、昼食を摂《と》りながら、よくメールを送信しているという噂が庁舎内に広まっていた。

剣持は一年数カ月前から、極秘捜査班の主任を務《つと》めている。最初の一、二カ月はどこかぎこちなかったが、いまはチームワークに乱れはない。

メンバーの四人はペーパーカンパニー『桜田企画』の事務所をアジトにして、これまでに八件の殺人事件を解決していた。

といっても、チームの活躍が公《おおやけ》にされたことはない。剣持たち四人は表向き総務部企画課に属していることになっていたからだ。

ダミーの『桜田企画』は広告デザイン会社を装っているが、むろん営業活動はしていない。俸給のほかに危険手当の類《たぐい》が付くわけではないが、メンバーが殉職した場合は遺族に五千万円の弔慰金《ちょういきん》が支払われることになっていた。

剣持は、遺体を仔細《しさい》に観察した。

明らかに死後硬直が見られる。被害者はどこか別の場所で殺害され、公園内に遺棄《いき》されたようだ。

剣持は視線を巡らせた。

被害者の物と思われる衣服、靴、バッグなどはどこにも落ちていない。遺体の周辺に靴痕が幾つか散見できるが、ほかに犯人の遺留品は目に留《と》まらなかった。

剣持は亡骸《なきがら》に合掌し、ゆっくりと立ち上がった。

五、六メートル離れてから、私物の携帯電話で一一〇番通報する。ちゃんと氏名を明かし、身分も隠さなかった。

いつの間にか、朝陽《あさひ》が昇りはじめていた。真夏の陽射《ひざ》しは強烈だ。じっとしていても、汗が噴《ふ》き出してくる。きょうも暑くなりそうだった。

剣持は額に小手《こて》を翳《かざ》しながら、近くの木陰に入った。

五分ほど待つと、四人の制服警官がひと塊《かたまり》になって駆け込んできた。代々木署地域課の巡査と巡査長だった。

剣持は名乗って、遺体を発見したときの状況を詳しく話した。口を閉じたとき、次に所轄署刑事課強行犯係の五人が到着した。

先頭にいるのは、旧知の友納《とものう》 修治《しゅうじ》係長だった。

五十三歳の警部補だ。高卒の叩き上げだが、卑屈《ひくつ》な面は一度も見せたことがない。性格は磊落《らいらく》だった。

「剣持さんが第一発見者だとか？」

「そうなんですよ。園内の遊歩道をゆっくりと走ってたら、植え込みの向こうにマネキン人形のような物が見えたんで、近寄ってみたら……」

「死体《ロク》だったんですね？」

「ええ。被害者《マルガイ》は素っ裸で頭からパンティーを被せられて局部にサインペンを挿入《そうにゅう》されてたんで、十日前に四谷署管内で発生した猟奇殺人事件の犯人《ホシ》の犯行《ヤマ》かもしれません」

「手口が同じなら、おそらく同一犯の仕業《しわざ》なんでしょう」

「そう考えられますね。十日前の事件《ヤマ》の被害者は、二十代の女性だったんじゃなかったかな」

「ええ、そうです。二十五歳で、確か税理士事務所で働いてたはずですよ。えーと、名前は相沢真帆《あいざわまほ》だったかな。その彼女もレイプされて絞殺され、自分のショーツを頭から被せられてました」

「どこかで殺害され、花園《はなぞの》神社の境内《けいだい》に遺棄されたんでしたよね？」

「その通りです。四谷署は被害者の体内の遺留精液から、岩松陽一《いわまつよういち》って男を重参（重要参考人）と目《もく》したようですよ」

「そいつには、性犯罪の前科《マエ》があるんですか？」

剣持は訊《き》いた。

「ええ。岩松陽一は十一年前、当時二十歳《はたち》だった美容専門学校生の娘《こ》を野方《のがた》署管内の廃ビルに連れ込んで辱《はずか》しめてから、樹脂製の結束《けっそく》バンドで絞殺したんですよ。被害者の衣服を剝《は》いで、頭に脱がせたショーツを被せて、性器にサインペンを……」

「手口は同じようだな。しかし、そのときは殺害現場に被害者を置き去りにして逃げてる。十日前の事件の被害者は北新宿の空き地で殺害されて、その遺体は花園神社まで運ばれたんでしょ？」

「ええ」

「岩松という奴は十一年前の犯行《ヤマ》で、どのくらい服役したんだろうか」

「九年数カ月の刑期《ツトメ》を終えて、仮出所したはずです。いまは三十五歳で、親類が経営してる自動車部品工場で働いてるようです。昔の同僚が新宿署にいるんですよ。その男から得た情報です」

「そうですか。四谷署に置かれた捜査本部《チョウバ》は、遺留体液から岩松を重参と見たんだろうな」

「そういう話でしたね。血液型がＡ型と一致しただけではなく、ＤＮＡ型鑑定で岩松と特定されたそうです」

「そういう決め手があるのに、なんで岩松を逮捕《パク》らないのかな」

「岩松には一応、アリバイがあるみたいなんですよ。それから岩松は、相沢真帆って娘《こ》を殺《や》ってないと強く犯行を否認してるんだそうです」

「ＤＮＡ型鑑定で遺留精液が岩松のものと断定されたんなら、真犯人《ホンボシ》と考えてもいいと思うがな」

「多分、誤認逮捕を恐れて慎重になってるんでしょうね。というのは、被害者の唇、乳房、性器周辺には岩松の唾液、汗、皮脂《ひし》、体液などは付着してなかったらしいんですよ」

「それは妙だな。誰かが何らかの理由で、岩松に罪をなすりつけようと企《たくら》んだんだろうか」

「その可能性がないわけじゃないんで、まだ令状《オフダ》を請求できないんでしょう。代々木《よぎ》署の地域課の者が事情聴取させてもらったでしょうが、念のために……」

友納が申し訳なさそうに言った。剣持は、ふたたび経緯《いきさつ》を語った。

事情聴取が終わったとき、本庁機動捜査隊のメンバーが到着した。少し遅れて、捜査一課殺人犯捜査第五係の刑事たちがやってきた。担当管理官の顔も見える。

「わたし、遺体《ホトケ》の顔を拝んできます」

友納が軽く頭を下げ、剣持から離れた。入れ代わるように機動捜査隊の菊地等《きくちひとし》主任が大股で接近してきた。三十七歳で、階級は警部補だ。

「剣持さんが通報してくださったんですってね？」

「そうなんだ。総務部企画課に飛ばされちまったが、まだ警察官《サツカン》だからな。一一〇番通報しないわけにはいかないだろ？」

「ええ、それはね。捜一のエースだった剣持さんを島流しにするなんて、上の連中はどうかしてるな。それはそうと、剣持さんは総務部にはまったく顔を出してないって噂が流れてるんですが、真偽はどうなんです？」

「事実だよ。転属先の課長が別に職務を果たさなくてもいいと言ったんで、毎日が非番みたいなもんさ」

「そんなことを言ったんですか⁉　企画課長は、剣持さんが腐って依願退職するのを待ってるんでしょう。やり方が陰湿だな」

「おれは、意地でも辞表なんか書かない」

「当然ですよ、それは。理不尽な異動なんですから、厭がらせになんか負けないでください」

「ああ、しぶとく粘《ねば》るよ。菊地、本事案の被害者《マルガイ》の身許《みもと》割り出しには時間がかかりそうなのか？」

剣持は問いかけた。

「身許は、ほぼ判明してるんですよ。尾崎奈緒《おざきなお》、二十四歳だと思われます。飲料水メーカーのパソコン・オペレーターですね」

「そう」

「一昨日《おととい》の夕方から被害者と連絡が取れないとかで、家族から目黒の碑文谷《ひもんや》署に捜索願が出されてたんですよ」

「それだけで、よく身許が割れたな」

「きのうの夕方、尾崎奈緒のネーム入り麻の上着とバッグが渋谷区内のごみ捨て場で発見されたんです。バッグには、勤め先の身分証明書が入ってました」

「そういうことなら、間違いないんだろう。所轄の友納係長は十日前の猟奇殺人事件と同じ犯人《ホシ》の仕業と睨《にら》んでるようだが、そっちはどう筋《すじ》を読んでるんだい？」

「そう推測してもいいでしょうね。なんせ手口がそっくりですから」

「そうみたいだな」

話が途切《とぎ》れた。

ちょうどそのとき、本庁鑑識課検視官室の主任検視官と助手の若い心得《こころえ》が臨場した。

殺人事件の被害者は必ず検視を受ける。ただ、全国にはおよそ三百六十人の検視官しかいない。検視官が現場を踏めないときは、十年以上の捜査歴のある刑事が検視を代行する。

老練な捜査員であっても、法医学の知識をマスターしているわけではない。検視を代行した者が、自殺や事故を装った他殺を見抜けない例もある。

そうしたことを防ぐため、殺された人たちは司法解剖される決まりになっている。

事件現場では予備検視が行われるだけだ。本格的な検視は、所轄署の死体安置所でされている。

昭和二十三年まで二十三区内で起こった殺人事件の被害者は、東大か慶大の法医学教室で司法解剖されていた。いまは東京都監察医務院が担っている。ただ、三多摩地区など都下の受け持ちは慈恵《じけい》会医大か杏林《きょうりん》大だ。

「本件の遺体《ホトケ》は大塚の東京都監察医務院に運ばれるんだな？」

「はい、そうです。剣持さん、検視に立ち合わせてもらいましょう」

「そうするか」

剣持は、菊地と死体のある場所に向かった。

2

誰かに尾行されていないか。

剣持は路肩《ろかた》にたたずみ、懐《ふところ》から刑事用携帯電話《ポリスモード》を取り出した。ポリスモードは、五人との同時通話が可能だ。写真や動画の逆受信は、本庁通信指令本部かリモートコントロール室を介して行われている。

事件の被疑者や指名手配犯の顔写真・動画は一分以内に送受信される。実に便利なツールだ。制服警官たちには、Ｐ《ピー》フォンが支給されている。どちらも、民間人が通話を傍受することはできない。

現在地は西新橋三丁目だ。数十メートル先の右側に八階建ての雑居ビルがある。

その五階が極秘捜査班のアジトになっていた。『桜田企画』というプレートしか掲げられていない。

代々木公園で絞殺体を発見してから、およそ十二時間が経過している。午後五時過ぎだった。

二階堂理事官から電話があったのは、二時間近く前だ。

そのとき、剣持は代々木上原《うえはら》の自宅マンションで寛《くつろ》いでいた。極秘捜査の指令が下《くだ》らなければ、メンバーはフリーだった。登庁の必要もなければ、秘密の刑事部屋に顔を出す義務も課せられていない。

理事官に呼集《こしゅう》をかけられ、剣持はすぐさま徳丸、城戸、梨乃の三人に連絡を取った。メンバーたちは、もう顔を揃えているかもしれない。鏡課長と二階堂理事官は五時半に別室に来ることになっていた。

剣持は着信の有無《うむ》を確かめる振りをして、あたりを見回した。本庁舎の九階の記者クラブに詰めているプレスマンの姿は見当たらない。ひとまず安堵《あんど》する。

剣持はポリスモードを折り畳み、大股で歩きだした。

雑居ビルに足を踏み入れ、エレベーターで五階に上がる。エレベーターホールのすぐ目の前に『桜田企画』の出入口があった。メンバーは全員、秘密刑事部屋のスペアキーを持っている。

　アジトは七十畳ほどの広さだ。出入口に近い事務フロアには四卓のスチールのデスクが置かれ、その右手には八人掛けの応接セットが据《す》えられていた。

　窓側には、会議室、無線室、銃器保管室が並んでいる。ガンロッカーの鍵は、リーダーの剣持しか持っていない。

　主な官給拳銃はシグ・ザウエルP230JPとS&WのCS40チーフズ・スペシャルだ。だが、極秘捜査班のメンバーは特別にアメリカ製のコルト・ディフェンダー、ブローニング・アームズBMD、AMTハードボーラーⅡ、オーストリア製のグロック25・28・31・32、イタリア製のベレッタ92FSなどの所持を認められていた。剣持は柔道と剣道はともに三段だが、射撃術は上級だ。

　三十メートル離れた十五センチの標的に二十発のうち十五発以上命中させなければ、上級とは判定されない。

　特殊訓練を受けたSAT《サット》やSIT《シット》隊員ほどではないが、剣持の射撃術はSPたちとほとんど差はなかった。メンバーは状況に応じて、ハンドガンを使い分けていた。

　剣持はアジトに足を踏み入れた。

　コーヒーテーブルを挟んで、梨乃と城戸が向かい合っている。美人刑事は下手《へた》な女優よりも容姿が整っていた。プロポーションも申し分ない。ファッションセンスも光っている。

「どこのヤー公が紛《まぎ》れ込んでるのかな」

剣持は城戸をからかった。

巨漢刑事は真っ黒い開襟シャツを着て、純白のスラックスを穿《は》いている。靴は、エナメルの白だ。右手首にはゴールドのブレスレットを光らせていた。

「派手っすかね？」

「ど派手だな。いまどき田舎のヤーさんだって、そんなダサい身なり《ナリ》してないんじゃないのか」

「ご挨拶だな」

「競艇選手の彼女はおまえのファッションを見て、どう言ってるんだ？」

「亜希《あき》は、アクション俳優みたいでカッコいいって言ってくれたんすよ」

「誉《ほ》められたと思ってるようだな」

「違うんすか⁉」

「おそらく、逆だろうな。あまりのセンスのなさに呆れてたんだろうが、城戸を落ち込ませたくないんで、そういう言い方をしたんだろう」

「主任、このシャツとズボン、亜希が選んでくれたんすよ」

「そうなのか。おまえら、お似合いのダサカップルみたいだな」

「そこまで言うことないでしょ！　おれと亜希は家の近くにコンビニもない片田舎で育ったから、東京っ子の剣持さんみたいに洗練されてないんすっ」

「城戸、出身地の問題じゃないよ。都会育ちでも、垢抜《あかぬ》けない奴は大勢いる。センスがあるかどうかさ」

「何がいけないんすかね？」

「ブレスレットと白いエナメル靴はいただけないな。昭和三、四十年代のチンピラじゃないんだからさ」

「ほかは何が悪いんだろう？」

「黒と白じゃ、コントラストが強すぎる。そういう配色は、彫りが深くて細身じゃないとな。ついでに言っておこう。城戸、そのスポーツ刈り、なんとかならないのか」

「おれ、汗かきっすからね。髪を長く伸ばすと、汗塗《あせまみ》れになっちゃうんすよ。それがいやなんす」

「ダサく見られるのはおれじゃなく、おまえなんだ。好きにすればいいさ」

剣持は憎まれ口をたたいて、梨乃のかたわらのソファに腰かけた。

「きついことを言うんですね」

梨乃が微苦笑する。剣持は曖昧に笑い返し、声を発した。

「徳丸《トク》さんはまだみたいだな。おれが電話したときはパチンコを弾《はじ》いてたようだが、その後、ツキが回ってきたんじゃないか」

「そうだとしても、五時半までには顔を出すんじゃないかしら？」

「ああ、そうしてもらわないとな」

「リーダー、コーヒーを淹《い》れましょうか？」

「いや、いまは飲みたくない」

「そうですか。極秘捜査の指令が下るのは、丸ひと月ぶりですね。不謹慎な言い方になりますけど、わたし、全身の細胞がにわかに活気づいた感じです。毎日が休日みたいだと、やっぱり時間を持て余しちゃいますから」

「そうだよな」

「十日前に花園神社の境内に遺棄されてた相沢真帆、二十五歳と尾崎奈緒、二十四歳を一日も早く成仏《じょうぶつ》させてやりましょうよ」

「被害者《マルガイ》の二人はクリスチャンだったのかもしれないぜ。そうだとしたら、成仏させられないんじゃないのか」

「もう！」

梨乃が甘く睨《にら》みつけてきた。剣持は笑いでごまかした。

「おれ、明日の午前中に山口に行こうと思ってたんすよ。亜希があと三日間、向こうの競艇に出場することになってるんでね。一レースもトップを獲《と》ってないんで、彼女、ちょっと元気がなかったんす」

「で、陣中見舞いに行くつもりだったわけか」

「そうなんすよ。一緒にスイーツを喰《く》って、甘美な一刻《ひととき》を過ごす予定だったんすけどね」

「城戸、予定が狂って残念そうだな。そんなに彼女が恋しいんだったら、今回は抜けてもいいんだぞ。おれが許可する」

「剣持さん、おれを仲間外れにしないでくださいよ。亜希に会って直《じか》に励ましてやりたいけど、職務を優先させるっす。ええ、そうするっすよ」

城戸が真面目な顔で宣言した。

元暴力団係刑事は多くの無法者たちと駆け引きしてきたはずだが、城戸は意外に純な面があった。冗談が通じなくて、戸惑ったことは一度や二度ではない。岩手県の出身だ。

「城戸さんは、亜希さんにぞっこんみたいね。それだけ恋愛にのめり込めるって、素敵なことだと思うわ」

梨乃がしみじみとした口調で呟《つぶや》いた。

「ずっと気になってたんだけどさ、梨乃ちゃんは何かで男性不信に陥《おちい》ったんじゃないの？　それだけの美人なんだから、切れ目なく恋愛してそうだけどな。いま、彼氏と呼べるような相手は？」

「いないわ」

「そっちはルックスも頭《ベテン》もいいから、理想が高いんだろうな。イケメンで、知力と体力に恵まれた男となると、そう多くはいないんじゃないの？」

「わたし、別に高望みなんかしてないの。外見はどうでもいいんだけど、好漢じゃなきゃね。ただの男はたくさんいるけど、漢《おとこ》と呼べる異性は少ないでしょ？」

「そうだな。参考までに教えてほしいんだけど、漢の条件は？」

城戸が訊《たず》ねた。

「まず自分の生き方の軸《じく》が定まってることね。確固たる人生観を持ってて、気骨がある。他者の悲しみや憂《うれ》いに敏感で、さりげなく思い遣《や》る優しさを持ってる。でも、厚意や親切を押し売りすることは絶対にしない」

「スタンドプレイは偽善的だし、野暮ったいよな？」

「ええ。相手の心に負担をかけるような温情や人情は駄目よね。第一、野暮だわ。あくまでも粋《いき》に他人を労《いたわ》って、そのことを誰にも気づかれないようにするのが真の好人物なんじゃない？」

「そうなんだろうな」

「そういう素敵な男性がいたら、わたしは命懸《いのちが》けで恋愛にのめり込んじゃうかもしれないわ」

「雨宮は理想が高いんだよ。そんな粋でカッコいい奴なんかどこにもいないさ」

剣持は半畳を入れた。

「そうですかね」

「そっちは大学で心理学を専攻したんだったな？」

「ええ」

「女性警察官《ジョケイ》になってから、犯罪心理学も勉強したんだよな。それで、かなり他人の心が読めるようになってしまった。どんな人間も愚かさや狡《ずる》さを持ってる。矛盾だらけで、揺ぎない生き方なんか簡単にはできるもんじゃない」

「ええ、そうでしょうね」

「雨宮は、夢見る少女なんだよ。もう小娘とは言えない年齢《とし》だが、いまだに、どこかに騎士《ナイト》がいてほしいと願ってるんだろう」

「そうなんでしょうか」

「人間、諦《あきら》めも必要だぜ。適当なとこで現実と折り合いをつけないと、どんな相手にものめり込めないぞ。雨宮には特に結婚願望はないようだが、仮に恋愛の心的外傷《トラウマ》を引きずってるとしたら、早く気持ちを切り替えるんだな」

「えっ⁉」

梨乃が、はっとした顔つきになった。

どうやら図星だったらしい。美人刑事はかつて交際していた相手に裏切られ、男性に対する不信感を強めてしまったのだろう。いったい過去に何があったのか。知りたい気持ちはあったが、さすがに詮索《せんさく》はできなかった。

「リーダーは漢の中の漢だと思うけどな。梨乃ちゃん、面倒臭いことは考えないでさ、剣持さんとつき合っちゃえば？　主任も特定の恋人はいないみたいだから」

城戸が言った。

「剣持さんは仕事仲間だわ」

「リーダーは文武両道だし、マスクも悪くない。いいカップルになると思うけどな」

「城戸、雨宮を困らせるなって。雨宮は魅力的な女性だが、おれは刑事《デカ》をやってるうちは誰ともくっつく気はないんだ」

剣持は応じた。

「もしかしたら、剣持さんは二刀流《バイセクシュアル》なんすか？」

「殴るぞ、やくざ刑事《デカ》！　おれは女一本槍だよ。あまり他人《ひと》には話したことがないんだが、おれと警察学校で同期だった奴が六年前に殉職したんだ。上野署の生活安全課にいたんだが、仮出所したばかりの組員に短刀《ドス》でめった突きにされて失血死してしまったんだよ。享年《きょうねん》三十二だった」

「昔、そんなことがあったすか。知らなかった」

「殺された同期の奥さんは夫が急死したことで心のバランスを崩して、三歳の息子を道連れにして入水《じゅすい》自殺を遂《と》げたんだ」

「気の毒にな」

「おれも、いつ職務中に命を落とすかもしれない。そのときに女房がいたら、前途を悲観させてしまうかもしれないだろ？」

「ええ、奥さんは途方に暮れちゃうっすよね」

「かけがえのない女性《ひと》をそんな目に遭《あ》わせたら、死んでも死にきれないだろうが？」

「そこまで自分を厳しく律《りっ》することはないんではありませんか？」

梨乃が口を挟んだ。

「雨宮、先をつづけてくれ」

「はい。民間人だって、病気や事故で急死するかもしれないんですよ。伴侶のことをそこまで心配したら、男も女も誰とも結婚なんかできないでしょう？　子供をもうけることにも、ためらってしまうと思うんですよ」

「だから、自分が死んだ後のことなんか考える必要はないってわけか」

「必要云々《うんぬん》ではなくて、運命は受け入れるほかないでしょ？」

「雨宮が言ったことはわかる。でもな、おれは同期の奥さんの母子心中のことが頭から離れないんだよ。だから、現場捜査をやってる間は家庭を持つ気はない。同棲にも、ためらいがあるな。一緒に暮らしてたら、相手の女性に情《じょう》が移る。結婚はしてなくても、妻みたいな存在なわけだから」

「主任はよく女の匂いをまとわりつかせてるから、ドンファンだと思ってました。だけど、案外、まともなんですね。意外に禁欲的《ストイック》なんだ」

「案外と意外は、余計なんじゃないか」

剣持はセブンスターをくわえた。

一服し終えたとき、徳丸茂晴がのっそりと入ってきた。パチンコの景品が入った袋を抱えている。無精髭《ぶしょうひげ》が目立つ。

「きょうは、いい台に当たったよ。四万のプラスが出て、端数の玉はチョコやクッキーに換えてもらったんだ」

「ごっつぁんです」

城戸が徳丸を見ながら、手刀《てがたな》を切った。

「おい、勘違いすんな。おまえが甘党でもあることは知ってるが、これは『はまなす』の佳苗《かなえ》ママにプレゼントするんだよ」

「そうだったんすか」

「城戸、少しは糖分を控えろや。おまえ、少し腹が出てきたんじゃねえのか」

「いや、腹に贅肉《ぜいにく》は付いてないっすよ。胴回りが少しでも太くなると、亜希が顔をしかめるんだよね。わたし、おっさんに乗っかられてんの？　厭味《いやみ》たっぷりに、そんなことを言うんですよ」

「それで女競艇選手は逆に城戸の上に跨《また》がって、腰を弾ませてるってか？　この野郎、のろけてるつもりかよっ」

徳丸が平手で城戸の頭を叩いて、景品の袋を卓上に置いた。

剣持は梨乃と顔を見合わせ、苦く笑った。

それから間もなく、鏡課長と二階堂理事官が連れだって訪れた。いつものように二人は、奥の会議室に足を向けた。剣持たち四人も会議室に移り、課長たち二人と向かい合った。

「一週間前から四谷署に出張《でば》ってる正規捜査員たちはまだ第一期捜査中だが、きみらの出番を早めることにした」

鏡警視が言って、剣持たち四人の顔を順に見た。四人は相前後してうなずいた。

「数時間前に東京都監察医務院から、代々木公園で剣持君が見つけた尾崎奈緒の司法解剖所見が届いた」

「課長、被害者の死亡推定時刻は？」

剣持は質問した。

「八月六日、つまり昨夜の十時から十二時の間と推定された。きのうのうちに尾崎奈緒は都内もしくは近郊のどこかで絞殺された後、代々木公園内に遺棄されたんだろうな」

「きのうの夕方、被害者の衣服やバッグなどが渋谷区内のごみ捨て場で見つかってるという話でしたから、被害者は裸で監禁されてたんでしょうね」

「そうなんだろう。死因は第一犠牲者の相沢真帆と同じく、頸部圧迫《けいぶあっぱく》による窒息死だった。遺留精液も、岩松陽一のものであることが明らかになった」

「尾崎奈緒の裸身に、岩松の唾液、汗、皮脂、体液はまったく付着してなかったんですか？」

「ああ、その通りだ」

「そうですか」

「謎は多いが、同一犯による連続猟奇殺人事件と判断してもいいだろう。なぜ犯人が殺害場所ではない所に亡骸《なきがら》を棄てたのか、不可解だがね。加害者なりの意図《いと》があったにちがいない」

「ええ、そうなんでしょう」

「いつものように理事官に第一事件の初動及び第一期捜査資料、それから第二事件の初動に関する情報を集めてもらった。もちろん、鑑識写真も含まれてる」

「わかりました」

「これまでと同様にメンバー全員がじっくりと捜査資料を読み込んで、明日から極秘捜査を開始してほしいんだ。例によって、捜査本部の連中に覚《さと》られないよう動いてくれないか」

「その点は心得てます。課長、数日中に代々木署にも捜査本部《チョウバ》が立つんでしょ?」

「そうなるだろうな。二階堂理事官と相談して、代々木署には九係の十三人を送り込もうと考えてる」

「そうですか。当然、捜査班のメンバーが交代で岩松陽一に張りついてるんでしょ?」

「もちろんだよ」

二階堂が課長よりも先に口を開いた。

「岩松の様子はどうなんです?」

「自動車部品工場にいつも通りに働きに行って、自宅アパートにほとんどまっすぐ帰ってるそうだ」

「高飛《ジャンプ》びしそうな気配は?」

「まったくうかがえないらしいんだ。相沢真帆とは一面識もないし、殺害は強く否認しつづけてるという話だったよ。担当管理官は、岩松が空とぼけてるんだろうと言ってたが、果たしてそうなのかどうか」

「岩松が犯行《ヤマ》を踏んだとしたら、堂々としすぎてるな。理事官、そうは思いませんか?」

剣持は二階堂に意見を求めた。

「わたしも、そう感じてるよ。逃げも隠れもしないのは、疚《やま》しさがないからなんだろうか。しかし、岩松は十一年前にレイプ殺人で九年以上も服役してる。犯歴のない者とは違って、強《したた》かなとこもあるからな」

「ええ、そうですね」

「そう考えると、岩松がしれーっと芝居をうってるとも疑いたくなるな」

「とにかく、極秘捜査班《う ち》で調べてみます」

「よろしく頼むよ」

二階堂が水色の分厚いファイルを長方形のテーブルの上に置いた。

「捜査資料は、いつものように四人分コピーしてくれたんですか？」

「そうしたよ」

「助かります」

「本事案の当座の捜査費として、現金四百万円を用意してきた。領収証は必要ないし、情報を金で買ってもかまわない。捜査費が足りなくなったら、いつでも補充するからね」

「わかりました」

「この蛇腹封筒に捜査費が入ってる」

「預かります」

剣持は、理事官が差し出した茶色い蛇腹封筒を両手で受け取った。ずしりと重かった。

3

捜査資料には二度、目を通した。

剣持は改めて鑑識写真の束を手に取った。アジトの会議室だ。鏡課長と二階堂理事官が本庁舎に戻ったのは、三十分ほど前だった。

ほかのメンバー三人は、まだ捜査資料を読み返している。

剣持は、第一犠牲者の相沢真帆の死体写真を捲《めく》りはじめた。最初の五枚は、発見時に撮《と》られた写真だった。被害者の頭部には花柄のパンティーが被せられたままで、顎《あご》先《さき》しか写っていない。

残りの六枚の写真は、どれもランジェリーは取り除かれている。税理士事務所で働いていた相沢真帆は、割に童顔だった。大学生に見えないこともない。器量は悪くなかった。

だが、死顔は苦しげに歪《ゆが》んでいる。眉根《まゆね》は寄せられ、薄目を開けていた。半開きの口からは舌の先が垂れている。

索条痕《さくじょうこん》が痛々しい。索溝付近には、防禦創《ぼうぎょそう》の爪痕が深く刻まれていた。

凶器は、樹脂製の結束バンドと推定されている。本来は工具や電線を束《たば》ねるときに用《もち》いられているが、針金並に強固だ。そんなことで、犯罪者たちは結束バンドを手錠代わりに使っている。

被害者の頸部の表皮は、ほとんど剝脱《はくだつ》していない。凶器が荒縄や電気コードだと、表皮剝脱箇所は多くなる。

検視の段階で、被害者の頸部に索条痕があって、舌を噛《か》んでいることはわかっていた。また、瞼《まぶた》や眼球に溢血点《いっけってん》があることも認められていた。検視官の診立《みた》て通り、司法解剖で死因は頸部圧迫による窒息死だと判明した。

死亡推定日時は、七月二十八日の午後九時半から同十一時半とされる。

殺害された相沢真帆は同じ時間帯に北新宿二丁目の商業ビル建設予定地で犯されて結束バンドで首を絞められ、全裸で花園神社の境内に遺棄された。遺体が発見されたのは、翌二十九日の午前六時ごろだった。

剣持は、第二犠牲者の死体写真を繰《く》りはじめた。

司法解剖所見の写しによると、尾崎奈緒の死因も頸部圧迫による窒息死だった。真帆と同様に飲料水メーカーのパソコン・オペレーターも尿失禁していた。凶器も結束バンドと推定された。

「剣持ちゃん、連続猟奇殺人事件に決まりだな」

斜め前に坐《すわ》った徳丸が捜査資料から顔を上げ、オールバックの髪を両手で撫《な》でつけた。

「そうなんでしょう」

「DNA型鑑定で二人の被害者の体内に残留してた精液が岩松陽一のものだとわかってるんだから、何もおれたちが支援捜査することもねえと思うがな。四谷署の捜査本部と代々木署は何をもたついてやがるんだ。焦《じ》れってえな」

「徳丸《トク》さん、岩松が犯人《ホシ》だとしたら、不自然な点が多いでしょ？　二人の被害者の体には、岩松の唾液、汗、皮脂、体液はまったく付着してなかったんですよ」

「岩松は十一年前に美容専門学校生の娘《こ》を強姦して殺《や》っちまったんだ。えーと、被害者《マルガイ》はなんて名だったっけな？」

「中里《なかざと》美寿々《みすず》ですね」

「おう、そうだった。強姦殺人で九年以上も服役してたんで、おそらく岩松陽一は足がつかねえようにしたかったんだろうよ。で、刃物で相沢真帆と尾崎奈緒を威《おど》して、いきなりマラをぶち込んだんじゃねえのか」

「徳丸《トク》さん、もう少しソフトな表現をしてよ。うちのチームは男ばかりじゃないんですから」

剣持は言いながら、かたわらに坐った梨乃の横顔を盗み見た。美人刑事は平然としていた。少しも動揺していない様子だ。

「雨宮は、もう娘っ子じゃねえ。もっとあけすけな言い方をしたって、恥ずかしがったりするもんか」

「そうかもしれませんが」

「岩松陽一はなるべく相手の肌に触れないように気を配りながら、ひたすら突きまくったんじゃねえの？」

「前科《マエ》を背負《しょっ》てる人間が欲情に任せて、そんな無防備なことをするだろうか。交わったまま果てたら、遺留体液から……」

「岩松は最初、スキンを使う気だったんだと思うよ。だから、柔肌に唇も舌も這《は》わせなかったんだろう。けど、つい興奮して、抜き身を穴ぼこに突っ込んじゃったんじゃねえか」

「徳丸さん、もう少し品のある言い方をしてもらえない？」

梨乃が笑顔でやんわりと窘《たしな》めた。

「下品だったかい？」

「ええ、だいぶね」

「確かに、そうだな」

「徳丸《トク》さん、話を脱線させないでほしいな」

剣持は窘《たしな》めた。

「あいよ。やっぱりスキンレスのほうが気持ちいいんで、岩松はナマで姦《や》っちゃったんだろうな」

「そうなんですかね」

「岩松は捨て鉢になってたのかもしれねえぞ。殺人の前科《マエ》があって、まともな働き口はなかった。で、母親の従弟《いとこ》が経営してる自動車部品工場で働かせてもらってる。けど、仕事はたいして面白くねえ。給料もあまりよくねえんだろうから、将来にはなんの光も見えない。いっそ死刑になって、この世とおさらばしたくなったんじゃねえのかな」

「そうだったとしたら、岩松は開き直って被害者たちと唇を合わせ、乳首も吸いそうすよね」

城戸が話に加わった。剣持は無言でうなずいた。

「そうか、そうだよな。刑務所にぶち込まれたら、もう女は抱けなくなる。岩松は柔肌を貪《むさぼ》って、シークレットゾーンもいじりまくりそうだな」

徳丸が言って、ハイライトに火を点《つ》けた。

剣持は釣られる形で、セブンスターをくわえた。

「初動捜査によると、相沢真帆の死亡推定時刻には岩松は板橋区弥生《やよい》町の自宅アパートでテレビを観《み》てたと供述してますよね」

梨乃が剣持に顔を向けてきた。

「そうだな。その夜、岩松の部屋に電灯が点き、テレビの音声が響いてたと両隣の入居者は証言してる」

「ええ、そうですね。でも、どちらも流し台やトイレの水音は聞こえなかったと口を揃えてます」

「ああ。意地の悪い見方をすれば、岩松が自宅アパートにいるように偽装工作して、こっそり外出したとも疑える」

「ええ。遺留体液が岩松のものであることは間違いないんでしょうか。入力ミスでD

ＮＡ型鑑定を誤ったケースは、過去に二、三件ありましたけどね」

「多分、入力ミスはなかったと思うよ」

「ですかね。岩松がアリバイを偽装した疑いはゼロではないと思うけど、犯人《ホシ》だとしたら、あまりにも間抜けです」

「さっき徳丸《トク》さんが推測したように岩松が捨て鉢になってるんだったら、無防備に犯行《ヤマ》を踏んだかもしれない。そうだったとしたら、被害者の体に岩松の唾液、汗、皮脂、体液がくっついてたはずだ」

「ええ、そうですね。そのことを考えると、岩松は誰かに濡衣《ぬれぎぬ》を着せられたと筋を読むべきなんじゃないのかしら」

「第一事件の初動と第一期捜査情報によると、岩松が誰かと揉めてたという証言はまったくなかったらしい。特定の彼女はいないようだから、痴情《ちじょう》の縺《もつ》れで交際相手が岩松を陥《おとしい》れようとしたなんてこともないだろう」

「でしょうね」

「リーダー、十一年前の強姦殺人事件の被害者の血縁者か恋人が復讐心から岩松を犯人に仕立てようとしたとは考えられないっすか？」

テーブルの向こう側で、城戸が言った。

「中里美寿々が殺害されたのは、十一年も前だぜ。遺族や被害者の彼氏が仮に復讐心を燃やしてたとしたら、仮出所したばかりの岩松をレイプ殺人犯に仕立てそうだがな」

「早く報復したいと考えてたけど、岩松の精液を手に入れることができなかったんじゃないんすかね？」

「そうか。城戸、いいことに気づいてくれたな。岩松に何か恨みを持ってる人間が何らかの方法で彼の体液を手に入れて……」

「スポイトか何かを使って、被害者の性器に岩松の精液を注入したのかもしれないっすよ」

「そう考えれば、相沢真帆の体に岩松の唾液や汗が付着してなかったことの説明がつくな」

剣持は、短くなった煙草《たばこ》の火を灰皿の底で揉み消した。

「ええ、そうっすね」

「ただな、中里美寿々の遺族か恋人が岩松に憎しみを感じてたとしても、なんの利害もない相沢真帆を犠牲にしてもかまわないとは思わないだろうが？」

「そっか、そうっすね」

「なんの罪もない相沢真帆と尾崎奈緒の命を奪ってでも、岩松をレイプ殺人犯に仕立てようとは考えないだろう」

「十一年前の犯罪《ヤマ》の被害者周辺の人間はシロっすかね？」

「だろうな」

「これまでの捜査情報によると、先月末に殺《や》られた相沢真帆は税理士事務所で働きながら、週に三回ほど歌舞伎町の『雅《みやび》』というクラブでヘルプをやってたみたいじゃねえか。語学留学の費用を稼ぐためにさ」

　徳丸が剣持に言った。

「そうみたいですね」

「客の誰かが真帆に言い寄ってたけど、冷たくあしらわれたんじゃねえのか。そのとき、プライドをひどく傷つけられたんじゃないのかね。で、その男は頭にきて、第三者の犯行に見せかけ、相沢真帆を殺《や》っちまった」

「だとしたら、徳丸《トク》さん、その男はどうやって岩松の体液を手に入れたんです？　その前に、そいつはなんだって岩松に濡衣を着せる気になったのかな」

「そこまでは考えてなかったんだ。元スリ係だからさ、どうしても刑事の勘を優先させちまう。おれの悪い癖だよな。それはそうと、真帆を口説《くど》きたいと思ってたクラブの客は昔の岩松の事件のことをよく憶えてて、裏便利屋か半グレの野郎を雇ってさ、レイプ殺人犯をどこかに監禁させたんじゃねえのか。それで、岩松にマスターベーションを強《し》いたんじゃないのかね。スキンを装着させてな。そうすりゃ、岩松の体液は手に入れられるわけだ」

「徳丸《トク》さんの筋読みにケチをつけるつもりはないんですが、きょう絞殺体で見つかった尾崎奈緒も第一事件と同じ手口で殺されました。遺留体液も、岩松のものと断定されてるんですよ」

「そうだったな。真帆を狙ってたクラブの客が尾崎奈緒とも接点があったと考えるのは、いくらなんでもご都合主義か」

「それは考えられないでしょうね」

「だろうな。くそっ、ガソリンが切れたみてえだ。『はまなす』あたりでガソリンを入れねえと、どうも頭が働かねえや」

「徳丸《トク》さん、もう少し待ってください。早く佳苗ママの店で飲みたいんだろうが、明日からの段取りをつけておきたいんでね」

「剣持ちゃんは、何か勘違いしてるな。『はまなす』には毎晩飲みに行ってるけど、佳苗ママがお目当てってわけじゃねえぜ。あの店は肴《さかな》がうまいし、家庭料理の味も悪くない」

「それだけじゃないでしょ？　保科《ほしな》佳苗さんに惚れてるんじゃないのかな。おれたちの目にはそう映ってますよ」

剣持は、城戸と梨乃に相槌《あいづち》を求めた。二人がほぼ同時にうなずく。

「みんな、誤解してるって。佳苗ママみたいな気の強い女は、おれの好みじゃねえって。飲み屋の女将なのに妙に気難しくて、気に入らねえ客は平気で店から追い出しちまう。もう三十五になったのに、子供みたいにわがままで損得を考えねえ。十九のときに水商売の世界に入ったんだから、もっと上手に客をあしらえばいいのによ」

「そう言ってるけど、徳《ト》丸さんは計算高い女は大嫌いなんですよね？」

「そうなんだが、佳苗ママは世渡りが下手すぎらあ。姐御《あねご》肌だから、若いホステスや黒服たちには慕《した》われてるみたいだけど、男を見る目がねえよ。ちょっと崩れた男にすぐ惚れて、結局は貢《みつ》がされることになるんだ。出来の悪い妹を見てるみてえで、おれはなんか女将のことが心配なんだよ。それだけだって」

徳丸が椅子の背凭《せもた》れに上体を預けた。一拍置いて、梨乃が口を開いた。

「主任、二つの猟奇殺人は連続事件と思い込んでしまったけど、尾崎奈緒の事件は模倣犯《ヤマ》の犯行なのかもしれませんよ」

「模倣犯の仕業？」

「ええ、ひょっとしたらね。代々木署と本庁《うち》の聞き込みで、尾崎奈緒は大学生のころからつき合ってた児島圭太《こじまけいた》、二十七歳と七カ月前に別れたことが明らかになりましたでしょ？」

「そう記述されてたな。別れた理由は、短い間だったが、児島が二股を掛けてたことが発覚したからだった」

「ええ、そうです。でも、児島はよりを戻したくて、しつこくつきまとってたようです。奈緒のほうは迷惑がって、児島をストーカー呼ばわりしてたみたいですよ」

「児島に尾行されてることに気づいた奈緒は路上で、大きな声で元彼を罵倒《ばとう》したらしいな」

「ええ。児島圭太がマスコミ報道で先月末の猟奇殺人事件のことを知って、模倣する気になったと推測するのは、あまりに説得力がないかしら？」

「リアリティーに欠《か》ける気もするが、ちょっと児島のことを調べてみてもいいな。模倣犯だったとしたら、どんな方法で児島は岩松陽一の体液を手に入れたのか。そいつが読めないな」

「そうですね」

「相沢真帆と尾崎奈緒の陰部に突っ込まれてた黒いサインペンのサイズとメーカーは同一だった。そのことから、おれ個人は二つの事件の加害者は同一だと睨んでるんだが、予断は持たないことにするよ。おれと雨宮は、尾崎奈緒の事件の真相を探《さぐ》ってみよう」

「はい」

「それじゃ、おれは城戸と一緒に先月の末に発生した猟奇殺人事件を洗い直してみらあ」

徳丸が言った。

「ええ、頼みます。明日からの捜査の活力源を『はまなす』で得るか」

剣持は、卓上の蛇腹封筒を引き寄せた。

帯封の掛かった百万円の束を三人の仲間に配る。それから剣持は、自分の捜査費を資料ファイルの間に挟んだ。

「みんなで、ガソリンを入れに行くか」

徳丸が捜査資料を手にして、真っ先に椅子から立ち上がった。城戸と梨乃が徳丸に倣《なら》う。

剣持は最後に会議室を出て、アジトの照明を落とした。四人は同じ函《ケージ》で一階に降りたが、少しずつ時間差をつけながら、ひとりずつ雑居ビルを後《あと》にした。

殿《しんがり》は剣持だった。『はまなす』は二百メートルほど離れた飲食店ビルの二階にある。

間口はさほど広くないが、カウンター席のほかに小上《こあ》がりがあった。佳苗ママがひとりで切り盛りをしている。

店に入ると、徳丸たち三人は奥の小上がりで座卓を囲んでいた。

カウンター席では、サラリーマンの常連客たちがビールを飲んでいる。三人だ。いずれも三十代だった。

着物姿の女将は、奥のテーブルにグラスと突き出しの小鉢を並べていた。

「ママ、きょうも色っぽいね。徳《トク》丸さんに見せたくて、粋な絽《ろ》の単衣《ひとえ》を選んだんだ？」

剣持は入店するなり、佳苗に声をかけた。

「違いますよ。徳丸さんなんか、浴衣《ゆかた》と絽の区別もわかりませんからね。何を着たって、いっぺんも誉めてくれたことがないの。本当に野暮な男ですよ」

「二人とも、もっと素直になればいいのに」

「え？」

「いや、こっちの話だよ」

「剣持さんは、いつもの芋焼酎《いもじょうちゅう》のロックね」

佳苗が確かめた。剣持は小さく顎《あご》を引いた。

「女将さんよ、鱧《はも》の梅肉和《ばいにくあ》えを突き出しにしたんじゃ、採算が合わねえんじゃないのか？　もっと商売っ気を出しゃいいのに」

徳丸が言った。

「うるさいわねえ。オーナーみたいな口をきかないでよ。わたしは、お客さんをもてなすことを第一に考えてるの！」

「不器用な女だな。もっと商売上手になりゃ、腕のいい板前を二人ぐらい入れて、ずっと店が繁昌するのにさ」

「わたしは食べていけりゃいいの。余計なお世話よ」

「そうかい。酒と肴をどんどん持ってきてくれ」

「わかってるわよ」

佳苗が頰を膨《ふく》らませ、カウンターの中に引っ込んだ。

「二人とも、相変わらずだね。どうしたら、両方が裸の心を晒《さら》し合えるようになるのかな」

剣持は肩を竦《すく》め、靴を脱いだ。小上がりに上がったとき、徳丸が自分の額を掌《てのひら》で打った。

「おっと、いけねえ。佳苗っぺにあげるチョコとクッキーを事務所に忘れてきちまったよ」

「パチンコの景品っすね？　おれ、取ってくるっすよ」

「いいって、城戸。あれ、おまえにやらあ」

「でも、せっかくプレゼントする気だったんだから……」

「いいんだよ。パチンコの景品なんかあげたら、佳苗っぺにケチって言われそうだからな。パチンコで四万以上浮いたんだから、今夜はおれの奢《おご》りだ。せいぜい売上に協力してやらねえとな」

「それじゃ、おれ、大トロの刺身もオーダーしちゃおう」

城戸が子供のようにはしゃいで、お品書きを開いた。すかさず梨乃が釘をさす。

「他人《ひと》の奢りだからって、高い肴ばかり注文したら、お里が知れるわよ」

「それじゃ、おれ、板《いた》わさにするかな」

「好きな肴をオーダーしろや。おれは金を持ってるんだ。ここに上がるとき、おまえの懐から札入れを抜いたんだよ」

徳丸がにっと笑って、上着の内ポケットから財布を取り出した。城戸が焦《あせ》った様子で自分の札入れを奪い取る。

「元スリ係が箱師《はこし》みたいなことをやるんだから、うかうかしてられないっすね」

「そのうち、城戸の魂《たましい》を抜いてやるか」

徳丸がにたついて、小鉢に箸《はし》を伸ばした。

剣持は目を細め、徳丸の横に胡坐《あぐら》をかいた。

4

頭が重い。

二日酔いだった。剣持はブラックコーヒーを啜《すす》った。代々木上原にある自宅だ。

借りているマンションは、小田急線代々木上原駅から徒歩五分の場所にある。間取りは2LDKだ。

前夜、『はまなす』を出たのは午後十時過ぎだった。梨乃と城戸は帰途《きと》についた。

どちらも都内のワンルームマンションに住んでいる。独身の警察官は原則として、単身者用宿舎に入らなければならない。

しかし、門限がある。先輩寮生たちに新入りはいじめられたりもする。そんなことで、もっともらしい理由をつけて民間アパートや賃貸マンションに移る者が多かった。

剣持は一度も宿舎に入ったことがない。二十六歳まで深川の実家で暮らしていた。三つ違いの兄が結婚したとき、剣持は生家の材木問屋を出た。それ以来、賃貸マンション暮らしをしている。現在の住まいは三軒目だった。

家業は、長男である兄が継いでいる。父は七年前に病死してしまったが、母は健在だ。長男一家と同居している。

剣持は徳丸と梯子酒《はしござけ》をして、午前三時過ぎに塒《ねぐら》に戻った。もうじき午前十時になる。そろそろ部屋を出て、西新橋の秘密アジトに向かわなければならない。

剣持は手早く身仕度を整えた。部屋の戸締まりをしてから、本庁機動捜査隊の菊地警部補のポリスモードを鳴らす。

スリーコールの途中で、電話は繋《つな》がった。

「剣持だ。何か手がかりになる遺留品《リュウ》は見つかった？」

「いいえ。遺体の周辺に足跡《ゲソ》があっただけなんですよ。尾崎奈緒の死体を代々木公園内に遺棄した人物が二十七センチの紐靴を履《は》いてたことはわかったんです。しかし、全国で三万足も販売されてる靴なんで、履物《はきもの》で割り出しは無理でしょうね」

「だろうな。地取りから何か手がかりは？」

「代々木署と手分けして、周辺一帯の聞き込みをやったんですが、まったく目撃情報は得られてないんですよ」

「そう。死体は午前三時前後に遺棄されたのかもしれないな。その時間帯、起きてる人間は少ないからさ」

「ええ」

「被害者《マルガイ》の衣類、靴、バッグなんかが一昨日の夕方、渋谷区内のごみ捨て場で見つかったそうだが、そっちの目撃証言もなしなのか？」

「そうなんですよ。代々木署の友納さんの部下たちが、ごみ捨て場周辺をくまなく回ってくれたはずなんですけどね」

「報道によると、尾崎奈緒は五日の午後五時二十分ごろに西新宿の勤務先を出てから消息がわからなくなったらしいが、そのあたりのことはどうなんだい？」

　剣持は探《さぐ》りを入れた。

「同僚のオペレーターたちの証言で、被害者が新宿駅東口の丸越デパートに注文してあった眼鏡《めがね》を引き取りに行くと言ってたそうなんですよ。ですが、デパートの眼鏡売場には行ってませんでした。その途中で加害者に拉致《らち》されて、どこかに監禁されてたんでしょうね。家族が被害者の捜索願を碑文谷《ひもんや》署に出したんで、最寄《もよ》り署は動きだしたんですが……」

「消息は不明のままだったわけか」

「そうなんですよ。先月の四谷署管内の事件と類似点が多いんです。同一犯の犯行であることは間違いないと思うんですが、岩松陽一をクロだと断定しきれない部分もあるんでね」

「勇み足をしたくないんだろう。被害者の彼氏だった男には、アリバイがあったんだったな」

「ええ。児島圭太は、被害者の死亡推定時刻には会社の同僚たち三人と池袋で飲んでたんですよ。飲食店の従業員たちも同じ証言をしてますから、児島はシロでしょうね」

「その児島と岩松には接点がなかったんだな？」

「いや、それが接点がないわけでもないんですよ。児島は去年の十月まで板橋区仲町《なかまち》のワンルームマンションに住んでました。岩松の自宅アパートは、隣町の弥生町にあります。二人は同じレンタルビデオ店とコインランドリーを利用してたんですよ」

「どちらかの店で、二人が顔見知りになった可能性はありそうだな」

「そうなんですが、二人が言葉を交わしてたとこを見たレンタルビデオ店の従業員はいませんでした」

「コインランドリーの防犯カメラの映像はチェックしたのか？」

「その店の防犯カメラは、去年の初夏ごろから故障したままなんです」

菊地が答えた。

「そうなのか」

「もしかしたら、そのコインランドリーで児島は岩松陽一と知り合った可能性がありますよね。児島は岩松とは会ったこともないと言ってます。岩松も児島なんて奴は知らないと言い張ってますけど、二人が口裏を合わせてるとも考えられますんで」

「そうだな」

「児島がよりを戻したがらない尾崎奈緒に腹を立て、岩松に殺人《コロシ》を依頼したのかもしれないと思ったんですよ。ですが、児島は相沢真帆にはなんの恨みもないわけだから、そういう読みは正しくないんだろうな」

「そういう状況なら、明日か明後日《あさって》には代々木署に捜査本部《チョウバ》が立ちそうだな」

「そうなるでしょうね。機捜《うち》としては、残念ですが。だいたい初動捜査に与えられる日数が少なすぎますよ。所轄署と我々の班が数日、地取りや鑑取《かんど》りをしたって、犯人《ホシ》の割り出しはできません。せめて十日は時間をもらわないとね」

「そうだな」

「所轄も機捜《うち》も別に無能ってわけではありません。与えられた日数が短すぎるんですよ。すみません！　こんなことを剣持さんに愚痴《ぐち》っても仕方ないんですけどね」

「菊地の言う通りだ。おれがキャリアだったら、初動日数を三倍にすべきだと提案できるんだが、こっちは総務部企画課に飛ばされたノンキャリアだからな」

「でも、島流しにされても、剣持さんは刑事魂を忘れてないんですね」

「そんな大層なことじゃないんだ。おれが尾崎奈緒の遺体を最初に発見したんで、なんとなく捜査の進み具合が気になるんだよ。それで、菊地に電話してみたんだ。忙しいのに、悪かったな」

剣持は電話を切って、刑事用携帯電話《ポリスモード》をベージュの綿ジャケットの内ポケットに収《おさ》めた。

そのすぐ後、部屋のインターフォンが鳴った。剣持は玄関ホールに急ぎ、ドア・スコープに片目を寄せた。来訪者は雨宮梨乃だった。

白い長袖シャツを粋に着こなしている。下はキャメルカラーのパンツだ。横浜育ちの梨乃は服装に気を配っている。流行を追うことはないが、いつも洒落《しゃれ》た恰好《かっこう》をしていた。

「侘《わ》び寝をしてる独身男を慰《なぐさ》めにきてくれたか」

剣持はドアを開けるなり、際《きわ》どい冗談を口にした。

「いまの言葉はセクハラになるんでしょうけど、わたしは聞き流せます。もう小娘じゃありませんから。どうせ昨夜《ゆうべ》は徳丸さんと飲み歩いて寝坊してるだろうと思って、叩き起こしに来たんですよ。でも、もう外出の準備はしてたんですね」

「せっかく来たんだから、冷えたコーラでも飲んでいけよ。少し前に機捜に電話で探りを入れてみたんだ」

「ここで結構です。それより機捜から何か情報が入りましたか?」

梨乃が問いかけてきた。剣持は詳しい話をした。

「児島圭太が板橋のコインランドリーで岩松と顔見知りになってたとしても、かつて恋人だった尾崎奈緒を始末してくれと頼んだりはしないでしょ?」

「だろうな。一応、児島にはアリバイがあるから、奈緒殺しの実行犯ではないだろう。しかし、知り合いの女に頼んで、岩松の体液を手に入れてもらった可能性はゼロじゃないよな?」

「ええ、それはね。でも、児島は相沢真帆と利害関係はないようだし、彼女の体内に遺留されてた精液が岩松のものだとは知らないはずですよね。マスコミは、そこまで報じてませんから」

「そうだな。しかし、児島が板橋のコインランドリーで岩松と知り合いになってたとして、十一年前の強姦殺人のことを聞かされてたら……」

「岩松をレイプ殺人犯に仕立てる気になったかもしれないとおっしゃりたいんですね？」

「そうだ。考えられないだろうか。少しこじつけっぽいが、児島は相沢真帆の事件報道を知って模倣犯を装って、裏サイトで見つけた殺し屋《プロ》に連絡をつけた。そして知り合いの女が手に入れてくれた岩松の体液の入った避妊具を渡し、かつての彼女を始末してもらったと推測できないこともないんじゃないか？」

「ちょっとストーリーの組み立てに無理があるような気もしますけど、児島に少し揺さぶりをかけてみます？」

「ああ、そうしてみよう。児島が勤めてる旅行代理店は東池袋一丁目にあるんだよな？」

「捜査資料には、『東邦《とうほう》ツーリスト』の池袋営業所はパルコの斜め前あたりにあると書かれてましたね」

「よし、行ってみよう」

「はい。わたし、車の中で待ってます」

梨乃がエレベーターホールに足を向けた。

剣持は六〇一号室のドアをロックしてから、一階に下《くだ》った。マンションの真ん前に、パーリーグレーのプリウスが見える。

『桜田企画』名義の車だった。もう一台の黒いスカイラインは、徳丸・城戸コンビが使用しているはずだ。

警察車輛のナンバーの頭には、たいていさ行《ぎょう》かな行の平仮名が付いている。また無線のアンテナも隠しようがない。

そんなことで、極秘捜査班はペーパーカンパニー名義の車輛かレンタカーを使っていた。聞き込みの際《さい》も、民間人に化けることが多い。やむを得ないときは、警察手帳を呈示《ていじ》している。

剣持はプリウスの助手席に乗り込んだ。

車内は、ほどよい涼しさだった。梨乃が車を発進させる。ハンドル捌《さば》きは鮮やかだった。

「新聞記者《ブンヤ》になりすますと、相手に問い合わせの電話をかけられる恐れがあるな。フリージャーナリストになりすまして、児島圭太に会おう」

「はい。わたしたち、模範的な警察官とは言えませんよね。身分を偽《いつわ》って、情報を集めてるんですから」

「おれたちが身分を明かして聞き込みをしたら、捜一の正規捜査員たちは面白くないだろうが？」

「でしょうね」

「それにテレビ局や新聞社の連中にチームのことを知られたら、鏡課長や二階堂理事官の立場がまずくなる。警視総監、副総監、刑事部長を庇《かば》って、課長と理事官は二人で相談して非公式の別室を設けたんだと矢面《やおもて》に立たされるだろうからな」

「そうなるでしょうね」

「おれたち四人は独身だが、鏡さんと二階堂さんは家族を背負ってる。職を失わせるわけにはいかないじゃないか」

「ええ」

「もともとおれたちは、はみ出し者なんだ。懲戒免職になっても、おのおのが図太く単独で生きていけるだろう。反則技を重ねてるが、そもそもチームに優等生はいなかったんだ。いまさら、真面目ぶることはないさ」

「捜査の仕方は正攻法ではありませんけれど、犯罪を少しでも減らしたいという思いは決して忘れてるわけじゃないんだから、わたしたちの流儀で社会の治安を守っていけば……」

「雨宮、それは建前だろ？　本音は、捜査という名のハンティングゲームを愉《たの》しみたいんじゃないのか？」

「主任、心理学者ですね。読まれちゃってましたか」

「わかるさ。自己弁護に聞こえるだろうが、法の番人だと肩肘《かたひじ》張るなんて、ダサいことじゃないか。人殺しを野放しにしておくのは、何かと危《ヤバ》い。だから、殺人者を獲物《ゲーム》と捉《とら》えて行き止まりに追い込む。そんなゲーム感覚で、凶悪犯罪者を狩る刑事《デカ》たちがいてもいいだろう。口先で綺麗ごと言ってるお巡りばかりだと、気持ち悪いじゃないか」

「ですね」

「三十代も後半になると、こういう詭弁《きべん》を弄《ろう》するようになる」

「うふふ。でも、建前と本音を狡《ずる》く使い分けてる偽善者集団にいると、ちょっとグレたくなっちゃいますよね」

「そうだな。おれたちは、はぐれ者の美学を大事にしようや。四十近くなって、こんなことを言ってるようじゃ、おれはかなり精神的に稚《おさな》いんだろうな」

剣持は自嘲して、口を結んだ。

二人の間に沈黙が落ちた。

児島の勤務先を探し当てたのは、三十数分後だった。梨乃がプリウスを『東邦ツーリスト』の池袋営業所の斜め前のガードレールに寄せる。

「おれが児島に鎌をかけたり、揺さぶるから、雨宮はいつものように相手の反応をじっくり観察してくれないか」

「わかりました」

二人は車を降り、旅行代理店の営業所に入った。

梨乃が接客カウンターに歩み寄り、女性社員に来意を告げる。児島は欠勤していた。逃亡を図ったのか。剣持は一瞬、そう思った。しかし、それは早合点だった。

「児島は、亡くなった知り合いの女性の仮通夜《かりつや》の手伝いをしたいんで、きょうと明日の二日間、休みを取ったんですよ」

女性社員が剣持に顔を向けてきた。

「そうなんですか」

「ご伝言を承《うけたまわ》りましょうか？」

「いや、出直します」

剣持は相手に言って、先に営業所を出た。すぐに梨乃が追ってくる。

「司法解剖後、尾崎奈緒の亡骸は自宅近くの『碑文谷セレモニーホール』に搬送されたと捜査資料に記《しる》されてました。おそらく今夕から、そのセレモニーホールで故人の仮通夜が営《いとな》まれるんでしょう」

「児島は、そのセレモニーホールにいそうだな」

「ええ、行ってみましょうよ」

「そうしよう」

剣持たちは、プリウスに乗り込んだ。梨乃がカーナビゲーションを操作して、『碑文谷セレモニーホール』までの道案内を乞《こ》う。

目的のセレモニーホールに着いたのは、五十数分後だった。幹線道路が渋滞気味で、思いのほか時間がかかってしまったのである。

プリウスごと地下駐車場に潜《もぐ》り、二人は一階の受付ロビーに上がった。すると、五十四、五歳の男が二十代後半の男と言い争っていた。

「とにかく、児島君、引き取ってくれ。きみは七カ月ほど前に奈緒と別れたはずだ。娘を裏切った奴には焼香なんかしてもらいたくないんだっ」

「奈緒さんに辛《つら》い思いをさせたことは悪かったと反省してます。でも、ぼくは彼女が大学一年のときから交際してたんです。奈緒さんと結婚したいと考えてたんですよ」

「しかし、きみは別の女性ともつき合ってた。だから、娘はきみとの関係を清算したんだよ。それなのに、きみは未練たらしく、ストーカーじみたことをしてた」

「それだけ奈緒さんのことが好きだったんです。だから、本気で彼女とやり直したかったんですよ。お父さん、どうかわかってください」

「気やすくそんな呼び方をするな。おとなしく帰らないと、一一〇番するぞ」

「せめて奈緒さんの遺体と対面させてください」

「断る！」

故人の父親は言い捨て、遺族控室の中に消えた。児島が近くのソファに坐り込み、頭を抱え込んだ。

剣持は児島に歩み寄った。児島が顔を上げる。

「あなた方は？」

「フリージャーナリストの剣持といいます。連れは、わたしのアシスタントです。『東邦ツーリスト』にお勤めの児島さんですね？」

「は、はい」

「わたし、主に犯罪ノンフィクション物を書いてるんですよ。きのうの早朝、代々木公園内で尾崎奈緒さんの絞殺体が発見されましたでしょ？」

「ええ。ぼくと奈緒は六年越しの仲だったんです。ちょっとした浮気が奈緒に知られて、彼女を怒らせちゃいましたけど、二股を掛けてたわけではないんですよ。別の彼女とは、ほんの遊びだったんです。相手も、そのつもりだったんだ。だけど、奈緒は潔癖な性分《しょうぶん》だから、ぼくのことを許せなかったんでしょう。ですが、とことんぼくのことが嫌いになったわけじゃなかったはずです」

「そう思ってるのは、単なるうぬぼれなんじゃないのかな。きみは尾崎奈緒さんにしつこくつきまとって、路上で罵倒されてる」

剣持は言った。

「どうしてそんなことまで知ってるんです!?」

「警察に知り合いがたくさんいるんだよ」

「そうなんですか」

「往来で大声で罵《ののし》られたりしたら、頭に血が昇《のぼ》っちゃうんじゃないのかな。たとえ相手が元恋人だったとしてもね」

「何か含みのある言い方だな」

児島が挑《いど》むように言って、すっくとソファから立ち上がった。

「短気だったり、病的にプライドが高い男なら、元彼女に路上で罵倒されたら、殺意を覚えるだろうな」

「おたくは、ぼくが奈緒を殺したと疑ってるのか!?　冗談じゃない。ぼくは本気で彼女とやり直すつもりだったんです。大事な女性《ひと》を殺すわけないでしょ！　ぼくには、れっきとしたアリバイがある」

「知り合いの刑事から、そのことは聞いてる。だからといって、殺人事件に関わってないとは言い切れないでしょ？　誰かに奈緒さんを始末させた可能性がまったくないわけじゃない」

「そんなのは屁理屈《へりくつ》だ。ええ、そうですよ」

「ところで、きみは板橋に住んでたころ、コインランドリーで岩松陽一と顔見知りになってないかい？　十一年前に美容専門学校生を強姦して絞殺した男なんだが。奈緒さんと同じように、そのときの被害者も頭部にパンティーを被せられ、局部に黒いサインペンを突っ込まれてた。手口がそっくりなんだ。レイプ殺人の前科のある岩松って奴が尾崎奈緒さんを殺したと疑えなくもないわけだ」

「手口が似てるってだけで、殺人の嫌疑をかけるのはよくないな。科学捜査の時代なんですから、ちゃんとした物証がないと、まずいでしょ？」

「疑える根拠はあるんだよ。奈緒さんの体内に遺留してた精液は、ＤＮＡ型鑑定で岩松陽一のものとわかったんだ」

「そうなんですか」

「正直に答えてほしいんだ。きみは以前、板橋のコインランドリーで偶然に一緒になったことがあるんじゃないのか？」

剣持は、児島の顔を見据えた。

「そんな名の男は知りませんよ。ほ、本当です」

「言葉を濁《にご》したな。目を逸らすなっ」

「逸らしてなんかいませんよ」

「いいえ、あなたは確かに少し視線を落としたわ」

黙っていた梨乃が口を開いた。

「言いがかりだよ、そんなの」

「児島さん、正直に話して！　あなたは、岩松陽一と面識があるのね。そうなんでしょ？」

「コインランドリーで二、三回、顔を合わせたことはありますよ」

「やっぱりね。そのとき、岩松は十一年前の事件を得々と喋《しゃべ》ったんじゃない？」

「そういうことはなかったと思うな。そう、なかったですよ」

児島の目は焦点が定まっていなかった。剣持は声を張った。

「事件に関することで嘘をついたら、きみは罪になるかもしれないんだぞ。本当のことを言うんだっ」

「わ、わかりました。岩松さんは洗濯物を乾燥中に唐突に『女を犯したことがあるかい？』と問いかけてきたんです。ぼくが首を横に振ると、強姦は最高のセックスだとか言って、十一年前のレイプ殺人のことを話しはじめたんですよ」

「被害者の頭にパンティーを被せて、性器に異物を挿入したことも聞いたんだな？」

「え、ええ」

「それで、ひょっとしたら、岩松の犯行に見せかけるために知人女性に彼の体液を手に入れてもらって、それを殺し屋に渡したのかな？」

「そ、そんなことはしてませんっ」

「まさか岩松に金を払って、尾崎奈緒さんを亡《な》き者にしてもらったんじゃないだろうな？」

「ぼくは、奈緒の事件には絶対に関与してません。天地神明に誓えますよ」

「まだ若いのに、年寄りっぽいことを言うんだな」

「ぼく、お祖母《ばあ》ちゃんっ子だったんですよ。両親が共働きだったんでね」

「ああ、それでか。参考までに教えてほしいんだが、先月の末に同じ手口で殺害された相沢真帆とは会ったこともないんだな？」

「ありませんよ。ぼくを犯罪者扱いしないでもらいたいなっ」

児島は剣持と梨乃を等分に睨《ね》めつけると、エントランスロビーから走り出た。全身に怒りがにじんでいた。

「雨宮、そっちの心証は？」

「シロでしょうね」

「おれも同じだよ。故人の遺族に会おう」

「普段のときとは違うんで、フリージャーナリストの取材には応じてくれないと思いますけど」

「だろうな。警察手帳《チョウメン》を出して、本庁《うち》の機捜が再聞き込みをしに来たことにしよう」

剣持は美しい相棒に言って、先に遺族控室に向かった。

第二章　不審者の逃亡

1

客席は半分も埋まっていない。

裏通りにあるせいだろうか。大手飲料水メーカーの本社の近くにあるパスタ専門店だ。

剣持たちコンビは、奥のテーブル席で並んで腰かけていた。二人の前には、尾崎奈緒のオペレーター仲間が腰かけている。

剣持たちは児島圭太が立ち去ってから、奈緒の両親に会った。しかし、新たな情報は得られなかった。そこで、故人の同僚たちをランチタイムに小さなイタリアン・レストランに誘い出したのだ。

っている。
剣持はフリージャーナリストになりすましていた。梨乃は、彼のアシスタントを装
剣持の正面にいるオペレーターは川岸茜《かわぎしあかね》という名で、二十五、六歳だった。梨乃
と向かい合っている小坂《こさか》すみれは、二十三、四歳だろうか。
「遠慮なく召し上がって」
梨乃が二人のパソコン・オペレーターににこやかに言った。
茜の前にはボンゴレ、すみれの前にはペペロンチーノの皿が置かれている。オペレ
ーターたちが顔を見合わせ、フォークを手に取った。
梨乃もペンネをフォークで掬《すく》い上げた。
「食べながら、取材に協力してほしいんだ」
剣持はくだけた口調で言って、カプチーノを口に含んだ。パスタは注文しなかった。
依然として、食欲がない。
「尾崎さんのこと、興味本位な記事にしないでくださいね」
川岸茜が口許《くちもと》に手を当て、剣持に話しかけてきた。
「まとめた原稿を週刊誌に載《の》せてもらおうとは思ってないんだ。先月の末に四谷署管
内で発生した類似事件と併《あわ》せて、硬派な総合月刊誌に寄稿する予定なんですよ」

「そうなんですか。それでも、猟奇的な描写は極力《きょくりょく》、抑《おさ》えてあげてくださいね。尾崎さん、とても恥ずかしい姿で発見されたでしょ？」

「そうだね。節度のある書き方をするつもりだから、安心してくれないか」

「お願いしますね」

「尾崎さんが消息を絶《た》った夕方のことなんだが、普段と様子が違ってなかったかな。思い詰めたり、怯《おび》えてるようには見えませんでした？」

「いつも通りでしたよ。早く丸越デパートに新しい眼鏡《めがね》を取りに行くと言って、わたしたちよりも先に会社を出たんです」

「そのとき、尾崎さんはひとりだったんだね？」

「ええ、そうです。彼女、仕事のときはコンタクトを使ってるんだけど、家では眼鏡をかけて読書したり、テレビを観《み》てるらしいんです。長く使ってた眼鏡が適《あ》わなくなったんで、新調したらしいんですよ。奮発《ふんぱつ》して高いフレームを買ったとかで、急いでデパートに向かったんだけど……」

「警察の調べで、尾崎さんがデパートの眼鏡売場には行ってないことがはっきりしてるんだ。丸越デパートに向かってる途中、犯人に拉致されたんだろうね。そして、どこかに監禁されてたんだろう」

「尾崎さんは人里離れた所を歩いてたわけじゃないのに、どうして拉致されたとこを誰も目撃してないんでしょう？」

「おそらく尾崎さんを連れ去った奴は巧《たく》みに刃物か拳銃で威《おど》して、素早く車の中に押し込んだんだろうな。あるいは、拉致は複数による犯行だったのかもしれない」

「テレビや新聞の報道によると、尾崎さんは発見される前夜に絞殺されたみたいですよね？」

小坂すみれが会話に加わった。

「そう。死亡推定時刻は十時から十二時の間だね」

「それまで尾崎さんは、ずっと犯人に性的暴行を加えられてたんですかね。そうなら、どんなに恐ろしくて惨《みじ》めだったでしょう。想像すると、かわいそうでたまりません。尾崎さんは、職場のみんなに好《す》かれてたんですよ」

「そうだったんだろうな」

「彼女は別れた彼氏につきまとわれてましたけど、児島という元恋人は怪しくないんですか？」

「その彼は、事件には関わってないようだね。取材で、そう確信を深めたんだ」

「そうなんですか。それじゃ、尾崎さんは運悪く性的異常者の餌食《えじき》になってしまったのかな？」

「そう考えてもいいだろうね。先月の末に同じ手口で殺害された相沢真帆という二十五歳の被害者の体内に遺留していた精液と血液型・ＤＮＡ型が同じものが尾崎さんの局部にも……」

「それじゃ、連続殺人の犯人は同じ男なんですね？」

「そう思われるし、疑わしい人物は十一年前にも同じ手口で専門学校生を絞殺してるんだよ」

「それなら、その男が連続殺人事件の犯人なんでしょう」

「その疑いは濃厚なんだが、尾崎奈緒さんと相沢真帆さんの唇や乳房に加害者の唾液、汗、皮脂、体液なんかがまったく付着してなかったんだよ。性行為にキスを含めた口唇愛撫は付きものだよね？」

「そ、そうだと思います」

「まるで前戯がなかったとしたら、不自然ってことになる。レイプ殺人の前科を持つ男が自分の犯行だとバレることを恐れて、あえてキスをしなかったり、肌が触《ふ》れ合わないようにしたと考えられなくもない。しかし、そこまで用心してたとしたら、スキンを使うはずなんだ」

剣持は言った。

すみれは目を伏せたまま、何も答えない。恥ずかしいのだろう。助け船を出す気になったのか、茜が言葉を発した。

「ええ、そうですよね。避妊具を装着しないで途中で男性が……」

「膣外射精するつもりでいても、透明な粘液はにじんでるはずだから、足がつかないという保証はないわけだ。ましてや性犯罪の前科のある奴が無防備に被害者たちをレイプするとは考えにくいんだよね」

「わたしも、そう思います。被害者の体内に精液なんか遺《のこ》したら、自分が加害者だとわざわざ教えてるようなものですから」

「川岸さんが言った通りだね。十一年前に強姦殺人事件を起こして九年以上も服役した男は、真犯人に濡衣《ぬれぎぬ》を着せられた可能性があるんだ」

「別の人が本当の犯人だとしたら、尾崎さんと相沢さんの二人は何かで恨まれてたのかな?」

「そうなのかもしれないが、少なくとも尾崎さんは元彼氏の児島と揉めてただけで、ほかに誰かとトラブってたという話は聞いてないんだ」

「そうでしょうね。尾崎さんは、他人《ひと》に恨まれるタイプじゃないもの。彼女と先月の末に殺害された相沢という女性とは何も接点はないんでしょ？」

「接点はないようなんだ」

「そんな二人が相次《あいつ》いで同じ手口で絞殺されたのは、たまたま不幸にも異常者の毒牙《どくが》にかかったと考えるべきなのかもしれないですね」

梨乃が剣持に語りかけてきた。

「そう推測できるんだが、どうもすっきりしないんだ。誰かがレイプ殺人の前科を持つ男に罪をなすりつけようとしたことは、ほぼ間違いないだろう。だが、どうして件《くだん》の性犯罪者を陥《おとしい》れようとしたのか。その動機が見えてこないんだよ」

「事件化しなかったけど、強姦殺人で服役した男はたくさんの女性を辱《はずか》しめてたんじゃないのかな」

「そのうちの誰かが……」

剣持は、危《あや》うく岩松陽一の名を口走りそうになった。コップの水を飲み、後の言葉を言い継《つ》ぐ。

「性的犯罪者に仕返しする気になって、連続猟奇殺人事件の犯人に仕立てようとした？」

「ええ。違いますかね」

「真犯人が復讐目的で、なんの罪もない二人の独身女性を殺害して、強姦殺人の犯歴のある男に罪を被《かぶ》せようとするだろうか」

「関係のない人たちを巻き添えにしてまで仕返しをするとしたら、かなり冷血な人間なんでしょうね」

「だろうな。そこまで非情になれるんだったら、自分でとっくに性的犯罪者に何らかの報復をしてると思うよ」

「ええ、そうでしょうね」

梨乃が口を閉じた。二人のパソコン・オペレーターは黙々と昼食を摂《と》っていた。

カプチーノを飲み干したとき、ポリスモードが剣持の懐《ふところ》で着信音を発した。刑事用携帯電話を摑み出し、ディスプレイに目をやる。発信者は徳丸だった。

「ちょっと失礼するよ」

剣持はオペレーターたちに断って、店の外に出た。

暑い。日陰に入って、ポリスモードを耳に当てる。

「徳《トク》丸さん、待たせて申し訳ない！」

「くそ暑いな。職務なんかほっぽり出して、プールにでも入りてえよ」

「そうですね。ところで、『雅』のママとホステスに会えました？」

「最初にママのマンションに行ったんだ。そしたらさ、ママはパトロンと風呂に入ってやがった。五十過ぎのママと浴室でいちゃつくパトロンの気が知れねえよ。もっとも何十店もディスカウントショップを経営してるパトロンは七十二、三みてえだから、愛人の裸身が眩《まばゆ》く見えるのかもな」

「徳丸《トク》さん、本題に入ってくださいよ」

「剣持ちゃんは、せっかちだな。江戸っ子だから、無理もねえか。おれなんか信州でのんびりと育ったから、おっとりしてるんだ。おっと、いけねえ。『雅』のママの話が事実だとすりゃ、先月の末に殺された相沢真帆はバイトでヘルプをやってたんだが、ベテランのホステス以上に中高年の男たちに媚《こび》を売ってたみてえだぜ」

「そうですか。捜査資料には、税理士事務所で地味に働いてて、同僚たちの評判も悪くなかったと記述されてたがな」

「地道に見えても、夜のバイトで語学留学費用を工面《くめん》する気になったんだから、実はドライで派手な面もあったんだろうよ」

「そうなんですかね」

「真帆は五、六十代の客に自分は二、三十代の男には興味がないとか言って、おっさんたちに上手に甘えてたみてえだぜ。それでさ、ブランド物のネックレスやバッグを買ってもらってたらしいよ。プレゼントされた物は落としたとか置き引きに遭《あ》ったと嘘ついて、どれもリサイクルショップで換金してたんだってさ」

「初動と第一捜査情報とだいぶ違うな、ママの話が事実ならね」

「真帆がよく付いてたホステスも同じようなことを言ってたから、殺害された被害者《マルガイ》の素顔は強《したた》かな性悪女《しょうわるおんな》だったんじゃねえのか」

「徳丸《トク》さん、それは言い過ぎでしょ？　相沢真帆は二十五歳だったんですよ。百戦練磨のホステスじゃなかったんだから……」

「いやいや、なかなかのタマだったらしいぜ。相沢真帆は六十四歳の重機リース会社の社長に気に入られたのをいいことに、そのおっさんを金蔓《かねづる》にしようと企んでたようなんだよ」

「その社長は、まとまった金を貢がされたのかな？」

「せびられた金は百数十万円らしいんだが、ロンドンの語学学校に留学してる間の生活費を出してくれたら、真帆は泊まりがけの旅行につき合うと甘く囁《ささや》いたんだってさ」

「にわかには信じられない話だな」

「女は魔物だぜ。おとなしそうに見えても、かなりの悪女だったなんて話はよく聞くじゃねえか。重機リース会社の社長は池内憲和《いけうちのりかず》って名なんだが、左手の小指の先っぽがないらしいんだ」

「小指飛《エンコ》ばしてるんですか。それじゃ、素っ堅気じゃないのかもしれないな」

「おれもそう思ったんでさ、城戸に池内のA号照会させたんだ」

「で、犯歴は？」

「恐喝《カツアゲ》と傷害のダブルで、十年前に三年弱ほど服役してたよ」

徳丸が答えた。

「もしかしたら、その池内という男は岩松陽一と同じ刑務所に入ってたんじゃないんですか？」

「外れだ。刑務所は別々なんだよ。けどな、池内と岩松は同じ保護司に世話になってたことがわかった。面倒見てもらってた時期は大きくずれてるんだが、その二人がいまも保護司宅をたまに訪ねてるとすりゃ、接点があるかもしれねえ」

「そうですね。池内って男は、元組員なんじゃないの？」

「今度はビンゴだよ。池内は四十一まで、竜昇会《りゅうしょうかい》に足《ゲ》つけてた。首都圏で九番目の勢力だから組織内で貫目《かんめ》が上がっても、関東御三家の幹部たちみたいなリッチな暮らしはできないと見切りをつけて、足を洗ったんじゃねえのかな」

「多分、そうなんでしょうね」

「その池内が六月中旬から急に『雅』に来なくなったんだってよ。七年前からの常連客だったらしいんだが」

「相沢真帆にいいようにカモにされたんで、腹を立てたんだろうか」

「『雅』のママは、剣持ちゃんと似たようなことを言ってたよ。もしも池内が岩松と保護司の家あたりで顔を合わせてたとしたら、相沢真帆殺しに関わってるかもしれねえな」

「それで池内が何らかの方法で岩松の精液を手に入れて、強姦殺人犯に仕立てようとしたんだろうか」

「それも考えられるが、重機リース会社の社長は岩松を金で抱き込んで、自分を虚仮《こけ》にした相沢真帆を始末させたのかもしれねえぞ」

「徳丸《トク》さん、後者は考えられないと思うんですよ。岩松は十一年前に美容専門学校生の中里美寿々を殺害して、九年以上も服役してる。そんな前科のある男が同じ手口で、相沢真帆と尾崎奈緒をナマで姦《や》って絞殺したら、それこそ自殺行為でしょ？」

「そっちの言う通りだな。岩松がやけくそになってなきゃ、そんなドジなことはしねえだろう。池内自身が相沢真帆を絞殺して、誰かに手に入れさせた岩松のザーメンを被害者の局部にスポイトか何かで注ぎ込んだのかもな」

「徳丸《トク》さんの読み通りだとしたら、尾崎奈緒の事件についてはどう推測するんです？」

　剣持は問いかけた。

「その説明が必要になってくるよな。剣持ちゃん、ちょっと待ってくれ。暑くて、ポンコツ頭がよく回らねえんだ」

「待ちますよ」

「池内は、岩松の悪い病気がぶり返したと思わせるため、相沢真帆を始末してから尾崎奈緒も絞殺させたのかもしれねえぞ。なんで奈緒を選んだのかまではわからねえけどさ」

「尾崎奈緒は拉致されたと思われるが、すぐには殺害されなかった。六十四歳の池内が若い肉体を弄《もてあそ》びたくて、わざわざ一日以上も生かしておくとは思えませんね」

「昔の六、七十代と違って、いまのおっさんたちは心も体も若いぜ。池内も奈緒を始末する前にさんざん抱いたんだろう」

「そうだとしたら、相沢真帆もしばらく生かしておいて、好きなだけ犯してもよさそうだがな」

「真帆にはカモにされっ放しだったんで、池内の愛《いと》しさは憎悪に変わってたんじゃねえのか」

「そうなんですかね」

「とにかく、これから城戸と一緒に岩松と池内の両方を担当してた保護司の自宅に行ってみらあ。その保護司宅は中野区内にあるんだ。剣持・雨宮班は何か新情報を摑んだの？」

徳丸が訊《き》いた。剣持は、経過をかいつまんで伝えた。

「そういうことなら、児島圭太はシロだろうな」

「児島は捜査対象者から外してもいいと思いますよ。尾崎奈緒のオペレーター仲間たちから何か手がかりを得られそうもないんだが、もう少し粘ってみるつもりなんだ」

「そうかい。保護司に会ったら、剣持ちゃんに結果報告すらあ」

徳丸が通話を切った。

剣持はポリスモードを折り畳み、イタリアン・レストランのドアを手早く引いた。

店内の冷気が心地よかった。

2

信号が赤に変わった。

美人刑事がプリウスを静かに停止させる。車は狛江《こまえ》市内に入っていた。

「尾崎奈緒の同僚たちから何か手がかりを得られるかと少し期待してたんですけどね」

「雨宮、焦《あせ》るな。捜査は無駄の積み重ねなんだ」

剣持は助手席で言った。

「それはわかってるんですけど、一つぐらいは新証言が出てきてほしかったな」

「焦る気持ちはわかるが、まだ極秘捜査の初日なんだ。功を急ぐなって」

「別に早く手柄を立てたいわけじゃありません。早く犯人《ホシ》を見つけないと、第三、第四の犠牲者が出てくるかもしれないでしょ？　わたしは、それを喰《く》い止めたいだけです。ああいう屈辱的な殺され方は、同性として耐えられませんからね」

「そうだろうな。まあ、徳《ト》丸さんと城戸が新事実を摑んでくれたんだから、一歩前進と考えよう」

「ええ。堤《つつみ》という保護司宅で毎年開かれてるという新年会に去年と今年、岩松陽一と池内憲和が出席したんですよね？」

「保護司が嘘をつかなければならない理由はないだろうから、二人に接点があったことは間違いないと思うよ」

「堤保護司の証言によると、元やくざの重機リース会社社長は強姦殺人で服役してた岩松のことを軽蔑してて、酔った勢いで変態野郎と今年の新年会の席で呼んだことがあったとか？」

「ああ、徳丸《トク》さんはそう言ってた。岩松は気色《けしき》ばみ、飲みかけのビールを嘲《あざけ》った池内憲和の顔面に浴びせたらしいんだ。二人は摑み合いになったんだが、堤保護司が仲裁に入ったんで、その場は収《おさ》まったようだな」

「挑発した池内がいけないんだろうけど、三十近くも若い相手にビールをぶっかけられたら、頭にくるでしょうね。池内は元やくざだったんだから、血の気は多いほうだと思うんですよ」

梨乃が言って、プリウスを走らせはじめた。剣持たちは、池内が経営する重機リース会社に向かっていた。

その社屋は、元和泉《もといずみ》の多《た》摩《ま》川縁《がわべり》にあるらしい。その近くで、徳丸・城戸班が待機しているはずだ。

「自分の息子のような年齢の相手にビールをぶっかけられたわけだから、池内はそのうち決着《オトシマエ》をつけたいと思ってただろうな」

「それで、池内は何らかの方法で岩松の体液を手に入れて、自分を手玉に取った小娘の相沢真帆を殺害したんでしょうか。岩松の犯行に見せかけてね」

「そんなふうに推測はできるんだが、池内には尾崎奈緒を殺す動機がない。二人は会ったこともないわけだからな」

「そうなんですよね。あっ、主任！」

「どうした？」

「池内は二十代の女性が好きみたいだから、実はどこかで尾崎奈緒と知り合ってたんじゃないのかな。そして、食事に誘ってみたけど、つれなく断られてしまったんじゃないかしら」

「池内は恥をかかされたんで、尾崎奈緒も岩松の犯行に見せかけて、ついでに始末してしまった？」

「ちょっと筋の読み方に無理がありますかね？」

「あるな。いくら元組員の池内でも、素人《しろうと》の若い娘はナンパしないだろ？　それに仮に奈緒が池内に食事に誘われたって、まともに相手にはしないはずだよ」

「でしょうね。池内が尾崎奈緒を殺した可能性はゼロなのかな?」

「そう思うよ。ただ、もしかしたら、重機リース会社の社長は尾崎奈緒の殺害に関与してるのかもしれない」

「尾崎奈緒は別の者に殺されてしまった?」

「そう推測できないこともないな。岩松は負けん気が強いようで、元やくざの池内に小馬鹿にされ、反射的に飲みかけのビールを相手にぶっかけた。そういう短気な奴だから、堤保護司宅に集まった前科者の誰かとも犬猿の仲だったとも考えられるじゃないか」

「ええ、そうですね。その相手が何か尾崎奈緒に悪感情を持ってて、岩松の仕業に見せかけたのかもしれない。そういう読みですね?」

「そうだ。雨宮、どう思う?」

剣持は意見を求めた。

「平凡なOLの生活圏に前科《マエ》のある男がいるとは思えないな」

「いや、そうとは限らないぞ。その男は奈緒の中学か高校の先輩で、顔見知りだったのかもしれないぞ。親しく口をきいたことはなかったんだが、何かがきっかけで男は奈緒と言葉を交わすようになったとも考えられるじゃないか」

「ええ、まあ」

「男は一方的に奈緒に好意を持ち、言い寄ってた。奈緒はうっとうしくなって、はっきりと拒絶した。それで、相手は奈緒を逆恨《さかうら》みするようになった。推理に飛躍がありすぎるか？」

「正直に言うと、そうですね」

梨乃が応じて、車を左折させた。住宅街を二キロほど行くと、多摩川の土手道が見えてきた。

目的の重機リース会社は、土手道の手前にあった。

社有地は五百坪前後だろう。門の右手に四階建ての社屋があり、左手には大型クレーン車、ブルドーザー、ロードローラー、ユンボなどが並んでいる。

徳丸・城戸班のスカイラインは、池内の会社の七、八十メートル先の路上に駐《と》まっていた。梨乃がプリウスをスカイラインの二十メートルほど後方に停めた。

剣持は意図的《いとてき》に車を降りなかった。捜査対象者に警察の動向を覚《さと》られたくなかったからだ。

剣持は、徳丸のポリスモードを鳴らした。ツーコールで通話可能状態になった。

らしいよ」

「剣持ちゃん、どんな手で池内を揺さぶってみるかい？　保護司の話だと、新年会の一件の後、池内は竜昇会時代の舎弟《しゃてい》たちを岩松のアパートに行かせて、少し痛めつけさせたみてえなんだ。それでさ、そいつらは岩松に池内に土下座して詫びろと命じたらしいよ」

「岩松はどういう反応を見せたのかな？」

「竜昇会の奴らのひとりがノーリンコ54をちらつかせたとかで、岩松は命令に従うと返事したみてえだな。中国でパテント生産されてるトカレフのノーリンコ54は威力があるから、ヤー公どもを怒らせるのはまずいと判断したんだろう」

「岩松は、ちゃんと池内憲和に詫びを入れたんですか？」

「いや、岩松は無視《シカト》こいたらしい。だから、池内は堤保護司の家に岩松を呼び出して、日本刀《ポントウ》を振り回したんだってよ。堤が池内をなだめて引き取らせたんで、刃傷沙汰にはならなかったそうだがな」

「その日本刀はどうしたんだろう？」

「保護司が預かって、こっそり処分したらしいよ。その件には目をつぶってやるって約束しちまったから、立件しないでやろうや。堤の旦那はおれたちが池内を咎《とが》めないと言ったんで、岩松が脅迫された事実を教えてくれたんだ。だからさ、池内の銃刀法違反は大目に見てやろうや」

「わかりました」

「池内は、ちゃんと詫びを入れてない岩松のことを腹立たしく思ってるんじゃねえのかな。ひょっとしたらさ、奴が知り合いの女を使って、岩松の精液を手に入れたのかもしれないぜ。それでさ、相沢真帆を殺《や》ったんじゃねえのか？」

「そうだったとしたら、同じ手口で殺害された尾崎奈緒の事件はどうなります？」

「そのことでは城戸とあれこれ筋を読んでみたんだが、池内には殺人動機がないんだよな」

「なさそうですね」

「けどさ、案外、尾崎奈緒と池内憲和には隠された接点があるんじゃねえのか。これまでの初動捜査では何も繋《つな》がりはないと思われてるんだが……」

「そうなのかな」

「剣持ちゃん、そのあたりを含めて池内に直《じか》に探《さぐ》りを入れてみようや。池内は昔の弟分たちに岩松を脅迫させ、本人も保護司の家で日本刀《ヤッパ》を振り回した弱みがある。それを切札にしようや。なんだったら、城戸の元同僚に池内を別件でしょっ引かせる手もあるじゃないか」

「徳丸《トク》さん、なるべく別件逮捕は避《さ》けましょうよ。自慢できる追い込み方じゃないからな」

「元七係係長のプライドが許さねえか。そうだろうな。わかったよ。で、どうする？」

徳丸が早口で問いかけてきた。少し焦《じ》れてきたようだ。

「おれがブラックジャーナリストに化けて、池内を揺さぶってみますよ」

「単独じゃ、危《ヤバ》いだろうが？　池内は六十四歳だが、昔はヤー公だったんだ。おそらく護身用のポケットピストルを持ってやがるだろう。城戸を連れてったほうがいいよ」

「城戸は組対《そたい》に長くいたから、すぐ池内に暴力団係《マルボウ》刑事だったことを見破られそうだな」

「なら、おれが一緒に行かあ。元スリ係だから、目つきはよくないが、刑事《デカ》には見られねえと思うぜ」

「いや、徳丸《トク》さんも刑事だって看破《かんぱ》されるでしょう」

「そうかね。それじゃ、雨宮を秘書か助手ってことにするか。けど、女に危険な思いをさせるのはまずいな。雨宮は柔剣道のほかに少林寺拳法の心得もあるが、池内が護身拳銃をぶっ放したら……」

「本庁のマドンナを殉職させたら、独身警察官たちにおれは袋叩きにされますよ」

「困ったな。どうすりゃいいんだ」

「徳丸《トク》さん、おれひとりで問題ないですよ。心配ないですって」

「池内が逆上しそうだったら、おれのポリスモードにそっとワンコールしてくれ。城戸と二人ですぐに助《ス》けに行くよ」

「そうします。とりあえず、ちょいと池内を揺さぶってみますよ」

剣持は通話を切り上げ、梨乃に単身で重機リース会社に乗り込むことを告げた。

「強請屋《ゆすりや》を装わなくても、別の手で池内に探りを入れたほうがいいような気がするけどな。相手は元やくざなんです。追い込んだら、捨て鉢になりそうだわね」

「いまは一応、池内も堅気《ネス》なんだ。若いころみたいな無鉄砲なことはしないだろう」

「わかりませんよ。わたし、一緒に行きます。こちらが二人なら、池内も下手なことはしないと思うの」

梨乃が心配顔で言った。

「大丈夫だって」

剣持は助手席を出た。

頭上の太陽はぎらついていた。もうじき午後二時だ。空気は熱を孕《はら》んだまま、澱《よど》んでいる。微風さえ吹いていない。猛烈に暑かった。肌がひりひりする。

剣持は重機リース会社に足を向けた。

ほどなく着いた。門扉《もんぴ》は開いている。剣持は社有地に足を踏み入れ、四階建ての社屋に歩《ほ》を進めた。

剣持は歩きながら、色の濃いサングラスで目許《めもと》を覆った。縞柄の長袖シャツの第二ボタンを外し、胸元をはだけさせる。

社屋のエントランスホールに入ると、小さな受付カウンターがあった。しかし、無人だった。

剣持はブザーを押した。

すると、事務室から三十二、三歳の男が出てきた。グレーの背広姿で、きちんとネクタイを結んでいる。

「失礼ですが、どちらさまでしょう？」

「自己紹介は省《はぶ》かせてもらう。池内社長は、どこにいるんだい？」

「お客さまのお名前とご用件を教えていただかないと、ご質問には答えられません」

「社長が実刑を喰《くら》ったら、この会社は潰《つぶ》れちまうだろうな」

「警察の方なんでしょうか？　刑事さんはコンビで聞き込みなんかをされてますよね。変だな」

「おれは刑事《デカ》じゃない。けどな、社長の致命的な弱みを押さえてる」

「その筋の方なんでしょうか？」

「筋者でもないよ。といっても、素っ堅気ってわけじゃないがな。社長室は何階にあるんだい？」

剣持は訊いた。

「お教えできません」

「おれをあまり苛《いら》つかせると、社長を警察に売っちまうぞ。池内が服役したら、この会社は倒産するだろう。そっちは失業だな。もう結婚してるんだったら、家族を路頭に迷わせることになるぜ」

「わたしには、三歳の息子がいるんです。職を失ったら……」

「妻子を困らせたくなかったら、おれに協力したほうがいいな」

「社長室は最上階にあります」

相手がようやく明かした。

「そうかい。内線電話で池内に余計なことを喋ったら、おれは警察に密告《チク》るぞ」

「社長には何も言いません」

「そうしてくれ」

剣持はエレベーター乗り場に急いだ。

四階に上がると、ホールの斜め前に社長室があった。同じフロアに食堂と娯楽室があるようだ。だが、ひっそりとしている。

剣持は社長室のドアを軽くノックして、勝手に入室した。

三十畳ほどのスペースだ。出入口近くに総革張りの象牙色《ぞうげいろ》のソファセットが据《す》えられている。ほぼ正面にマホガニーの両袖机が置いてあった。

「おまえ、誰なんだっ」
六十三、四歳の脂《あぶら》ぎった男が椅子から立ち上がった。
茶系のスーツを着込んでいるが、どこか崩れた印象を与える。色黒で、中肉中背だった。

「あんた、池内憲和だよな？　四十一まで竜昇会にいたヤー公も、いまや社長か」

「てめえ、何者なんだっ。サングラスを外して、面《つら》を見せろ！」

「こいつは、おれのトレードマークなんだよ。だから、外せないな」

剣持はサングラスのフレームに手をやって、無断で深々としたソファに腰を沈めた。

「無礼な野郎だっ。さっさと出ていかないと、後悔するぞ」

「隠し持ってるポケットピストルでも出すつもりか。それとも、日本刀《ポントウ》でも振り回す気かい？　そうか、日本刀は保護司の堤に取り上げられたんだったな」

「なんでそんなことまで知ってるんだ⁉」

池内が声を裏返らせた。

「あんたが堤宅で催《もよお》された新年会の酒席で岩松陽一を変態野郎と罵《ののし》って、ビールをぶっかけられたことも知ってるよ。それから竜昇会の昔の弟分たちを使って、岩松をビビらせたこともな」

「きさま、何者なんでえ？」

「人は、おれのことをブラックジャーナリストと呼んでるようだ。確かに恐喝《カツアゲ》めいたことをしてるから、まともなジャーナリストとは言えないがね」

剣持はふてぶてしくうそぶき、両脚をコーヒーテーブルの上に載せた。

「若造、いい度胸してるじゃねえか。四十一のときに足を洗ったが、昔の舎弟たちはそれぞれ男稼業を張ってんだ。電話一本で、血の気の多い連中が吹っ飛んでくる。いつまでも突っ張ってると、若死にすることになるぞ」

「ヤー公を呼びたきゃ、呼べばいいさ。おれは、あんたの致命的な弱みを握ってるんだぜ」

「はったりかませるんじゃねえ」

池内は余裕ありげに笑ったが、明らかにうろたえていた。

「ま、坐れよ。ここは、社長室なんだ。おれに遠慮することはない」

「ふざけやがって」

「ポケットピストルは至近距離じゃないと、狙った相手は殺《や》れないだろうが？」

「おれは丸腰だよ。いまは、正業に就《つ》いてるんだ。護身銃なんか懐に呑《の》んじゃいねえ」

「そうかい。突っ立ってられると目障《めざわ》りだから、どっかに坐ってくれ」

剣持は促《うなが》した。池内が顔をしかめ、執務机に浅く腰かける。

「岩松は、あんたにちゃんと謝ってないらしいな？」

「きさま、堤先生を威《おど》して話を聞き出したんじゃねえのか。おい、そうなんだろっ」

「情報源《ネタモト》は明かせないな。あんたは、十一年前に強姦殺人罪で九年以上も刑に服した岩松を嫌ってたようだな？」

「当たり前じゃねえか。おれは十代のころにグレちまったんだが、女に悪さしたことはただの一遍《いっぺん》もねえ。力ずくで女をコマす野郎は下種《げす》も下種だ。強姦で逮捕《パク》られた奴らは全員、死刑にしちまえばいいんだ」

「過激なことを言うじゃないか。あんたの姉貴か、妹がレイプされたことがありそうだな」

「…………」

「なんで黙ってる？　図星だったか」

「おれと二つ違いの妹は十五の夏、非行少年《ワルガキ》どもに輪姦《マワ》されて数日後に農薬を服《の》んで命を絶ったんだ」

「そんなことがあったのか。だから、強姦殺人犯だった岩松を嫌ってたわけか」

「ああ、そうだよ。あんな奴、早くくたばっちまえばいいんだ」

「おれも、強姦野郎は人間の屑《くず》だと思ってる。それはそれとして、あんた、『雅』でヘルプをやってた相沢真帆に手玉に取られてたらしいな」

「きさま、そんなことまで知ってやがるのか」

「元組員が素人娘にカモられるとはな。だいぶ入れ揚げたんだろ？」

「うるせえや。てめえにゃ、関係ねえだろうがよっ」

「まあな。あんたが相沢真帆に総額でいくら毟《むし》られたのかなんてことは、どうでもいいんだ。ただ、あんたが真帆を絞殺してたんだったら、強請《ゆすり》の材料になる」

剣持は池内の顔を正視した。

「きさま、何を言ってやがるんだっ。このおれが真帆って娘《こ》を殺ったと思ってやがるのか⁉」

「そういう情報が耳に入ったんだよ。あんたが軽蔑してる岩松陽一の犯行に見せかける小細工をしてな」

「小細工って、何のことだ？」

池内が目を剝《む》いて、訊き返した。

「あんたは何らかの方法で岩松の精液を入手して冷凍保存しておき、殺害後にスポイト状の物で相沢真帆の性器に……」

「岩松の野郎のザーメンをおれが注入したと言いてえんだな？」

「そうだ。当たりなんじゃないのか？」

「どんな根拠があって、そんな突っ拍子もないことを言ってやがるんだっ」

「それなりの証拠は押さえてある。しかし、そいつはまだ教えられない。大事な裏取引の材料《ネタ》だからな。強姦殺人に目をつぶってやるんだから、五、六千万の口止め料はいただけるだろう」

剣持はわざと卑《いや》しく笑って、駆け引きをする真似をした。

「てめえは、おめでたい奴だな。どこでそんな虚偽情報《ガセネタ》を仕込んできたのか知らねえが、おれからは一銭もせびれねえぞ」

「なんでだ？」

「真帆が殺された先月の末、おれは三泊四日で関西地方を回って商談をまとめてたんだ。ずっと東京にはいなかったんだよ。市毛《いちげ》って専務と出張してたんだ。なんだったら、三階から専務の市毛を呼んでやらあ」

池内が勝ち誇ったような口調で言った。専務と一緒に出張していたことは事実なのだろう。

「あんたが実行犯じゃなかったのか。なるほど、そうだったんだろうな。前科《マエ》持ちが自分で犯行《ヤマ》を踏んだら、また刑務所《ムショ》行きだ。その年齢《とし》で刑期《ツトメ》を科せられたら、獄死するかもしれない」

「岩松の野郎が逮捕《パク》られたくないんで、おれを陥《おとしい》れるような虚偽情報《ガセネタ》をあちこちに流してやがるんだろう。くそったれめ！　あいつは一年中、発情期の犬みてえだから、どっかで真帆を見かけて、犯して殺したんだろうよ」

「あんたの知り合いの女が岩松に色目を使ったって情報も摑んでるんだ。竜昇会の若い者《もん》に、あんたをカモにした相沢真帆を始末させたんだろ？　そう欲はかかないよ。

口止め料、五千万で手を打ってやろうじゃないか」

剣持は言った。これだけ揺さぶれば、元やくざは何かリアクションを起こすだろう。

「てめえ、くどいぞ。おれは真帆の事件《ヤマ》にはタッチしてねえと言っただろうが！　真帆の体内に岩松の精液が遺留してたんなら、あの変態野郎が犯人《ホシ》だろうよ」

「いや、そうじゃないだろう。やっぱり、あんたが臭い。実行犯じゃなかったにしろ、事件に絡んでる気がするな」

「いい加減にしろっ」

池内が机から滑り降りた。

「殴り合う気になったのか。それとも、机の引き出しからポケットピストルでも出すつもりかな？」

「おれは口止め料を払わなきゃならないようなことはしてねえ。とっとと失《う》せやがれ！」

「きょうは、これで引き揚げてやる。近いうちに商談を詰めようや」

剣持は卓上から両脚を下ろし、ソファからおもむろに立ち上がった。

3

捜査対象者は、まだ動きださない。

剣持はスカイラインの助手席から、重機リース会社の出入口に視線を向けていた。あと十分ほどで、午後五時になる。西陽が眩《まぶ》しい。

運転席の城戸は両腕でステアリングを抱え、生欠伸《なまあくび》を嚙み殺している。

チームの四人は、いつも臨機応変に相棒を替えていた。徳丸・雨宮班は、プリウスに同乗している。二人は、北区上十条《かみじゅうじょう》三丁目にある岩松陽一の勤務先の近くで張り込んでいるはずだ。

「眠そうだな。城戸、欠伸をしてもかまわないぞ」

「あっ、はい！　節電に協力してエアコンの設定温度を高めにしてるんで、なんか昨夜《ゆうべ》は熟睡できなかったんすよ。寝苦しくて、ちょくちょく目が覚めちゃってね」

「その体格《ガタイ》なら、汗もかくんだろうな」

「ええ。毎晩、ぐっしょりになっちゃうっすね」

「少し甘い物を控えて、五、六キロ減量したほうがいいな」

「そうっすね。それはそうと、対象者《マルタイ》の池内憲和はリアクションを起こさないな。リーダーが、かなり揺さぶりをかけたっていうのに」

「池内は、おそらく昔の弟分に何か指示してるだろう。真帆殺しの疑いを持たれたのは、反目し合ってる岩松陽一が妙な噂を流してると思ったはずだからな」

「ええ。真帆が殺された夜、池内が市毛という専務と大阪のシティホテルに泊まってたのはおれが確認済みっすから、元やくざが実行犯じゃないことは間違いないでしょう」

「そうだな。しかし、池内が第三者に真帆を始末させた疑いはまだ消えてない」

「ええ、岩松の犯行に見せかけてね。そうだったとしたら、池内は知人女性に逆ナンパさせて、岩松の精液を手に入れさせたんじゃないっすか」

「そうなんだと思うよ」

剣持は言って、坐り直した。同じ姿勢で張り込んでいると、全身の筋肉が強張《こわば》ってくる。ことに下半身の血流が悪くなる。

背筋を伸ばしたとき、梨乃から電話がかかってきた。

「捜査本部の張り込み班に気づかれたか?」

「いいえ、それは大丈夫です。プリウスは死角になる場所に入れてありますんでね」

「そうか。岩松が自動車部品工場から出てきたのかな？」

「まだ対象者《マルタイ》は工場にいます。岩松が働いてる工場の前をマイクロミニのスカートを穿《は》いた二十一、二歳の娘《こ》が行きつ戻りつしてるんですよ。風俗嬢かもしれません。ケバい感じですから」

「そうなんだろう。その娘《こ》は、池内が送り込んだ仕掛人臭いな」

「主任も、そう思いましたか。徳丸さんとわたしも、そう直感したんですよ」

「そうか」

「それで、少し前に自動車部品工場の周辺を巡ってみたんです。そしたら、工場の裏手に不審なＲＶ車が路上駐車中でした。ウインドーシールドにスモークが掛かって、車内に組員風の男たち二人が乗ってました」

「雨宮、ナンバー照会はしたな」

剣持は確かめた。

「ええ。ＲＶ車は、竜昇会の企業舎弟《フロント》の絵画レンタル会社の名義になってました」

「池内は、昔の子分たちに岩松を拉致させて監禁するつもりなんだろう。丈《たけ》の短いスカートを穿いてる娘《こ》に岩松を逆ナンパさせるつもりなんだと思うよ」

「正規捜査員に覚《さと》られないようにして、風俗嬢っぽい娘《こ》に職務質問《バン》かけましょうか？」

「いや、ほっとけ。けばけばしい感じの娘が岩松に色仕掛《ハニートラップ》けを使ってRV車に誘い込んでも、まだ何もしないほうがいいな」

「わかりました。竜昇会の息のかかったフロントのRV車を尾《つ》けて、まず岩松が監禁される場所を突き止めるんですね？」

「そうだ。捜査本部の連中は当然、RV車を怪しむだろう」

「そうでしょうね。張り込み班の目を逸《そ》らさないといけないな」

「雨宮、プリウスに発煙筒を積んであったよな？」

「ええ」

「ケバい娘《こ》が岩松を逆ナンパしたら、徳丸《トク》さんに張り込み班の覆面《メン》パトの近くに発煙筒を投げ込んでもらってくれ。正規捜査班を出し抜きたいわけじゃないんだよ」

「わかってます。竜昇会の組員なら、すぐに追ってくる覆面パトに気づくはずですもんね。そうされたくないんでしょ？」

梨乃が言った。

「そうなんだ。捜査車輛に追尾されてるとわかったら、RV車に乗ってる奴らはすぐに岩松を解放して逃《フ》げ《ケ》るにちがいない」

「でしょうね」

「多分、昔の弟分たちが岩松をどこかに連れ込んだら、池内は監禁場所に行くにちがいない」

「ええ、そうでしょうね。こちらに何か動きがあったら、また報告します」

「そうしてくれないか」

剣持は終了キーを押した。ポリスモードを折り畳みかけたとき、今度は二階堂理事官が電話をかけてきた。

「明日、代々木署に捜査本部を設けることになった」

「そうですか」

「連続猟奇殺人事件と思われるんだが、相沢真帆殺しの加害者が重参の岩松陽一だと特定できないわけだから、代々木署に負担をかけることになるが、仕方ないね」

「ええ」

「池内憲和は何かリアクションを見せはじめてるのかな」

「その気配はうかがえます」

剣持は詳しいことを伝えた。

「池内が昔の弟分に岩松を拉致監禁させようとしてるんだったら、誰かに相沢真帆を殺害させたのかもしれないね。岩松の体液を何らかの方法で手に入れて、自分は専務と関西に商談に出かけてアリバイを用意した」

「その疑いは拭《ぬぐ》えないんですが、池内が殺人教唆をしてないとしたら、こっちの作り話を真《ま》に受けて……」

「岩松を痛めつける気になったんだろうな」

「そうなんでしょう。どっちにしても、うちのチームは岩松陽一に接近できそうなんですよ」

「剣持君の予想した通りになるといいね。大変だろうけど、よろしく！」

理事官が電話を切った。

剣持は刑事用携帯電話《ポリスモード》を所定のポケットに戻し、梨乃の報告を城戸に先に教えた。

理事官との遣《や》り取《と》りも話した。

「リーダーは、さすがだな。岩松の勤めてる自動車部品工場の前をケバい娘《こ》が行ったり来たりしてると梨乃ちゃんから聞いただけで、池内が企《たくら》んでることをたちまち見抜いたんすから。殺人犯捜査のキャリアを積むと、そういう予想ができるようになるのか」

「城戸、まだわからないぞ。おれの勘は外れるかもしれない。案外、けばけばしく見える娘《こ》は同僚の彼女だったりしてな」

「それはないでしょ？　工場の裏手に竜昇会の企業舎弟《フロント》名義のRV車が待機してるって話でしたっすよね？」

「ああ」

「だったら、リーダーの予想は当たりっすよ。そのうち、徳丸・雨宮班から連絡が入るでしょう。自分、推理力がほとんどないんすよ。組対《そたい》で荒っぽい連中をずっと相手にしてましたし、物事を論理的に考えるのは苦手だからな」

「城戸、謙遜《けんそん》するなって。そっちは組対時代に三件も、抗争による殺人事件を解決に導《みちび》いたらしいじゃないか」

「まぐれっすよ」

城戸が照れ笑いをした。殺人事件は、捜査一課しか扱わないわけではない。暴力団同士の対立による射殺事件などは、組織犯罪対策部第四課の守備範囲だ。

「やくざ同士のドンパチは被疑者を絞りやすいが、実行犯を庇《かば》って弟分たちが身替り犯になるケースが多いよな？」

「そうっすね」

「でも、城戸は身替り犯たちの背後関係を調べ上げて、真犯人《ホンボシ》を割り出した。たいしたもんじゃないか。だから、鏡課長はおまえを極秘捜査班のメンバーにしたんだよ」

「推理力を買われたんじゃなくて、闇社会から情報を集められるからっすよ。徳丸さんは伝説の老スリから神業《かみわざ》のようなテクニックを学び取ってますよね？」

「そうだな」

「違法捜査になるけど、徳丸さんに容疑者たちのポケットに入ってるUSBメモリーやICレコーダーのメモリーを抜き取ってもらうこともできるんじゃないっすか。それに、人情刑事でもありますよね？」

「徳丸《トク》さんは、社会から弾《はじ》き出された男女の辛さや悔しさがわかってるから、犯罪者たちの言い分をちゃんと聞く。だから、罪を犯した連中も素直さを取り戻すんだろう」

「そうなんでしょうね。おれと徳丸さんは知力を評価されたんじゃないだろうけど、リーダーと梨乃ちゃんは頭の回転の速さを買われたんすよ。剣持さんは文武両道だからな。主任に選ばれたのは当然っすよ。徳丸さんのほうが年上だけど、階級が警部補ですんでね」

「おれは、徳丸《トク》さんに現場捜査のリーダーになってもらいたかったんだがな。こっちのほうが四つ年下だからさ」

「そうっすけど、徳丸さんは主任にはなりたがらないでしょ？　ポストなんか、まるで気にしない男性《ひと》だから。相手が警察官僚《キャリア》でも自分よりも年下なら、平気で呼び捨てにしてます。剣持さんに対しても卑屈になったりしないっすよね？」

「そうだな。それぞれ個性が強いが、チームワークは取れてる。それでいいんだと思うよ。おれは、いまのメンバーと長く極秘捜査をしたいと願ってる」

剣持は口を閉じた。

刑事用携帯電話が着信音を発したのは、数十分後だった。剣持はディスプレイに目をやった。発信者は徳丸だった。

「風俗嬢っぽい娘《こ》が自動車部品工場から出てきた岩松に色目を使って、何か話しかけたよ。そっちの勘は正しかったわけだ」

「で、岩松はどんな反応を見せました？」

「にやついて、相手の肩に腕を回したよ」

「仕掛人らしい娘《こ》は岩松を工場の裏手に導いたのかな」

「そうなんだよ。だから、おれは張り込み中の正規捜査員たちの車の下に発煙筒を転がしてやった。殺人犯捜査係があたふたしてる隙《すき》にプリウスに駆け戻ったんだ。そのときは、もう岩松はＲＶ車の中に押し込まれてた」

「それじゃ、RV車を追尾中なんですね？」

「ああ、そうだよ。RV車は環七《かんなな》通りに出て、足立区方面に向かってる。竜昇会が関連してる倉庫か、自動車解体工場に岩松を連れ込む気なんじゃねえのかな」

「そうなら、そのうち池内は動きだすだろう」

「監禁場所がわかったら、すぐ電話すらあ」

通話が終わった。城戸がハンドルを操《あやつ》りながら、先に口を開いた。

「リーダーの予想通りだったんでしょ？」

「そうみたいだな」

剣持は、徳丸から聞いた話をそのまま伝えた。

「足立区内か、埼玉県のどこかに岩松は監禁されるんだろうな。池内は、そこに必ず行くでしょうね？」

「ああ、行くだろうな」

「きょうはチームの全員が丸腰のはずですよね？　特殊警棒と手錠は持ってますけど。RV車に乗ってる男たちは刃物《ヤッパ》だけじゃなくて、拳銃《ハンドガン》も持ってそうだな」

「おそらく飛び道具も隠し持ってるだろう」

「まともに監禁場所に突入したら、ちょっと危険だな」

「何かうまい手を使って、竜昇会の人間を生け捕《いど》りにしよう。そいつを弾除《たまよ》けにして、池内に迫ろうや」

「そうですね」

会話が途絶えた。

ふたたび徳丸から電話がかかってきたのは、午後六時十五分ごろだった。

「監禁場所がわかったぜ。埼玉の加須《かぞ》市の外れにある製材所に岩松は連れ込まれて、鉄柱に縛《しば》りつけられてる。竜昇会の組員らしい二人は、どっちも短刀《ドス》を持ってた。拳銃《ドウグ》も持ってるのかどうかはわからねえな」

「ケバい娘《こ》は？」

「西新井《にしあらい》のあたりで車を降りたよ。どっちかの男が、もう池内に連絡したんじゃねえか」

「そうだろうな。徳丸《トク》さん、製材所に社名か屋号が掲《かか》げられてるでしょ？」

「『細間《ほそま》製材所』って看板が出てる。足立区を抜けて北上してくれ。幸手《さって》市を通過すると、やがて利根川橋に差しかかる。橋を渡らないで、利根川に沿って上流に数キロ向かうと、製材所があるよ」

「了解！」

「おれたち二人は踏み込まないほうがいいんだろ？」

「そのまま待機しててください」

剣持は指示した。

そのとき、運転席の城戸が小さな声をあげた。重機リース会社から黒いベンツが滑り出てきた。剣持は視線を延ばした。ベンツを運転しているのは池内だった。同乗者はいない。

「徳《トク》丸さん、池内が動きだしました。自らベンツを転がして、加須市に向かうんでしょう。おれたちはベンツを追尾します」

「わかった。池内がこっちに来ないようだったら、電話してくれや」

徳丸が通話を打ち切った。早くも池内の車は、だいぶ遠ざかっていた。尾灯《テイルランプ》が点のように小さい。

「ベンツを追います」

城戸がスカイラインを走らせはじめた。

ベンツは環八《かんぱち》通りを進み、練馬区内に入った。東京外環自動車道の草加《そうか》ＩＣ《インターチェンジ》経由で草加バイパスを抜けた。

「行き先は加須市に間違いないだろう」

剣持は相棒に言った。

城戸が短い返事をして、すぐに運転に専念する。ベンツを見失うような失態を演じたくないのだろう。

池内の車は利根川橋の手前で左折し、川に沿って進んだ。

「城戸、もう少し車間距離をとってくれ。それから、ライトはハイビームにしないほうがいいな」

剣持は指示を与えた。

城戸の返事は、また短かった。だいぶ緊張しているようだ。

ベンツが直進し、『細間製材所』の敷地内に入った。

プリウスは製材所の百数十メートル手前に駐《と》まっている。城戸がスカイラインをその後方に停めた。

プリウスから、梨乃と徳丸が静かに降りた。剣持たち二人も車の外に出た。川面《かわも》は暗くて、よく見えない。河原で、地虫が鳴いている。

「池内と岩松の遣《や》り取《と》りを盗み聴きしてから、次の行動に移ろう」

剣持は三人のメンバーに小声で言い、真っ先に『細間製材所』に向かった。徳丸たち三人が従《つ》いてくる。誰もが足音を殺していた。

製材所の敷地は優《ゆう》に六百坪はありそうだ。奥まった場所に、大きな工場がある。建物の老朽化が目立つ。

剣持たちは工場に忍び寄った。

すると、池内の怒声が響いてきた。

「おい、変態野郎！　妙な噂を流したのは、てめえなんだろうがっ」

「妙な噂って、何のことだよ？」

「岩松、とぼけんじゃねえ。おれがてめえの犯行に見せかけて、相沢真帆を誰かに殺《や》らせたようなことを言い回ってるみてえじゃねえか」

「おれは、そんなこと言ってないっ。おれの犯行に見せかけてって、どういうことなんだよ？」

「おれが知り合いの女を使って、てめえの精液《ザーメン》を手に入れさせ、真帆を絞殺してから、細工をしたと言ってんだろうが！」

「細工？」

「てめえのザーメンを真帆の大事なとこに注入して、そっちに濡衣を着せようとしたと虚偽情報《ガセネタ》を流しやがったはずだ」

「おれは、そんなこと言ってない。誰がそう言ってるんだ？」

岩松が訊いた。

「昼間、おれの会社に訪ねてきたブラックジャーナリストと称する正体不明の強請屋がそう言ってた。てめえは、おれが殺人教唆容疑で逮捕《パク》られればいいと思ってやがったんだろうが、そうはいかねえぞ」

「その強請屋が言ってたことは、でたらめだよ。おれは、そんなことを言った覚えはない」

「白状しねえと、血塗《ちまみ》れになるぞ。てめえを嵌《は》めたこの二人はどっちももう四十過ぎだが、いまも血の気が多いんだ。竜昇会の武闘派で鳴らした奴らなんだよ」

「この二人は、あんたの昔の舎弟なんだな」

「そうだよ。口を割らねえと、てめえのマラをちょん斬らせるぞ」

池内が凄《すご》んだ。

「おれは嘘なんかついちゃいないって」

「会社に来た野郎は、相沢真帆のあそこにてめえのザーメンが遺《のこ》ってたと言った。てめえは十一年前に美容専門学校生を強姦して絞殺してから、パンティーを頭にすっぽりと被せたよな。真帆も同じ手口で殺《や》られてる。それから、代々木公園で発見された全裸死体も穿いてたパンティーを頭に被せられてた。大事なとこに黒いサインペンを突っ込まれてたという共通点がある。てめえが十一年前にやった強姦殺人事件とまったく同じじゃねえかよっ」

「四谷署と本庁の刑事も手口と遺留体液のことで、おれを連続レイプ殺人事件の犯人だと疑ってたが、こっちはシロだよ。十一年前の事件はおれがやったんだが、ほかの強姦殺人なんか知らない。誰かがおれを犯人に仕立てようとして、偽装工作したんだろう」

「誰かって、誰なんでえ？」

「そんなことまでは知らないよ。どこの誰なのか見当もつかないが、そいつがおれに罪を被せようと細工を弄《ろう》したにちがいないって」

「池内の兄貴、岩松を少し痛めつけたほうがいいですよ」

やくざのひとりが言った。

「木本《きもと》、兄貴はやめてくれ。おれは二十年以上も前に足を洗ってるんだ。いまは一応、堅気なんだからよ」

「すみません。つい昔の癖で、兄貴と呼んじまって。池内さん、このままじゃ、口を割らないでしょ？」

「そうだな。少し大森《おおもり》と一緒に岩松を痛めつけてもらうか。けど、殺すなよ。岩松を殺《や》っちまったら、面倒なことになるからな」

池内が言って、高く笑った。木本と大森が岩松に接近する気配が伝わってくる。

「踏み込もう」

剣持は三人の仲間に言って、製材所に躍《おど》り込んだ。池内と二人の中年やくざが相前後して振り向いた。

「警察だ」

剣持は、ＦＢＩ型の警察手帳を高く翳《かざ》した。徳丸たち三人が倣《なら》う。

「お、おまえは会社に来た……」

池内が目を丸くした。

「そうだ。略取監禁教唆容疑だな」

「おれは、おまえの話の真偽を確かめたかっただけだ」

「昔の弟分たちに岩松を痛めつけさせようとしたじゃないか」

剣持は池内に言って、城戸と徳丸に目で合図した。

二人が木本と大森に駆け寄って、それぞれ匕首《あいくち》を取り上げた。梨乃が岩松の背後に回り込み、縛《いまし》めを解《と》く。

「どこか怪我してるか？」

剣持は岩松に声をかけた。

「怪我はしてないよ。でも、ずっと小便を我慢してたんだ。ちゃんと事情聴取に応じるから、まず小便をさせてくれないか」

「トイレはどこかな？」

「立ち小便でかまわないよ。もう洩《も》れそうなんだ。頼むよ」

岩松が切迫《せっぱく》した声で訴え、内腿《うちもも》を閉じ合わせた。

「ここは、おれたちに任せてくれ」

徳丸が言った。剣持は、岩松を工場の外に連れ出した。

岩松が七、八メートル離れた暗がりに立ち、白っぽいチノクロスパンツのファスナーを一気に引き下ろす。剣持はセブンスターをくわえた。

そのとき、岩松が声を洩らした。小さく身震いもした。だが、排尿音は聞こえない。

剣持は訝《いぶか》しく思った。

そのとき、岩松が急に走りはじめた。逃げる気らしい。剣持は、すぐさま追った。

岩松は『細間製材所』を飛び出し、目の前の土手の斜面を駆け上がった。剣持も土手道に上がった。

岩松は、早くも河川敷《かせんしき》に降りていた。逃げ足は、おそろしく速《はや》い。

剣持は一気に河原に下《くだ》り、必死に岩松を追った。

岩松は疾走し、そのまま利根川に入った。両手で水を大きく掻《か》いて深みに達すると、大きくダイブした。クロールで川の中央まで泳ぎ、平泳ぎに切り換えた。

剣持は闇を透《す》かして見た。

じきに岩松の頭は消えた。忌々《いまいま》しいが、もう追っても無駄だろう。

剣持は足許の石塊《いしくれ》を蹴り上げた。

4

アジトの空気は沈んでいた。

前夜、岩松陽一に逃走されてしまったからだ。剣持は『桜田企画』の応接ソファに腰かけ、さきほどから煙草をひっきりなしに吹かしていた。少し喉《のど》がいがらっぽい。

隣には、梨乃が坐っている。コーヒーテーブルの向こうには、徳丸と城戸が並んでいた。三人とも表情が冴《さ》えない。

午後二時を回っていた。

昨晩、剣持は刑事用携帯電話《ポリスモード》を使って支援要請した。地元署員たちは七、八分で、

『細間製材所』に駆けつけた。

剣持は警視庁の刑事であることを明かし、経過をつぶさに説明した。池内は略取監禁教唆容疑で現行犯逮捕された。

竜昇会幹部の木本繁《しげる》、四十六歳と大森幹也《みきや》、四十四歳の二人は略取監禁及び銃刀法違反で身柄を確保された。犯罪に協力した風俗嬢の山脇留実《やまわきるみ》、二十一歳はきょうの午前中に逮捕された。

埼玉県警は昨夜、岩松の捜索を開始した。警視庁も前夜から逃亡者の行方を追っている。だが、杳《よう》として行方はわからない。四谷署に置かれた捜査本部の捜査班が板橋の自宅アパートと北区の勤め先を張り込んでいるはずだが、まだ岩松は見つかっていない。

剣持は、長くなった煙草の灰を危《あや》うく膝の上に落としそうになった。静かにセブンスターの火を灰皿の底で揉み消す。

なぜ岩松は、夜の川に飛び込んでまで逃走したのか。

連続猟奇殺人事件に関与しているからか。そうではなく、池内たちに痛めつけられることを避けたかっただけなのだろうか。剣持は昨夜から、判断がつきかねていた。

「リーダー、岩松が逃げたのは疚《やま》しさがあったからなんじゃないっすか？」

城戸が口を開いた。

「おまえは、相沢真帆と尾崎奈緒を殺《や》ったのは岩松陽一かもしれないと……」

「実は、そうなんじゃないのかな。十一年前のレイプ殺人のことがあるんで、岩松は被害者の体に自分の唾液、汗、皮脂、体液が付着しないよう気をつけながら、いきなり体を結合させたのかもしれないっすよ。捜査資料によると、代々木公園の遺留足跡は二十七センチでした。岩松の靴のサイズと同じっす」

「そのことは、おれも気になる符合《ふごう》だと思ってたよ。城戸、よく考えてみろ。尾崎奈緒は遺体で発見される前々日の夕方から、足取りがわからなくなってたんだぞ」

「ええ、そうでしたね。被害者は強姦殺人犯《マルガイ》に拉致されたんでしょう。それで絞殺されるまで、犯人《ホシ》に性的暴行を加えつづけられてたんじゃないっすか」

「十一年前の事件では、岩松は被害者の中里美寿々を絞殺した現場に遺棄してる。被害者の頭にパンティーを被せて局部に黒いサインペンを挿入したことは同じだが、相沢真帆と尾崎奈緒は殺害現場とは異なる場所に遺棄されてた。性犯罪の常習犯たちは、たいてい手口がパターン化してる」

「そういう傾向があることは、もちろん自分も知ってるっす。でも、絶対に同じ手口で目的を果たすとは限りませんよね」

「それはそうだが、わざわざ死体を殺害現場とは違う場所に棄てるのは面倒だろうし、犯罪が発覚しやすい。なんで危《ヤバ》いことをする必要がある？」

剣持は巨漢刑事に問いかけた。

「岩松が加害者だとしたら、十一年前の手口と意図的《いとてき》に変えたかったんだろうな」

「城戸の論理には矛盾があるな。相沢真帆も尾崎奈緒も絞殺された後、頭にパンティーを被せられて性器に異物を突っ込まれてた。十一年前の事件の被害者と同じようにな」

「ええ、そうっすね」

「犯人が自分に疑惑の目を向けられたくないと考えてたら、わざわざ最初の犯罪パターンを繰り返さないはずだ」

「そうか、そうっすね」

「おれもそうだけどさ、城戸も殺人捜査ではまだまだ駆け出しだな」

徳丸が話に割り込んだ。

「癪《しゃく》だけど、その通りっすね」

「あまり落ち込むことはねえよ。元スリ係のおれも似たようなもんさ。ただ、岩松は二件の捜査本部事件ではシロだと思うよ。強姦殺人で九年数カ月も服役した岩松が被害者たちをナマで姦《や》っちまうのは、あまりにも無防備じゃねえか。そう思わねえかい？」

「それは思いますが、岩松は並の男よりも何倍も性欲が強いんだろうから、衝動的に……」

「城戸、それは考えられねえよ」

「そうっすかね」

「二人も殺したら、確実に死刑判決が出るぜ」

「でしょうね。岩松は元殺人犯は生き直すことなんかできないと絶望感を強めて、自暴自棄になってたのかもしれないっすよ」

「そうだったら、被害者と唇を重ねて乳首も吸うはずだ。それから岩松が利根川を泳いで渡って逃げたのは、生に対する執着心があったからなんだろう。岩松は池内にリンチされたくなくて、とっさに姿をくらます気になったんじゃねえのか。おそらく、そうなんだろうよ」

「わたしも、そう思うわ」

梨乃が初めて口をきいた。剣持は首を捩《ねじ》った。

「雨宮、岩松は誰かに連続猟奇殺人事件の犯人《ホシ》に仕立てられそうになっただけだろうってことだな？」

「ええ。まだ生きたいと考えてる岩松が、二人の被害者を無防備な形で辱しめるわけありませんよ」

「そうだろうな。いったい誰が岩松陽一を陥れようとしたのか。初動と第一期捜査では、岩松は職場の同僚とは特に揉め事は起こしてなかったし、友人らしい友人もいないということだった。それだから、おれは午前中に二階堂さんに電話して、岩松と親しくしてた刑務所仲間のことを調べてくれって頼んだんだ」

「そうだったんですか」

「理事官は午後二時半までには、ここに顔を出せると言ってた」

「そうですか。服役者同士なら、気を許し合えるでしょうから、岩松は誰かに私的なことを話していそうだな。刑務所仲間から何か手がかりを得られるといいですね」

梨乃が言って、さりげなく立ち上がった。コーヒーか、日本茶を淹《い》れてくれる気になったようだ。

「雨宮が言ったように、元殺人犯の岩松は刑務所仲間には心を開いてたんじゃねえのかな」

徳丸が剣持に言い、ハイライトに火を点けた。

「そうでしょうね。似たようなハンディをしょったり、同じ傷を心に抱えた者同士は磁石のようにくっつく」

「ああ、そうだな。世間から弾《はじ》かれた者は自分と境遇が似かよった他人に無意識に近づいて、お互いの傷口を舐《な》め合ったりする。そうでもしないと、生きる気力が萎《な》えちまうんだろう。空元気《からげんき》を出してても、誰も人間は孤独で弱いもんだからな。たった独《ひと》りで生き抜ける奴なんて、そう多くねえと思うぜ」

「そうだろうね」

「だから、人間関係が煩《わずら》わしいと時には感じながらも、他人と触《ふ》れたがる。岩松が十一年前に美容専門学校生を犯して絞殺した犯罪そのものは憎むべきだが、罪を償《つぐな》った元殺人犯にも生きる権利はあらあな」

「徳丸《トク》さんの言う通りですね。しかし、世間は殺人者というレッテルを貼られた者に偏見があって、できれば関わりを持ちたくないと本音では思いがちだ」

「そうだな。それだから、岩松は同じ人殺しにしか胸襟《きょうきん》を開けなくなってるんじゃねえのか。仮出所した元殺人犯の中に岩松の親友《マブダチ》みたいな奴がいたら、何か大きな手がかりを得られるような気がするぜ」

「それを期待しましょう」

剣持は口を結んだ。

梨乃が四人分の緑茶を運んできた。真夏に熱い日本茶を啜《すす》るのも悪くない。

二階堂理事官が捜査一課別室を訪れたのは、二時二十分ごろだった。剣持たち四人は一斉にソファから立ち上がって、理事官に一礼した。

「わざわざ立たなくてもよかったのに。みんな、坐ろう。腰かけさせてもらうよ」

二階堂が剣持の左隣の席に坐り、携えてきた書類袋を卓上に置いた。梨乃がソファセットから離れる。理事官の茶を用意するのだろう。

剣持、徳丸、城戸の三人はソファに腰を戻した。

「四谷署の捜査本部は岩松を重参扱いしてるんで全国指名手配をしたいと言ってきたんだが、時期尚早だと担当管理官を抑えておいたよ」

「そうですか。理事官、早速ですが、岩松が仮出所後に連絡を取り合ってる前科者は何人いたんです？」

「四人いたよ。そのうちの二人は、殺人罪で服役してた。ほかの二名は、どちらも殺人未遂で四、五年の刑期《ツトメ》を科せられたんだ」

二階堂が書類袋を手許に引き寄せた。梨乃が理事官に日本茶を供し、剣持のかたわらのソファに浅く腰かけた。

その直後、二階堂の上着の内ポケットでポリスモードが着信音を発しはじめた。

「ちょっと失礼するよ」

理事官が断って、懐からポリスモードを取り出した。発信者は鏡課長のようだ。

二階堂が驚きの声をあげ、反射的に椅子から立ち上がった。岩松陽一の居所がわかったのかもしれない。

剣持は一瞬、そう思った。じきに理事官の受け答えで、そうでないことがわかった。どうやら渋谷署管内で殺人事件が発生したらしい。

やがて、通話が終わった。

「渋谷区渋谷一丁目の美竹《みたけ》公園の近くで、十分ほど前に女性の全裸死体が発見されたらしい。第三の猟奇殺人事件と思われるね」

二階堂が剣持に言った。

「被害者は絞殺されてから、頭部にパンティーを被せられ、性器に……」

「手口は第一・第二事件と同じようなんだが、性的暴行を受けてるかどうかはまだわからないそうだ。素っ裸で遺棄されてたのは、五十八、九の女性らしいんでね」

「二十代の女性じゃないんですか」

「そういう話だったよ。だから、強姦はされてない気がするね。しかし、熟女好きな

二、三十代の男もいるようだから、辱しめられてる可能性はゼロじゃないな。そのあたりのことは、検視でわかるだろう。遺留体液があるようなら、もちろん鑑定を急がせる」
「二件の事案と同じように岩松の精液が遺留してたとしても、あの男の犯行《ヤマ》とは思えないな。相沢真帆は二十五歳で、尾崎奈緒は二十四だったんです」

「そうだね。六十歳近い女性に三十代の岩松が劣情を催《もよお》すとは考えにくいな。剣持君、どうだろう？」

「常識的に言って、その年配の女性に性衝動《リビドー》を覚えることはないと思います」

「そんなことはあり得ねえな」

徳丸の声が、剣持の語尾に重なった。二階堂が徳丸に顔を向けた。

「そう思うだろうね」

「理事官、一連の犯行《ヤマ》を踏んだ真犯人《ホンボシ》は岩松陽一に罪をなすりつけようと偽装工作したんでしょう。おれは、そう確信しましたよ」

「ほかの二人はどう筋を読んでるのかな？」

二階堂が城戸と梨乃の顔を交互に見た。先に応じたのは城戸だった。

「異常に性欲が強い男でも、その年代の女性を襲おうとはしないでしょうね。渋谷の殺人事案は模倣犯がやったんでしょう。そうでないとしたら、真犯人が岩松の仕業に見せかけたんだと思うっすね」

「わたしも、そう筋を読みました」

梨乃が言った。そのとき、また理事官の刑事用携帯電話《ポリスモード》が鳴った。二階堂が上着の内ポケットからポリスモードを取り出した。

「課長からだよ」

理事官が誰にともなく言って、ポリスモードを耳に当てた。一分ほどで、通話は終わった。

「被害者の身許が判明したんですか？」

剣持は二階堂に問いかけた。

「そうなんだ。事件現場の近くの商業ビルの敷地内で被害者の衣類やバッグが見つかったらしい。バッグに入ってた運転免許証から、被害者は佐久間侑子《さくまいくこ》、五十八歳とわかったそうだよ」

「そうですか。これまでの調べでは、相沢真帆と尾崎奈緒には接点がないことがわかってる。佐久間侑子という三番目の犠牲者も、おそらく真帆と奈緒とは一面識もなかったんでしょう」

「そうなんだろうな。接点がない三人の女性が同じ手口で殺害されたのは、なぜなんだろうか。岩松に濡衣を着せようとした人物が一連の事件の加害者だとしたら、そいつは被害者たちに何か恨みがあったんだろうね。しかし、その動機が透けてこないな」

二階堂がポリスモードを懐に戻し、溜息《ためいき》をついた。

剣持は控え目に目顔《めがお》で理事官を促した。二階堂が小さくうなずき、書類袋から服役者リストを抓《つま》み出した。鮮明とは言えなかったが、服役当時の顔写真付きだった。

各リストの下部には、仮出所後の各人の住所と職業が付記されている。理事官の筆跡だった。

「四人とも数年前に仮出所してるんで、服役してたころよりも少し老《ふ》けてると思うよ」

「拝見します」

剣持は服役者リストを受け取って、ざっと目を通した。

「一番上のリストの桑原浩二《くわばらこうじ》、四十七歳は保険金目当てで義母を金属バットで撲殺して、十年ぐらい服役してたんだ。いまは飲食店で下働きをしてるようだな」

「岩松は、この桑原と最も親しくしてるんですか？」

「そうみたいだね。次に仲がいいのは不倫相手を転落死させた元銀行員の湯浅宗隆《ゆあさむねたか》、四十一歳らしい。湯浅は倉庫会社で商品管理をしてる」

「居酒屋で上司と口論になって、店にあった出刃庖丁で相手の腹部を刺した元ＩＴ企業社員の三浦昌平《みうらしょうへい》は岩松と同い年だな」

「そうだったね。その男はビル清掃会社に勤めてるんじゃなかったかな」

「ええ、そうです」

「四人目の御園達朗《みそのたつろう》、五十三歳は植木職人の見習いをやってるはずだよ。若い男と浮気した女房を毒殺しかけて、殺人未遂で五年数カ月服役してたようだ。逃走した岩松は、その四人の刑務所仲間の誰かの自宅に身を寄せてるのかもしれないな」

「ええ、考えられますね」

「手分けして、その四人に会ってみてくれないか。岩松が見つかるかもしれないし、何か事件を解く手がかりを得られる可能性もあると思うんだよ」

「そうですね」

「四人は殺人未遂か、殺人罪で服役してたんだ。ちょっとしたことで逆上するかもしれないな。全員、拳銃を携行したほうがいいだろう」

「ええ、そうします。おれと徳《トク》丸さんが元殺人犯の桑原と湯浅に会います。城戸と雨宮には、三浦と御園に当たってもらいます」

「そういう組み合わせがいいだろうね。元暴力団係刑事の城戸君は体格がいいから、紅一点をきっちりガードしてくれるにちがいない」

「雨宮は美人ですけど、やわな女じゃないですよ。少林寺拳法の有段者ですんで、自分よりも強いんじゃないのかな」

城戸が言った。すかさず梨乃が雑《ま》ぜ返した。

「城戸さんに寝技に持ち込まれたら、多分、わたしは圧死しちゃいますよ。だから、絶対にファイトしません。でも、その前に金的《きんてき》蹴りで戦意を殺《そ》ぐ自信はありますけどね」

「頼もしいな」

二階堂が目を細め、湯呑《ゆの》み茶碗を持ち上げた。

剣持は理事官に笑顔を向けたが、心は逸《はや》っていた。

第三章　隠された事件

1

目的のレストランを探し当てた。

店はJR蒲田駅の近くにあった。剣持は、灰色のプリウスを路肩《ろかた》に寄せた。

助手席の徳丸がダッシュボードの時計に目をやる。ちょうど午後四時だった。

「徳《ト》丸《ク》さん、おれたちは関東テレビのニュース番組の取材スタッフに化けましょう」

「元殺人犯の桑原浩二は、マスコミ嫌いなんじゃねえのか。義母をバットで撲殺したとき、新聞やマスコミでさんざん晒《さら》し者《もの》にされたはずだからさ」

「多少のアレルギーはあるでしょうね。しかし、桑原の過去をほじくるわけではありません。刑務所仲間だった岩松が連続猟奇殺人事件の犯人に仕立てられそうになってると話せば、知ってることを喋ってくれるんじゃないのかな」

「そういうふうに話を向ければ、協力してくれるだろう。剣持ちゃん、偽名刺は持ってるよな？」

「抜かりはありませんよ。これまで『ニュースオムニバス』の取材スタッフを装って、いろいろ情報を集めてきたからね」

「そうだな。あいにくおれは、関東テレビの偽名刺を切らしちまったんだ」

「おれが桑原に偽名刺を渡すから、怪しまれはしないと思うな。徳《トク》丸さんは、たまたま名刺を切らしたと言っとけばいいでしょう」

「そうすらあ」

「この時刻なら、桑原は調理場で何か下働きをしてるでしょう」

剣持はエンジンを切った。

数秒後、二階堂理事官から電話がかかってきた。

「剣持君、佐久間侑子も性的暴行を受けてたよ。遺留体液は、ＤＮＡ型鑑定で岩松のものと判明した」

「そうですか。しかし、やはり岩松が五十八歳の女性を強姦して絞殺したとは思えませんね。凶器は結束バンドだったんですか？」

「ああ、索条痕から結束バンドと考えられるそうだよ。だが、きみが言ったように岩松が佐久間侑子を殺害したとは考えにくいね」

「ええ。岩松は何者かに連続猟奇殺人事件の犯人に仕立てられそうになってるだけでしょう。これから徳《トク》丸さんと桑原浩二に会いに行くとこなんです」

「そう。何か手がかりを得られるといいね。城戸・雨宮班は予定通りに三浦昌平と御園達朗から聞き込みをすることに……」

「はい、そうするよう指示しました。新事実を摑んだら、理事官に報告します」

剣持は終了キーを押し、徳丸に理事官から聞いた話をそのまま伝えた。

「岩松が罪をおっ被されそうになったことは間違いねえな。いくら精力絶倫でも、三十五歳の男が六十歳近い女を姦《や》る気にはならねえだろうよ。岩松を陥れようと画策した真犯人《ホンボシ》は、ちょいと思考がラフだったな。そういう誤算をするようじゃ、完全犯罪なんかできっこねえ」

「そうですね。三人の被害者は一面識もないようだが、何か共通点があるにちがいない」

「だろうな」

「相沢真帆、尾崎奈緒、佐久間侑子の三人は、おそらく真犯人《ホンボシ》の秘密を知ってしまったんでしょう」

「それは下半身スキャンダルの類《たぐい》じゃなく、犯罪事案臭《くせ》えな。殺人、強盗、傷害といった凶悪事案の犯行現場に居合わせたのかもしれねえぞ、三人の被害者はさ」

「多分、そうなんでしょう。そのせいで、三人は口を塞《ふさ》がれることになった。そう筋を読むべきだろうね」

「被害者《マルガイ》たちの過去数カ月の行動を丹念に調べりゃ、何か見えてきそうだな」

「そうですね。何か共通項が透けてくる気がするな」

「とりあえず、桑原に会おうや」

徳丸が先に助手席を離れた。剣持も車を降りた。

二人は、斜め前にあるレストラン『セボン』に足を向けた。

店内に入ると、支配人らしい四十代の男がにこやかな顔で近づいてきた。客の姿は疎《まば》らだった。中途半端な時刻だからだろうか。テーブルは十数卓あった。

「お二人さまですね。お好きなお席にどうぞ！」

「客じゃないんです。我々は、関東テレビの『ニュースオムニバス』の取材スタッフなんですよ。こちらで働いてる桑原さんにお目にかかりたいんですが……」

剣持は言った。

「どういった取材なんでしょう？」

「桑原さんの知人がある殺人事件の容疑者として警察にマークされてるんですが、どうも濡衣を着せられてるようなんですよ」

「冤罪《えんざい》かもしれないんですね？」

「ええ、そうです。我々は、桑原さんの知り合いは無実だという心証を得てます。その証拠集めをしてるわけですよ」

「そういうことなら、取材に協力しませんとね。店が空《す》いてる時間帯ですんで、どうぞ奥のテーブル席で取材をなさってください。いま、桑原を呼んできます」

　相手は剣持たち二人を着席させると、調理場に消えた。

　待つほどもなく、白いコックコートをまとった桑原がやってきた。服役者リストの写真よりも、かなり老けて見える。白髪が目についた。額の皺《しわ》も深い。

　剣持は立ち上がって、自己紹介した。徳丸も腰を浮かせ、姓だけを告げた。

「桑原です。わたしの知り合いがある殺人事件の犯人にされそうだと支配人が言ってましたが……」

「そうなんですよ。岩松陽一さんは警察に怪しまれてるんです。『ニュースオムニバス』の取材スタッフは全員、岩松さんは無実だと確信してます。そのことを裏付ける材料を集めてるんですよ。ご協力いただけるでしょうか？」

「岩松君のためなら、協力は惜《お》しみませんよ」

「よろしくお願いします」

剣持は偽名刺を差し出した。所属セクションは実在するが、騙《かた》った人物はむろん架空だ。携帯電話番号は私物用のナンバーだった。

「坐りましょう」

桑原が椅子に腰を下ろした。剣持たちは桑原と向かい合った。

支配人が三人分のアイスコーヒーを運んできた。剣持は恐縮し、礼を述べた。ほどなく支配人が遠ざかった。

「実は岩松さんは、派手に報じられてる連続猟奇殺人事件の容疑者と見られてるんですよ」

徳丸が桑原に打ち明けた。

「ま、まさか⁉　岩松君は十一年前に強姦殺人をやってしまったが、九年以上も刑に服したんです。刑務所の暮らしには自由がありませんから、本当に過酷なんですよ」

「そうでしょうね」

「同じような犯罪に走ったら、今度こそ極刑に処されます。岩松君は性欲が強いほうだと思うけど、同じ過《あやま》ちは繰り返さないと思うな」

「我々も、そう直感しました。けどね、被害者たちの体内には、岩松さんの精液が遺留してたんですよ。ＤＮＡ型鑑定で、岩松さんの体液であることは明らかになった」

「そんなばかな⁉」

「真犯人は何らかの方法で岩松さんのザーメンを手に入れて、それを被害者の性器に注入したんでしょうね」

「きっとそうにちがいない」

「そこで桑原さんにうかがいたいんですが、岩松さんに恨みを持ってる奴がいるんではありませんか。服役中に同じ房の受刑者といがみ合ってたなんてことは？」

「彼は、いわゆる強姦《ツッコミ》をやって美容専門学校生を絞殺してしまったんで、殺人《コロシ》のランクは最下位なんですよ。それで、同じ房の連中には軽く見られてました」

「そうでしょうね」

「ですが、岩松君が同房の受刑者にいじめられたりしたことはありませんでしたよ。リンチされたことも一度もなかったはずです」

桑原がストローでアイスコーヒーを吸い上げた。剣持は徳丸を手で制し、先に口を開いた。

「あなた方は仮出所の時期は違ってたわけですが、その後、ずっと親しくつき合ってたんですよね？」

「ええ。わたしのほうが一年五カ月ほど早くシャバに出たんですが、岩松君が仮出所してからは月に一回は安酒を酌《く》み交わしてきました。わたしのほうがひと回り上なんですけど、罪名が同じだったんで……」

「気持ちが通じ合う部分があったんだろうな」

「ええ、まあ。もうお調べ済みでしょうが、わたしは生命保険金欲しさに別れた妻の母親を金属バットで撲殺してしまったんです。自営業だったんですが、赤字つづきだったんでね。義母はアルツハイマー型認知症がひどかったんで、いっそ楽にしてやろうという気持ちもありました。いや、こういう自己弁護はよくないな。殺人は殺人ですから」

「あなたの過去をとやかく言う気はありません。話の先を聞かせてください」

「わかりました。わたしも悪人ですが、岩松君もろくでなしです。自分の欲望を充《み》たしたくて、レイプ殺人をやっちゃったんですからね。どちらも服役して一応、罪を償《つぐな》ったわけですけど、生きつづけていても被害者に申し訳ないという思いを拭《ぬぐ》うことはできなかったんです。だから、同じ人殺しの岩松君とちょくちょく会うことで、自殺衝動を封じ込めてた気がします。岩松君も、わたしと似たような気持ちがあったんじゃないのかな」

「そうなのかもしれませんね」

「岩松君はね、仮出所してから十一年前に殺《あや》めた専門学校生の月命日《つきめいにち》にこっそり墓参りをしてきたんです」

「そうだったんですか。それは知らなかったな」

「犯行時の劣情を悔やんでるから、遺族に内緒で墓参りをしてたんでしょう。そんな彼が連続猟奇殺人をやるわけありませんよ」

「ええ、多分ね。岩松さんを犯人に仕立てようとした奴に心当たりはありませんか？」

「ありません。勤め先の同僚たちともうまくやってるようでしたからね」

「そうですか。実は、岩松さんが姿をくらましてしまったんですよ。板橋の自宅アパートにはいませんし、会社も無断欠勤してるんです」

「えっ、そうなんですか。警察に疑われてるんで、逃げる気になったんでしょうかね。殺人歴があるから、嫌疑は消えないと思ったんだろうか」

「おたくが岩松さんを匿《かくま》ってるということはないでしょうね？」

徳丸が探《さぐ》りを入れた。

「匿ってませんよ。なんでしたら、わたしの安アパートをくまなく検《しら》べてもらってもかまいません」

「そこまでする気はありません。一応、確かめさせてもらっただけですよ。岩松さんは、湯浅宗隆という元受刑者ともつき合いがあるんでしょ？」

「ええ、そうですね。湯浅とは房《ぼう》は違ってたんですが、同じ木工班に属してました。かつて銀行マンだった湯浅は学歴のない人間を軽く見てたんですが、岩松君とは気が合ったんでしょう。どっちも女好きですからね」

「その彼は、不倫相手を転落死させたんでしょ？」

「よく調べてますね。その通りです。湯浅は部下の女の子に手をつけて、妊娠させたんですよ。相手の娘《こ》は、湯浅がそのうち離婚するという話を信じてたみたいだな。でも、それが嘘だとわかったんで、不倫相手は湯浅の家に乗り込んで、奥さんに旦那の浮気のことを洗いざらいぶちまけたんです。湯浅は女房と別れる気なんかなかったから、邪魔になった部下を歩道橋の階段から突き落として死なせたんです。エゴイストなんですよ、湯浅って男は。わたしは、あまり好きじゃなかったな」

「保険金欲しさに義母を殺《や》っちまったおたくも……」

「似たような者じゃないかと言いたいんでしょうが、わたしは湯浅ほど冷酷じゃない」

桑原が徳丸を睨《にら》んだ。

徳丸がばつ悪げに笑い、アイスコーヒーをがぶ飲みする。ストローは使わなかった。

「湯浅さんは倉庫会社で商品管理をしてるんでしょ？」

剣持は桑原に確かめた。

「ええ、大井埠頭《ふとう》にある倉庫会社でね。夜勤のほうが稼げるとかで、午後十時から翌朝七時まで仕事をしてるようですよ。この時間なら、まだ旗《はた》の台《だい》のアパートにいると思いますよ。住所は品川区旗の台なんだが、何丁目かはわかりません。アパート名は何だったっけな？」

「湯浅さんの自宅の住所はわかってます」

「なら、湯浅のとこに行かれたら？　あの男なら、岩松君に恨みを持ってる人間を知ってるかもしれません」

桑原がそう言い、残りのアイスコーヒーを一気に吸い上げた。剣持もアイスコーヒーで喉を潤《うるお》した。

それから間もなく、コンビはレストランを出た。もちろん、支配人に謝意を表することは忘れなかった。

「桑原から何か手がかりを得られるんじゃねえかと少し期待してたんだが、がっかりだな」

徳丸が『セボン』の前で言った。

「気を取り直して、湯浅の家《ヤサ》に行ってみましょうよ」

「そうするか」

「行きましょう」

剣持は先にプリウスの運転席に入り、イグニッションキーを捻《ひね》った。徳丸が助手席に腰を沈める。

剣持はシフトレバーに手を掛けた。ちょうどそのとき、城戸が電話をかけてきた。

「三浦昌平と接触できたんですけど、収穫はゼロでした。岩松とは電話し合ったり、数カ月ごとに飯を喰《く》ってるらしいんだけど、どちらも個人的な話題はなんとなく避けてたそうなんですよ」

「そうか。おれたちも少し前に桑原と別れたんだが、無駄骨を折っただけだったよ。これから徳丸《トク》さんと湯浅のアパートに向かう。そっちと雨宮は、御園達朗に会ってくれ」

「わかりました」

「そうだ、言い忘れるところだったよ。佐久間侑子の性器にも、岩松の体液が遺留されてたらしい。理事官から、そういう情報がもたらされたんだ」

「そうですか。岩松が五十八歳の女性にむらむらとしたとは思えないから、濡衣を着せるための偽装工作と考えるべきでしょうね」

「そう推測すべきだろうな。密《みつ》に連絡を取り合おう」

剣持は電話を切って、ギアをＰ《パーキング》レンジからＤ《ドライブ》レンジに移した。城戸の報告を徳丸に伝え、車を走らせはじめる。

『ハイム旗の台』に着いたのは、四十数分後だった。

今様《いまよう》の名が付けられているが、古ぼけた木造モルタル塗りの二階建てアパートだ。

湯浅の部屋は二〇三号室だった。

剣持たちは錆《さび》の浮いた鉄骨階段を上がり、二〇三号室の前に立った。徳丸が旧式のブザーを鳴らしたが、応答はなかった。

「留守なのかね。それとも寝入ってて、ブザーが聞こえなかったんだろうか」

「多分、まだ寝てるでしょう」

剣持は相棒に応じ、ドアをノックした。

それでも、返事はなかった。剣持は湯浅の名を連呼しつつ、拳《こぶし》でドアを叩きつづけた。

　と、ドアの向こうで人の動く気配がした。

「新聞の勧誘だったら、お断りだよ」

「そうじゃないんです。関東テレビの『ニュースオムニバス』の取材スタッフなんですよ」

　剣持は、ありふれた姓を騙《かた》った。

「部屋を間違えてるんじゃないの？　わたしは取材を受けるような立派な人間じゃないからね」

「あなたとつき合いのある岩松陽一さんが、連続殺人事件の容疑者として捜査当局にマークされてるようなんです。我々スタッフは、岩松さんはシロだと思ってます。岩松さんの嫌疑を晴らすために協力していただきたいんですよ」

「わかった」

　部屋の主がドアを開けた。

　湯浅は寝惚《ねぼ》け眼《まなこ》だ。プリントTシャツとショートパンツは皺《しわ》くちゃだった。頭髪も乱れている。

　剣持たちはテレビ局の社員を装って、三件の連続猟奇殺人事件の被害者たちの体内に岩松の精液が留《とど》まっていた事実を交互に喋った。

「何かの間違いでしょ？　もう知ってるかもしれないけど、岩松は十一年前に強姦殺人で起訴されて、九年以上も服役してたんだよ」

「ええ、知ってます。湯浅さんが元受刑者だということもね」

「そう。岩松は服役中によく被害者の夢を見て、夜中にうなされてた。罪を悔いてたから、レイプ殺人を重ねるなんて考えられないな。誰かが岩松を嵌《は》めようとしてるんだと思う。ああ、そうにちがいないよ」

「岩松さんに悪感情を持ってる人間に心当たりはありますか？」

「そういう奴はいないけど、岩松は一カ月前ぐらいに奇妙な体験をしたと言ってたね」

湯浅が剣持の質問に答えた。

「どんな体験をしたんでしょう？」

「ある晩、岩松は渋谷のセンター街を歩いてると、ちょっと派手な感じの二十六、七歳の女が『おいしいアルバイトをしません？』と声をかけてきたらしいんだ。岩松がきょとんとしてると、血液型を教えてくれと言ったんだってさ」

「それで？」

「岩松がA型だと答えると、夫と同じ血液型だと笑顔になったというんだ。その人妻はなかなか妊娠しないことで、夫の母親に『畑が悪いんじゃないの？』なんて厭味《いやみ》を言われつづけてみたいだね。でも、その彼女に妊娠能力がないわけじゃないから、一度身籠《みご》もって姑《しゅうとめ》をぎゃふんと言わせてやりたいんだと涙声で訴えたんだってさ」

「その彼女は自分を孕《はら》ませてくれたら、謝礼を払うとバイト話を持ちかけたんですね？」

「そうみたいなんだ。岩松は前金で三十万円のキャッシュを渡されたんで、その派手めな自称人妻と円山町《まるやまちょう》のラブホテルに入ったんだってさ。それで、彼は相手を二度抱いたようだね」

「女は当然、スキンは使わないでくれと言ったんだろうな」

「それが二度とも、スキンを装着させられたらしいんだ。その日は安全日だから、後日、タイミングを計《はか》って岩松の精液を自分でスポイトで膣内に注入するからと言ったんだってさ。それでね、相手の女は使用済みの二つのスキンを大事そうに自分のバッグに仕舞《しま》ったらしいよ」

「そうですか」

剣持は短い返事をして、徳丸と顔を見合わせた。岩松を連続猟奇殺人の犯人に仕立てあげようとした謎の人物は自称人妻を使って、元強姦殺人犯の精液を手に入れたのではないか。そして、相沢真帆、尾崎奈緒、佐久間侑子の性器に冷凍保存しておいた岩松の精液を注ぎ込んだのだろう。

ＤＮＡ型鑑定が捜査の決め手になっていることを逆手《さかて》に取ったトリックを使ったのではないのか。

幼稚な偽装工作が捜査を混乱させることは案外、少なくない。複雑なトリックのほうがむしろ看破されやすいものだ。連続猟奇殺人事件の真犯人は、巧みに盲点を衝《つ》いたのではないだろうか。

「派手めな自称人妻のバックにいる奴が岩松を陥れようとしたのかもしれないな」

湯浅が呟いた。

「その可能性はありそうですね。ところで、岩松さんの居所を知りませんか？　なぜか、姿を消してしまったんですよ」

「そうなの⁉　そういえば、岩松はきのうから携帯の電源を切ってるな。連続強姦殺人事件の犯人にされそうなんで、彼は逃げる気になったんだろうな」

「ええ、そうなんでしょう」

「かわいそうに。岩松の無実を早く立証してやってほしいな」

「そのつもりでいます。お寝《やす》みのところをありがとうございました。おかげで、事件解明のヒントをいただけましたよ」

剣持は礼を言って、二〇三号室のドアを閉めた。

2

坂道の両側にラブホテルが連《つら》なっている。

渋谷の円山町だ。剣持は、徳丸と肩を並べて坂を登っていた。

午後六時を回っていたが、残照で明るい。だが、若いカップルが堂々とホテルに入っていく。恥じらうカップルは皆無だった。

「最近は、ラブホのことをファッションホテルって言うんだってな」

徳丸が歩きながら、大声で言った。

「らしいね」

「秘密めいた語感がねえよな。ラブホテルと呼んだほうがいいよ。それ以前は、連れ込み旅館とか逆《さか》さクラゲとか呼ばれてたんだが、そっちのほうがずっとエロい」

「そうですね」

「おれ、幼稚園のころに初めて逆さクラゲって言葉を耳にしたんだ。温泉マークがクラゲが逆さに引っくり返ってるって意味で、連れ込み旅館のことだってわかったのは中学生になってからだったよ。とっくに死語になっちまったが、連れ込み旅館とか逆さクラゲのほうが淫靡《いんび》な感じでいいよな」

「ええ、まあ」

「剣持ちゃん、男同士が二人でラブホテル街をこうして歩いてると、ゲイのカップルと見られるんじゃねえの？」

「そうは見られないと思いますがね」

「いや、勘違いされそうだよ。そっちは右側にあるラブホを一軒ずつ訪ねて、防犯カメラの録画映像を観《み》せてもらってくれや。おれは左側のホテルを全部、当たらあ」

「徳《トク》丸さん、自意識過剰ですって」

剣持は苦笑した。

「いや、ゲイのカップルに見られるね。異性愛だけが恋愛じゃねえから、別に同性愛者たちに偏見を持ってるわけじゃねえんだ。ゲイでもレズでもいいと思うよ。けど、おれも剣持ちゃんもノンケなんだから、やっぱり妙な誤解はされたくねえ」

「そう思うこと自体が同性愛者たちに偏見を持ってることになるんじゃないのか

な？」

「剣持ちゃん、面倒臭《くせ》えことを言うなって。とにかく、そうさせてくれや」

徳丸が話を遮《さえぎ》って、左側にあるシャトー風のラブホテルに走り入った。

剣持は、斜め前にあるホテルのアプローチに足を踏み入れた。そのとき、梨乃から電話がかかってきた。

「報告が遅くなりました。御園達朗が剪定《せんてい》が終わるまで待っててほしいと言ったんで、仕事先で待たされちゃったんですよ。まだ植木職人の見習いなんで、親方に遠慮してるみたいですね」

「そうなんだろうな。で、どうだったんだ？」

「収穫はありませんでした。御園は、岩松を恨んでる人間はいないと思うと何遍も言ってましたね」

「そうか。おれは、いま徳丸《トク》さんと渋谷のラブホテル街に来てるんだ」

「えっ、主任と徳丸さんはそういう間柄だったんですか⁉ びっくりしました」

「雨宮、早合点するな。おれたち、そういう趣味はないよ。湯浅から、ちょっとした手がかりを得られたんだ」

剣持は詳しい話をした。

「その自称人妻の正体がわかれば、連続猟奇殺人事件の真犯人《ホンボシ》にたどり着けそうですね。わたしたちも、円山町に向かいましょうか」

「四人でホテルを当たることもないだろう。雨宮と城戸は西新橋のアジトに戻って、待機しててくれ」

「了解！」

　梨乃が通話を切り上げた。剣持は刑事用携帯電話《ポリスモード》を懐《ふところ》に戻し、一軒目のラブホテルのエントランスロビーに入った。

　右手に小さなフロントがあるが、無人だった。左手には、客室のパネル写真が掲《かか》げられている。早くも三分の一はランプが消えていた。

　剣持はフロントのブザーを押した。

　ややあって、窓口のカーテンが横に払われた。顔を見せたのは五十代半《なか》ばの女性従業員だった。

「うちは、外からプロの女の子を呼んでないんですよ。だから、カップル客以外はご利用をお断りしてるの。デリバリーの娘《こ》を呼べるホテルも一、二軒あるようだけどね」

「捜査に協力してほしいんですよ」

剣持は警察手帳の表紙だけを素早く見せた。

「うち、法律に触れるようなことはしてませんよ。オーナーは堅気ですから、真《ま》っ当《とう》な商売をしてるんです」

「このホテルが捜査対象になってるわけじゃないんですよ。一カ月あまり前に円山町のホテルを利用したカップルの女性のほうが、ある殺人事件に間接的に関与してるかもしれないんです」

「わーっ、怖《こわ》い！」

「防犯カメラの録画は保存してありますね？」

「ええ、六十日分の画像はまだ消去してませんけど」

「それを観せてもらいたいんです」

「は、はい」

女性従業員がフロントの横のドアを開けた。六台のモニターが壁際に設置され、椅子が二脚ある。正面にはラックがあり、ビデオテープとＤＶＤが収まっていた。

「一応、七月一日からの録画を観せてもらおうかな」

「わかりました。すぐに録画映像を再生しますんで、椅子にお坐りになって」

「ありがとう」

剣持はアーム付きの回転椅子に腰かけた。

女性従業員が手早くＤＶＤをプレイヤーにセットし、録画を再生しはじめた。剣持は画像を早送りしながら、すべての録画を観た。

だが、岩松陽一の姿は映っていなかった。剣持は女性従業員に謝意を表し、二軒目のホテルに移った。結果は同じだった。

三軒目に訪れたホテルで、ようやく収穫があった。去る七月十一日の録画だった。

岩松は午後十時五分過ぎに二十六、七歳の派手な印象を与える女とホテルに入っている。そのとき、連れの自称人妻は麻の生成《きな》りのジャケットを羽織っていた。

だが、午前二時数分前にホテルを出た彼女はジャケットを小脇に抱えていた。左の二の腕には、緋牡丹《ひぼたん》の刺青《いれずみ》が彫られている。

タトゥーマシンによる機械彫りではなく、手彫りのようだ。剣持は録画を借り受け、ホテルを出た。路上で徳丸に電話をかけ、すぐに呼び寄せる。

「湯浅の話の裏《ウラ》付けを取れたんだな？」

「そうなんですよ。岩松とラブホに入った自称人妻は、左の二の腕に刺青《スミ》を入れてた。ファッション感覚で、機械彫りのタトゥーを入れたんじゃないですね。図柄は緋牡丹だし、ぼかしも自然なんですよ」

「なら、手彫りだな」

「ええ、間違いないと思います。岩松の精液を欲しがった女は堅気じゃないんでしょう」

「だろうな。組対《そたい》に長くいた城戸なら、その女の素姓《すじょう》を知ってるかもしれねえな。剣持ちゃん、城戸たち二人はどこにいるんだい？」

「アジトで待機させてるんですよ」

「それなら、『桜田企画』に戻ろうや」

「そうしましょう」

二人は坂道を下《くだ》って、東急百貨店本店の近くの路上に駐《と》めてあるプリウスに乗り込んだ。文化村通りだ。

剣持の運転で、極秘捜査班のアジトに戻る。

城戸と梨乃はソファに坐って何か話し込んでいた。徳丸が二人に収穫があったことを伝える。剣持は、借りてきた録画を手早く再生させた。

「岩松の連れの女、見覚えがあるな」

城戸が画像を停止させ、喰《く》い入るように見た。

「素っ堅気じゃないよな？　城戸、なんとか思い出してくれ」

「やくざの情婦《いろ》だった気がするが、誰だったかな。リーダー、少し時間をください」

「焦《あせ》らなくてもいいよ。女は、左の二の腕の部分に緋牡丹の刺青《スミ》を入れてる」

「ええ」

「おまえ、彫り師を知ってるんじゃないか？」

「彫り政《まさ》の五代目はよく知ってますよ」

「だったら、携帯のカメラで静止画像を撮《と》って、彫り政の五代目に写真メールを送信してみてくれないか」

「あっ、そうか。そうすれば、女が何者かわかりそうっすね」

「ああ。頼むぜ」

剣持は言った。

城戸が言われた通りにして、知り合いの刺青師に電話をかけた。電話が繋がったようだ。

「五代目、いきなり写真メールを送信したんで、驚かれたでしょ？　七十年も生きてりゃ、たいがいなことではびっくりしないか。そうかもしれないっすねな」

「……………」

「その女の緋牡丹は手彫りなんでしょ？　えっ、五代目が彫ったんすか。なら、彼女のことは当然、知ってますよね？」

「…………」

「客の個人情報は教えられないって？　五代目の人柄はよくわかってるっすよ。でもね、その彼女は連続猟奇殺人事件の真犯人を知ってるかもしれないんす」

「…………」

「事件の内容は具体的に話せないんっすよ。ですんで、勘弁してください。五代目に決して迷惑はかけませんよ。お約束します。それから、緋牡丹の女を検挙《アゲ》るようなことにはならないでしょう」

「…………」

「ある程度は貫目《かんめ》のある筋者の情婦《いろ》だったと思うんすが、記憶がはっきりしないんっすよ。え？　やっぱり、そうだったか。五代目、そこまで話してくれたんなら、出し惜《お》しみしないでほしいっすね」

「…………」

「えっ、無理っすよ！　おれの彼女に総身《そうしん》彫りの肌絵を入れさせてくれたら、捜査に協力すると言われてもな。亜希は素人娘っすからね。芸術的な仕上がりになることはわかってますって。五代目は、人間国宝にしたいような彫り師っすからね」

「………」

「わかりますよ、五代目が面白くないのはね。タトゥーマシンで変てこな図柄を入れて得意がってる馬鹿娘が増えましたから。ええ、機械彫りじゃ駄目です。はい、価値なんかありません！　おっしゃる通りっす」

「………」

「女の客が極端に少なくなったからって、何もおれの彼女に総身彫りを入れる気にならなくてもいいでしょ？　ええ、そうっす。競艇選手です、亜希は」

「………」

「確かに、どっちかといえば、鉄火肌でしょうね。だからって、亜希の全身に飾り絵を入れさせろというのはめちゃくちゃっすよ。なら、おれでもいいって？　ええ、大阪市の職員が百人以上も刺青を入れてたらしいっすけどね。でも、おれは現職の刑事っすよ」

「………」

「別に出世欲なんかありませんよ。やくざに見えるんだから、彫り物をしょったほうがいいというのもわけがわからないっすね」

「………」

「五代目、だいぶ酔ってます？　冷やで一升近く飲んじゃったんすか。それじゃ、明日の午前中に電話をかけ直すっすよ」

「……………」

「まだ泥酔はしてないんですか。えっ、退屈だから、おれをからかっただけ？　五代目も人が悪くなったっすね」

通話が中断した。

剣持は噴《ふ》き出しそうになった。まるで落語のような遣《や》り取《と》りだった。徳丸と梨乃も懸命に笑いを堪《こら》えている。

「やっぱり、そうだったな。義友会の舎弟頭補佐の情婦《いろ》で、野添《のぞえ》沙弥香《さやか》か。二十六歳っすか」

「……………」

「いや、舎弟頭補佐が春先から傷害と恐喝のダブルで、府中刑務所で服役してることは知りませんでしたよ。組対から総務部企画課に飛ばされたんで、裏社会の最新情報が入ってこなくなっちゃったんすよ」

「……………」

「企画課なのに、現場捜査に携わってるのかって？　そうじゃないんっすよ。捜一にいる親しい刑事に頼まれたんで、五代目にちょっと協力してもらおうと思ったわけっす」

「…………」

「おれ、別に隠しごとなんかしてないっすよ。そんなことよりも、野添沙弥香は彼氏が服役中なら、生活に困ってるんでしょ？」

「…………」

「自宅マンションで、デリバリーヘルス嬢の派遣業をやってるのか。『エンジェル・クラブ』という名で、夕刊紙やスポーツ紙によく広告を載せてるんすね。五代目、沙弥香の自宅の住所はわかります？　すみません！　お手間を取らせてしまって。はい、待つっす」

城戸がポリスモードの送話孔《そうわこう》を掌《てのひら》で塞《ふさ》いで、大きく振り返った。

「上々だ」

「リーダー、沙弥香の自宅マンションに行ってみましょうよ」

「そうだな」

剣持は小声で答えた。

梨乃がメモ帳とボールペンを黙って城戸に渡す。徳丸は静止画像を見つめていた。

野添沙弥香の顔を脳裏に刻みつけているのだろう。

「五代目、申し訳ありません。港区赤坂五丁目二十×番地、『赤坂スターレジデンス』の七〇一号室すね？　ありがとうございました」

城戸が電話を切り、メモを差し出した。剣持は紙切れを受け取って、巨漢刑事を犒《ねぎら》った。

「そっちとおれが沙弥香に会いに行くか」

徳丸が剣持に言った。と、城戸が口を挟んだ。

「おれがリーダーと一緒に行きますよ。徳丸さんは、そろそろ『はまなす』のママの顔を見たいんでしょ？　顔に、そう書いてあります」

「城戸、訳知《わけし》りぶるんじゃねえよ。おまえ、男女のことがわかるほど色の道を究《きわ》めたのか。え？」

「本当のことを言われたんで、焦っちゃったみたいだな」

「城戸、くどいぞ」

「徳《トク》丸さん、大人げないな。沙弥香の自宅には、雨宮と行きます。同性のほうが、沙弥香の嘘を見抜けると思うんだ」

「そうかもしれねえな」

「徳丸《トク》さんと城戸は、ここで待機しててください」

剣持は言って、ラブホテルから借りた録画の収まったＤＶＤをプレイヤーから引き抜いた。

すぐに梨乃と『桜田企画』を出て、エレベーターで地下一階の駐車場に下《くだ》る。

「わたしが運転を担当します」

梨乃がプリウスに乗り込んだ。剣持は助手席に坐った。相棒が滑らかに車を発進させた。

『赤坂スターレジデンス』に着いたのは、十五、六分後だった。

二人はプリウスを路上に駐《と》め、十一階建ての賃貸マンションの集合インターフォンに急いだ。出入口はオートロック・システムになっていた。

梨乃がテンキーに手を伸ばし、部屋番号を押す。

少し待つと、スピーカーから若い女の声が流れてきた。

「どなたかしら？」

「警視庁の者です」

「えっ⁉　わたし、派遣してる娘《こ》たちに売春なんかさせてないわよ」

「そのことではなくて、あなたに確認してもらいたい録画映像があるの。ちょっとお邪魔させて」

「なんの録画なのかしら？　なんか気になるわ」

「とにかく、ドア・ロックを解除してほしいの！」

梨乃が言った。有無《うむ》を言わせないような強い口調だった。部屋の主が気圧《けお》された様子で、ロックを解いた。

剣持たち二人はエントランスロビーに歩《ほ》を進めた。エレベーターは二基あった。手前の函《ケージ》で七階に上がる。七〇一号室は、エレベーターホールの近くにあった。梨乃がインターフォンを響かせると、ドアが開けられた。

野添沙弥香は黒いプリントTシャツ姿だった。下は細身のホワイトジーンズだ。左の二の腕の刺青は丸見えだった。

剣持たちは警察手帳の表紙だけを見せ、おのおの苗字を告げた。

「派遣の娘たちは出払ってるのかな？」

剣持は訊いた。

「ええ」

「ちょっとDVDプレイヤーを使わせてもらいたいんだ」

「わかりました。どうぞ上がってください」

沙弥香が玄関マットの上に、二足のパナマ製のスリッパを揃えた。

剣持と梨乃は二十畳ほどのリビングに通された。間取りは2LDKのようだが、各室が広かった。

梨乃が部屋の主に断ってから、ラブホテルから借りた録画を再生させる。

画像に目をやった瞬間、沙弥香が口に手を当てた。見開いた目は動かなくなった。

「七月十一日の夜、きみは不妊に悩んでる人妻を装って、円山町のラブホテル『エクスタシー』に岩松陽一を誘い、二度セックスをしたね。岩松に三十万円のアルバイト代を渡して、使用済みのスキンを持ち帰った。そうだな？」

剣持は沙弥香の顔を正視した。

「な、なんでわかったんです⁉」

「左の二の腕の緋牡丹は、彫り政の五代目に入れてもらったんだってな」

「ああ、それでなのね」

「きみは誰かに頼まれて、岩松の精液を手に入れたんだろ？」

「それは……」

「素直に吐かないと、きみは殺人の共犯になるかもしれないんだぞ」

「冗談じゃないわ。わたし、知らない男に西麻布のワインバー『J《ジェイ》』で声をかけられ、まとまった小遣いを稼がないかと二百万円を前金でもらったの。そのとき、岩松って彼の顔写真も渡されたのよ。それから、彼の板橋の自宅アパートと北区の勤め先の住所も教えてもらったわ」

「その依頼人は、どんな奴だった？」

「ハンチングを被ってサングラスもかけてたんで、顔かたちははっきりとわからなかったわ」

「体つきから察して、年齢の見当はついたんじゃないのか？」

「多分、三、四十代でしょうね。その男はどうしても岩松って男の精液が欲しいから、わたしに手に入れてくれと言ったの。行きずりの男とワンナイトラブをしたと思えばいいと割り切って、わたし、二百万を稼いだわけよ。ううん、正確には百七十万円ね。ハンチングの男に、岩松に怪しまれないようバイト代として三十万円渡してやってくれって言われてたのよ。だから、二百万円のうちから払ってやったの」

「使用済みの二つのスキンは、いつハンチングの男に渡したんだ？」

「円山町のホテルからタクシーで帰宅したら、なんとマンションの前でハンチングの男が待ってたのよ。ワインバーで二百万円を貰った夜、わたしは尾行されて自宅を突き止められたんでしょうね」

沙弥香は答えた。

「謎の男は、車の中で待ってたのか？」

「ううん、マンションの前の暗がりに立ってたの。そう遠くない場所に自分の車を駐《と》めてあったのかもしれないけどね」

「そいつが不妊で悩んでる人妻を装えと知恵を授《さず》けてくれたのか？」

「ええ、そう。わたしは岩松って彼を尾《つ》けて、渋谷のセンター街で、A型の精液が欲しいと……」

「岩松は十一年前に強姦殺人で捕まって、九年以上も服役してたんだ」

「嘘でしょ!?」

「本当の話だよ。ハンチングの男は、岩松の犯行に見せかけて三人の女性を次々に絞殺した疑いがあるんだ。岩松の昔の犯行とそっくりな手口でな」

「わたし、連続強姦殺人の片棒を担《かつ》がされてたかもしれないの!?」

「ああ、おそらくな」

「わたし、共犯じゃないわよ。だって、何も知らなかったんだもん。嘘じゃないわ。手っ取り早く百七十万を稼ぎたくて、ハンチングの男に頼まれたことをやっただけで……」

「それは、わかってる。ハンチングの男は立ち去るとき、きみに何か言わなかった？」

「言ったわ。『おれが頼んだことを他言したら、どんな手段を使ってでも、おまえを犯罪者に仕立てて留置場《トリカゴ》にぶち込むからな』と凄んだの」

「そうか」

剣持は何か拾い物をした気がした。一般的には留置場はブタバコと呼ばれている。しかし、警察関係者や裏社会の人間たちはトリカゴという隠語を使う。岩松陽一の体液を手に入れた正体不明の男は、どちらかに属しているのではないか。

「わたし、連続殺人にはまったくタッチしてないわよ」

「あなたは嘘なんかついてない。犯罪心理学を少し齧《かじ》ったわたしにはわかるわ。でも、罪深いことをしたわね」

梨乃が沙弥香に言って、プレイヤーからDVDを抜いた。

「わたし、どうすればいいの？」

「おいしい話には迂闊《うかつ》に乗らないことだな。きみが法的に罰《ばっ》せられなくても、連続強姦殺人に加担したことは拭いようがないんだから、被害者たちの冥福を祈るんだな」

「そうするわ」

「引き揚げよう」

剣持は梨乃に声をかけ、玄関ホールに向かって歩きだした。

3

いたずらに三日が流れてしまった。

剣持は極秘捜査班の刑事部屋の窓から、往来を眺《なが》めていた。正午過ぎだった。

沙弥香の自宅マンションを訪ねた夜、剣持は梨乃と西麻布のワインバー『J』に回った。

店には防犯カメラはなかったが、二人のバーテンダーがハンチングを被った客のことを記憶していた。男は初めての客で、さりげなく沙弥香のかたわらのスツールに腰かけ、何か小声で語りかけていたらしい。カウンターの下で、厚みのある茶封筒を沙弥香に渡したともバーテンダーは証言している。

沙弥香の話は事実と判断してもいいだろう。正体不明の男は、留置場のことをトリカゴと言ったという。

チームは、十一年前の強姦殺人事件の担当捜査員を調べた。主に岩松を取り調べた所轄署と本庁刑事の計九人の動きを手分けして探《さぐ》ってみた。その九人は、岩松の手口をよく知っているはずだ。

しかし、不審な者はいなかった。刑務官たちや岩松の刑務所仲間のことも調べた。だが、怪しい人物はいなかった。

沙弥香に接近して岩松の体液を手に入れさせた者が、三件の連続強姦殺人事件の実行犯と思われる。あるいは、殺人教唆しただけなのかもしれない。どちらにしても、ハンチングの男が一連の犯罪に関わっていることは間違いなさそうだ。

行方をくらましたままの岩松は、いまも消息がわからない。相沢真帆、尾崎奈緒、佐久間侑子の体内に岩松の精液が遺留していた事実は、きわめて不利な材料だ。どう弁明したところで、容疑は消えないだろう。

岩松は絶望的になって、逃亡する気になったにちがいない。

そう確信を深めたとき、別の思いが剣持の脳裏を掠《かす》めた。逃亡の理由は、それだけだったのだろうか。

岩松は、単に濡衣を着せられることを恐れただけなのか。彼は自分を陥れようとした真犯人に察しがついていたのかもしれない。そうだとすれば、命を狙われる可能性もあるだろう。

岩松は自殺か事故に見せかけて真犯人に葬《ほうむ》られるかもしれないと考え、姿を消したのではないのか。考えられないことではないだろう。

「主任、焦ることはないですよ」

かたわらに立った梨乃が、小声で言った。

「捜査は足踏み状態だが、別に焦っちゃいない。おれたちは名探偵の集団ってわけじゃないんだ。快刀乱麻《かいとうらんま》を断つってわけにはいかないよ」

「ええ、そうですね」

「例のハンチングの男が留置場《トリカゴ》という隠語を使ったんで、十一年前の強姦殺人事件を担当した刑事の中に多分……」

「実は、わたしもそう考えました。担当刑事だった者なら、中里美寿々の局部に挿入されてた黒いサインペンのサイズやメーカーまでわかってるはずですからね」

「そうなんだよな。三件の連続猟奇殺人の被害者にも、まったく同じ型のサインペンが突っ込まれてた」

「そうですね。そういうことまでは、マスコミは報じませんでした。わたし、十一年前の全国紙の縮刷版で確認したんですよ」

「そうだったのか。そうしたことまで知ってる奴は、担当刑事、刑務官、元受刑者に限られるだろうと考えたわけだが……」

「担当者でなくても、十一年前の強姦殺人事件の調書は閲覧《えつらん》可能なんじゃないのかしら？」

「正当な理由がなければ、部外者は事件簿を閲覧できない。そんなことは、雨宮も知ってるだろうが」

「原則は、そうなってますよね。だけど、警察関係者が親しくしてる担当捜査員に頼み込めば……」

「閲覧は無理でも、事件調書を複写してもらうことは可能だろうな」

「ええ。わたし、ハンチングの男は警察関係者だと睨んでます。刑務官や元受刑者じゃなくてね」

「そう思った根拠は？」

「警察関係者じゃなければ、事件調書のコピーは入手できないでしょ？」

「もう一度、十一年前の強姦殺人事件を担当した刑事を洗い直してみるか」

「ハンチングの男に協力した者がいたとしても、絶対に口は割らないでしょ？　下手したら、懲戒免職ですからね」

「洗い直してみても、無駄か」

剣持は長嘆息《ちょうたんそく》した。そのとき、城戸の声が背後で響いた。

「二人で何を見てるんす？　あんまり暑いんで、若い女たちが真っ裸で歩いてるのかな？」

「もう少しウィットのある冗談を言えよ。捜査が進展しないが、おまえはどう動くべきだと思う？」

剣持は、窓辺にたたずんだ城戸に意見を求めた。

「ハンチングの男の割り出しはいったん中断して、三件の猟奇殺人事件の被害者たちの直近《ちょっきん》数カ月の行動を先に調べてみたほうがいいんじゃないっすかね」

「そのほうが近道か」

「根拠があるわけじゃないけど、そんな気がします。相沢真帆、尾崎奈緒、佐久間侑子の三人には何か共通してるものがあると思うんすよ。剣持さんが推測したことは、ビンゴでしょう」

「猟奇殺人に見せかけた事件の被害者たちはどこか同じ場所で、何か犯罪をたまたま目撃してしまった。それだから、口を封じられたんではないかと推測してたんだが……」

「そうなんじゃないっすか。自分、そういうふうに筋を読めると考えはじめてるんすよ」

「わたしも、その線は充分にあり得ると思いますね」

梨乃が城戸に同調した。

「三番目の事件の被害者は五十八歳だから、性犯罪の犠牲者になったとは考えにくい。雨宮も、そう思ってるんだろ？」

「ええ。三人の体内には岩松陽一の精液が遺留してたわけですけど、猟奇殺人を装ったことは間違いないでしょう」

「ああ、それはな。城戸の提案に従うべきかもしれない」

剣持は体を反転させた。そのすぐ後、無線室から徳丸が飛び出してきた。いつになく緊張している顔つきだった。

「剣持ちゃん、岩松陽一の射殺体が八王子の郊外で発見されたぜ。署轄系の無線の遣《や》り取《と》りを聴いてたら……」

「現場は、八王子のどのあたりなんです？」

「小仏《こぼとけ》トンネルの北に位置してる上恩方《かみおんがた》の雑木林の中で、頭部を撃たれた岩松が俯《うつぶ》せに倒れてたようだ。発見者は、近くで昆虫採集をしてた小学生の坊やみてえだな」

「正体不明のハンチングの男が岩松を葬ったのかもしれない」

「それも考えられるが、遺体のそばに位牌《いはい》が置かれてたようだぜ。詳しいことはわからねえが、〝信女《しんにょ》〟という字が戒名に入ってたらしいよ」

「もしかしたら、それは十一年前に岩松に殺された中里美寿々の位牌なのかもしれません。故人が男なら、居士《こじ》なんて戒名に付きますからね」

剣持は言った。

「岩松に十一年前に犯されて絞殺された美容専門学校生の血縁者がネットの裏サイトで殺し屋を見つけて、報復殺人の代行をしてもらった可能性もありそうだな」

「徳丸《トク》さん、復讐だとしたら、仮出所したばかりの岩松を抹殺すると思うんですよ」

「確かに報復の時期が遅すぎるな。それに、位牌も作為《さくい》的だ」

「ええ、ミスリード工作っぽいですよね。岩松を連続猟奇殺人事件の犯人《ホシ》に見せかけた真犯人は、中里美寿々の遺族が報復殺人を企てたと思わせたかったのかもしれないが、偽装が子供じみてる」

「そうだな。本気で捜査当局の目を逸《そ》らしたいんじゃなく、警察をからかってるつもりなのか」

「そうだとしたら、赦《ゆる》せないな」

「岩松を連続猟奇殺人事件の犯人《タマ》に仕立てようとした奴が八王子の射殺に絡んでると

受け取らないほうがいいんじゃねえのか」

「徳丸《トク》さん、どういうことなんです？」

「岩松を嵌《は》めようとした奴が単に射殺したら、もったいないじゃねえか。岩松が自殺したことにすりゃ、連続猟奇殺人事件の加害者がもう逃げ切れないと判断して、自ら命を絶ったと思わせることができる」

「なるほど」

「いずれ自殺に見せかけた他殺だったと見破られることになるだろうが、その間、真犯人は捜査圏外にいられるってわけだ」

「そうですね」

「なのに、岩松を射殺しちまったら、なんのメリットもねえ。それだから、岩松を嵌めようとした真犯人《ホンボシ》は射殺事件には関与してないと思ったわけよ」

「徳丸さんがそう推測したことにケチをつける気はないんですけど、ならば、岩松を亡《な》き者にしたのは誰なのかしら？」

梨乃が口を挟んだ。

「まだ戒名が誰の物かわからねえが、中里美寿々の血縁者の復讐にしては、時期が遅すぎるよな？」

「ええ、そうですね」

「ひょっとしたら、相沢真帆か尾崎奈緒の遺族が報復殺人をやらかしたのかもしれねえな。被害者の二人は、まだ二十代の半ばだったんだ。親兄弟にしてみれば、故人の死を諦めきれねえと思うんだよ。佐久間侑子の遺族も、もちろん加害者を赦《ゆる》せねえ気持ちだろうが、もう六十近かったわけだからさ」

「女性の平均寿命は八十五歳以上なんですよ。佐久間侑子の親族だって、そう簡単には犯人を赦す気にはならないと思いますけどね」

「雨宮の言う通りかもしれねえ。三人の被害者の遺族の誰かが岩松に天誅《てんちゅう》を加えたか、犯罪のプロを雇った可能性はあるだろうな」

「城戸は、どう筋を読んでる？」

剣持は巨漢刑事に問いかけた。

「徳丸さんが言ったように、真犯人が岩松を一連の殺人事件の犯人《ホシ》に仕立てようとしたことは間違いないんだろうから、自殺に見せかけようとするでしょうね。偽の遺書に相沢真帆たち三人を殺害したのは岩松なんだと記《しる》して。でも、岩松は撃ち殺されたわけだから、レイプ殺人の被害者の血縁者の犯行《ヤマ》とも考えられるんじゃないっすか」

「そうなんだろうか」

「リーダー、二階堂理事官に射殺事件の初動捜査情報を集めてもらいませんか。何か手がかりが得られるかもしれないっすよ」

城戸が言った。剣持は大きくうなずき、その場で理事官のポリスモードを鳴らした。

スリーコールの途中で、電話は繋がった。

「八王子の郊外で、岩松陽一の射殺体が見つかったようですね」

「そうなんだ。ある程度の初動捜査情報を集めてから、きみに電話しようと思ってたんだよ」

「そうですか」

「担当管理官に八王子署と本庁《うち》の機捜に速《すみ》やかに情報収集してくれと指示しておいたから、少し待っててくれないか」

「わかりました」

「剣持君、岩松陽一に濡衣を着せようとした謎の人物が射殺事件の絵図を画《か》いたんだろうね」

二階堂が言った。

「おれもそう直感したんですが、徳丸《トク》さんは別の筋読みをしてるんですよ」

「どう推測したのかな?」

「一連の強姦殺人事件の被害者の遺族たちの誰かが報復殺人を企てた疑いがあるのかもしれないと……」

剣持は詳しく伝えた。

「そういう推測もできるね。捜査員たちから、遺族らは岩松が重要参考人であることはそれとなく聞いてただろうからな」

「ええ」

「しかし、十一年前に犠牲になった中里美寿々の遺族はシロだろう。岩松は九年以上も服役し、仮出所後は故人の月命日の墓参を欠かさなかったという話だったね?」

「そうです」

「ならば、岩松が罪を悔やんでたことは被害者の身内も感じ取ってたはずだよ。だから、中里家の関係者が復讐殺人をするとは思えないな」

「そう考えるべきでしょうね」

「だが、ほかの三人の遺族は連続猟奇殺人事件の犯人は遺留体液のこともあって岩松陽一だと思い込んでるだろうから、報復殺人を企てないとも限らないぞ」

「ま、そうですね」

「初動捜査情報が集まり次第、きみに連絡するよ」

「お願いします」

「剣持君、例の正体不明の男を突き止められるかもしれないと思って、警務部人事一課監察の首席監察官に懲戒免職になった警察官と職員の全リストを出してもらって、わたしなりに交友関係を調べてみたんだ」

「理事官にそこまでしていただいて、恐縮です！　ただでさえお忙しいのに、申し訳ありません」

「いいんだよ。わたしは極秘捜査班の班長も兼務してるんだから、少しはチームの役に立つことをしないとね。それはともかく、免職者の中に十一年前の強姦殺人事件の担当捜査員と個人的に親しくしてる者はひとりもいなかったんだ」

「そうですか。岩松を陥れようとしたと思われる人物は、マスコミでは報じられなかったレイプ殺人犯の手口をどうやって細かく知ったんだろうか。それが謎ですね。そいつは何らかの方法で事件通報者を見つけ出し、被害者の局部に黒いサインペンが突っ込まれてることを聞いたんでしょうか」

「そういうことも考えられるが、警察学校で同期だった者の繋《つな》がりは退官までつづくケースが多いだろう？」

「ええ、そうですね。その繋がりを利用すれば、十一年前の強姦殺人事件の事件調書の写しを入手することも可能だな。事件を扱った野方署に一度、誰かを行かせましょう」

「いや、それはわたしの部下の管理官に洗い直させよう。いったん電話を切らせてもらうよ」

二階堂が通話を切り上げた。剣持はポリスモードを折り畳み、三人のチームメートを等分に見た。

「理事官からの情報待ちなんだ」

「それじゃ、ティータイムにしましょうか」

梨乃が言って、ポットやコーヒーメーカーの載ったワゴンに歩《ほ》を運んだ。剣持たち三人は応接ソファに思い思いに坐った。

少し経《た》つと、梨乃が四人分のコーヒーを淹《い》れてくれた。

二階堂理事官から剣持に電話がかかってきたのは、午後三時過ぎだった。

「すっかり連絡が遅くなってしまったが、ようやく初動捜査情報が集まったよ。岩松は後頭部を至近距離で撃たれて、ほぼ即死だったようだな」

「凶器は？」

「貫通した弾丸の線条痕で、アメリカ製のＡＭＴハードボーラーⅡと判明した。弾頭にも遺留薬莢《やっきょう》にも、指紋《モン》はまったく付着してなかったそうだ」

「そうですか。理事官、近所の住民が銃声を耳にしてるでしょ？」

「それがいないんだ。現場は東京とは思えないほど緑が多くて、民家も多くないそうなんだよ。だからね、不審者の目撃情報も現在のところ、一件も寄せられてないらしい」

「射殺体の周辺に人が揉み合った痕跡はあったんでしょうか」

「そうした痕跡は見られなかったというから、岩松は射殺犯とは顔見知りだったと思われるね」

「岩松の所持金は？」

「遺体から数メートル離れた所に、ボストンバッグが落ちてたというんだ。その中に一千万円近い現金が入ってたらしい」

「確か捜査本部の調べでは、姿をくらましてから岩松は一度も銀行預金を引き出していないってことでしたよね？」

剣持は確かめた。

「そうなんだ。利根川を泳いで渡って逃げた岩松は、どこでそんな大金を手に入れたのかね。きみはどう考える？」

「岩松は自分に濡衣を着せようとした人物に見当がついてて、その相手から大金を脅し取ったのかもしれませんね。一種の口止め料として、まとまった金をせしめたんじゃないでしょうか」

「そうなのかもしれないな。岩松はもっと口止め料を毟《むし》れると考え、追加分を要求したんではないんだろうか」

「理事官、きっとそうにちがいありません。岩松はまんまと雑木林の中に誘い込まれ、油断しきってるときに背後から頭部を撃ち砕《くだ》かれたんでしょう」

「それだから、現場に争った痕跡がなかったわけか。ああ、そうなんだろうね」

「理事官、現場にあった位牌は誰の物だったんです？」

「相沢真帆の物だったんだが、本当の戒名とは一字違ってた。本物の位牌は、ちゃんと相沢宅にあったそうだ。射殺犯が相沢真帆の遺族の犯行と思わせたくて、小細工を弄《ろう》したんだろうね」

「そうなんでしょう。しかし、念のために三つの捜査本部に三人の強姦殺人事件の被害者の遺族たちの動きを探ってみてもらってください。岩松殺しには、誰も絡んではいないと思いますがね」

「わかった」

「おれたち四人は、相沢真帆、尾崎奈緒、佐久間侑子の直近の行動を地味に調べてみます。三人に何か共通項があると思いますんで」

「そうか。何か事件を解く緒《いとぐち》が見つかるといいな」

理事官が電話を切った。

剣持はポリスモードを閉じ、仲間たちに通話内容をつぶさに喋りはじめた。

4

遺影は笑っていた。

翳《かげ》りのない笑顔だった。世田谷区世田谷二丁目にある相沢宅だ。

階下の仏間である。八畳間だった。

剣持は線香を手向《たむ》け、両手を合わせた。

斜め後ろには、故人の母親が正坐している。五十二歳で、澄江《すみえ》という名だった。

剣持は、真帆が勤めていた税理士事務所の顧客になりすましていた。澄江に渡した偽名刺には、むろん本名は刷り込まれていない。

梨乃は尾崎宅、城戸は佐久間宅を訪れているはずだ。徳丸は八王子に出向き、射殺現場付近でこっそり聞き込みをすることになっていた。

剣持は合掌を解《と》き、仏壇に背を向けた。目の前の座卓には、日本茶が置かれている。

「後《おく》れ馳《ば》せながら、お悔やみ申し上げます」

「わざわざありがとうございました」

「お母さん、無念でしょうね。お嬢さんは事務職でしたんで、ほんの数回、税理士事務所でお目にかかっただけなんですが、とても感じがよかったですよ」

「そう言っていただけると、親としては嬉しく思います。ですけど、真帆はもうこの世にいないんですよね」

澄江がうつむき、ハンカチで目頭を押さえた。会話が中断する。

三十秒ほど経つと、澄江が顔を上げた。

「粗茶ですが、どうぞ……」

「いただきます。お渡しした名刺でおわかりでしょうが、わたし、調査会社を経営してるんですよ」

「そのようですね」

「浮気調査が多いんですが、数年前まで某署の刑事課強行犯係をやってたんです」

　剣持は、もっともらしく言った。

「強行犯係というのは、確か殺人や強盗事件を捜査されてるんですよね？」

「ええ、そうです。代々木署に設置された捜査本部は岩松陽一という男を重要参考人と目《もく》してたようですが、そいつはきょう八王子の雑木林で射殺体で発見されたんですよ」

「ええ、知ってます。テレビのニュースでそのことを知って、わたし、びっくりしました。捜査員の方たちは、十一年前にレイプ殺人事件を起こした岩松という男が娘を殺害したのに間違いないとおっしゃってたんです」

「遺留体液のＤＮＡ型鑑定で、捜査本部は岩松を犯人と特定したんでしょう。しかし、わたしが個人的に調べたところ、どうも岩松は誰かに濡衣を着せられたようなんですよ」

「えっ、そうなんですか!?」

「娘さんとは面識があったんで、わたし、事件の真相に迫ってみたいんですよ。元刑事ですんで、じっとしてられなくなったんです。遺族の方たちに迷惑をかけるような調査はしません。ですんで、わたし、個人的に事件のことを調べてみたいんですよ。

かまわないでしょうか？」

「ええ、よろしくお願いします」

「それでは、そうさせてもらいます。八月上旬、尾崎奈緒という二十四歳の女性、そして先日は佐久間侑子という五十八の方が娘さんと同じ手口で殺されました。警察は岩松による連続猟奇殺人事件という見方をしたようですが、真相は違うでしょう」

「でも、被害者の体内には岩松の……」

「ええ。遺留体液の血液型・ＤＮＡ型鑑定で、岩松陽一のものと判明しましたよね。しかし、重要参考人は加害者ではないでしょう。真犯人がある女性を使って、岩松の精液を入手した事実をわたしは調べ上げたんですよ」

「そのこと、捜査本部の方たちは知ってるんでしょうか？」

澄江が問いかけてきた。

「知らないはずです。だから、真犯人の見当がついたら、わたしは警察に全面的に協力するつもりです。民間人になったわたしが手柄を立てたところで、警視総監賞を貰えるわけじゃありませんから」

「それは、そうでしょうね」

「真犯人は、お嬢さんを含めて三人の被害者の身は穢《けが》してないと思います。冷凍保存してあった岩松の体液をスポイトか何かで注入したんでしょう」

「そうならば、少しは救いがあるわ。犯されて絞殺されたんでは、被害に遭《あ》った女性たちが哀《あわ》れすぎます」

「ええ、そうですよね。まだ推測の域を出てないんですが、お嬢さんたち三人の被害者は偶然に見てはいけないものを見てしまったんでしょう。たとえば、犯罪を目撃したとかね」

「それで、娘たちは永久に口を封じられてしまったのかしら？」

「わたしは、そう睨んでます。いただきます」

剣持は緑茶を啜《すす》った。

「目撃者を殺さなければならなくなった犯罪となると、殺人とか現金強奪なんていう凶悪事件なんでしょうね？」

「だと思います。お母さん、真帆さんが生前、犯罪の一部始終を見たというようなことを洩《も》らしたことはありませんでした？」

「四谷署と警視庁捜査一課の方たちにも同じような質問をされたんですけど、娘はそういうことは言ってませんでしたね」

「そうですか」

「お母さん、娘さんは気になるようなことを言ってたんですね？」

「は、はい。真帆は七月三日、いいえ、四日の明け方、三田《みた》の禅寺に早朝修行に出かけたとき、車が人を撥《は》ねたような衝突音が大通りから響いてきたと言ってたんですよ」

「そのとき、娘さんは裏通りを歩いてたんでしょうか？」

「ええ、禅寺の近くのね。真帆は気になったんで、表通りまで走ったんですって。でも、車道には誰も倒れてなかったらしいの」

「不審な車輌を見かけなかったんだろうか」

「猛スピードで走り去る灰色のエスティマという車を目撃したようです。だけど、遠くてナンバープレートの数字は読めなかったそうです。頭の数字は３か、８だった気がすると言ってましたけど」

「そうですか。衝突音を聞いたのは、お嬢さんだけだったんですかね？」

「いいえ。大通りの向こう側のマンションから娘と同世代の女性が飛び出してきて、走り去るエスティマをじっと見てたそうですよ」

「それは、先日、代々木公園のなかで全裸で遺棄されてた尾崎奈緒という女性かもしれないな」

「そうなんでしょうか。そういえば、別の脇道から五十代後半の女性が表通りまで駆けてきたとも言ってたわ」

「その女性は、こないだ渋谷の公園近くで変わり果てた姿で発見された佐久間侑子さんなんじゃないだろうか」

「そうだったとしたら、娘たち三人は轢《ひ》き逃げ事件を目撃したんで、命を狙われたんでしょうね」

「お母さん、そう考えてもいいと思います。エスティマの運転者は撥ねた人間を素早く車内に運び入れ、ひとまず現場から逃げ去ったんでしょう。おそらく撥ねられた被害者は、ぐったりとしてたんだろうな。もしかしたら、すでに息絶えてたのかもしれない」

「そうなんでしょうか」

「轢き逃げがあったと思われる場所はどこなんです？」

「三田五丁目と白金《しろかね》一丁目の間の桜田通りだと言ってました」

「そうですか。誰か事件のことを通報してるかもしれませんね。三田署交通課に問い合わせてみましょう。確認したいんですが、真帆さんは通報しなかったんですね？」

「ええ。誰かが車で撥ねられた瞬間を見たわけじゃないし、車道に倒れ込んでる人間を目にもしてないんで、通報はしなかったと言ってました」

澄江が答えた。

「そうですか、ちょっと調べてみます」

「お願いします。捜査本部の方たちに、いまの話をしたほうがいいんでしょうかね？」

「わたしから、捜査一課の知り合いに話しておきましょう」

「そうしてくださる？」

「ええ。お母さん、しばらく辛いでしょうが、悲しみをどうか乗り越えてくださいね。これで失礼します」

剣持は立ち上がって、仏間を出た。澄江に見送られ、相沢宅を辞去する。

剣持は、路上に駐《と》めてある黒いスカイラインに乗り込んだ。『桜田企画』名義の車だった。もう一台のプリウスは梨乃が使っている。

城戸と徳丸はレンタカーで出かけた。剣持はスカイラインをしばらく走らせると、民家の生垣《いけがき》に寄せた。

二階堂理事官に電話をして、相沢澄江から聞いた新事実をありのままに伝える。

「管理官にすぐ三田署交通課に問い合わせてもらおう。連続殺人事件の被害者たちは七月四日の明け方、三田五丁目付近で人が車に撥ねられる音を聞いて、桜田通りまで走っようだな。しかし、すでにエスティマのドライバーは撥ねた人間を車に運び入れてたんだろうね」

「ええ、そうなんでしょう。運転者は、撥ねた人間を病院に搬送する気はなかったにちがいありません。そういう気持ちがあったんなら、ただちに救急車を呼んでるはずですから」

「ああ、そうだね。ドライバーは撥ねた相手をどこかに置き去りにするつもりで、自分の車に運び入れたんだろうな。相手がまだ生きてても死んでても、そうする気だったんじゃないか。後でコールバックするよ」

理事官の声が熄《や》んだ。

剣持はいったん電話を切って、城戸のポリスモードを鳴らした。すぐに通話可能状態になった。

「いま、佐久間宅にいるのか？」

「ちょっと前に辞去したとこっす。残念ながら、手がかりはありませんでした。主任のほうはどうだったんっす？」

城戸が訊《き》いた。剣持は、得たばかりの手がかりについて語った。

「主任、エスティマで人を撥ねたと思われる奴が三人の目撃者を猟奇殺人を装って消したにちがいないっすよ。そいつは逃げるとき、ミラーで桜田通りに飛び出してきた相沢真帆たち三人に気づいたんでしょう。で、桜田通り沿いに設置されてる防犯カメラの録画を警察官にでも化けて、すべて借り集めたんじゃないっすかな。それで、三人の目撃者の身許を割り出したんでしょう」

「被害者たちは運転免許証を持ってたから、本庁の運転免許証本部に知り合いがいれば、簡単に身許は判明するな。雨宮に収穫があったか問い合わせてみるよ」

「了解っす」

城戸が電話を切った。剣持は終了キーを押した。ほとんど同時に、梨乃から電話がかかってきた。

「主任、やっぱり三人の被害者たちは犯罪の目撃者だったみたいですよ。七月四日の明け方、尾崎奈緒は友人のマンションに泊めてもらって帰宅する際《さい》に眼前の桜田通りで車が人を撥ねたような音がしたんで、外に飛び出したらしいんですよ。そうしたら、灰色のエスティマが急発進して……」

「走り去ったんだな。おれも、相沢真帆の母親から同じ話を聞いたよ」

「そうですか」

「城戸は佐久間侑子の遺族からは何も聞き出せなかったらしいが、相沢真帆と尾崎奈緒の身内から同じ新事実を得られたんなら、おれたちの筋読みは間違ってはなかったわけだ」

「ええ。撥ねた人をエスティマで運び去った運転者が、岩松の犯行に見せかけて相沢真帆たち三人を手にかけたんでしょう。そいつが実行犯じゃなかったにしても、絶対に一連の事件には関与してますよ」

「それは間違いなさそうだな。二階堂さんに管理官を動かしてもらって、三田署が七月四日の明け方の轢《ひ》き逃げ事件を把握してるかどうか調べてくれるよう頼んだんだ」

「そうなんですか。所轄署から有力な情報を得られるといいですね」

「ああ。理事官から電話があったら、メンバーたちに連絡するよ」

剣持は通話を切り上げ、八王子に出向いた徳丸に電話をかけた。

「剣持ちゃんか。毎朝日報の記者に化けて現場周辺を回りはじめてるんだが、岩松を撃《ハジ》いた犯人《ホシ》の姿を見た人間はひとりもいねえんだ。それから、不審車輌の目撃情報もゼロだな。ほかのメンバーは、どうなんだい？」

徳丸が問いかけてきた。剣持は経緯《いきさつ》をつぶさに伝えた。

「誰かを撥ねたと思われるエスティマの運転者が岩松の仕業に見せかけて、相沢真帆たち三人を始末したんだろう。例のハンチングの野郎は、そいつなんじゃねえか。本人じゃないとしたら、友達《ダチ》が野添沙弥香に西麻布のワインバーで二百万を渡して、岩松のザーメンを手に入れさせたにちがいねえよ」

「ああ、多分ね」

「撥ねられてエスティマで運び去られた被害者は、どうなっちまったのか。そいつが気になるな」

「二階堂さんの部下の管理官が何か情報を得てくれると思います」

「何かわかったら、教えてくれや」

　徳丸が電話を切った。

　剣持はポリスモードを上着の内ポケットに戻し、煙草に火を点けた。一服して間もなく、二階堂から電話があった。

「七月四日の明け方、三田五丁目に住む主婦から車の衝突音がしたという一一〇番通報があって、三田署の交通課員たちが現場に急行したらしい。桜田通りのガードレール近くに血痕があって、車の塗膜片も落ちてたそうだよ」

「しかし、被害者の姿と加害車輌は見当たらなかったんですね？」

「そうなんだ。塗膜片から、車輛は灰色のエスティマとわかったそうなんだが、当該《とうがい》車《しゃ》は未発見らしい。撥ねられた者は車道の端に立って、どうやらタクシーの空車を待ってたようだな。それから現場に落ちてた頭髪と繊維片から、撥ねられてエスティマで運び去られたと思われるのは男性だとわかってるという話だったよ。しかし、そのほかのことはわからないそうだ」

「そうですか。撥ねられた男がどこかに搬送された様子は？」

「救急病院や一般クリニックには運び込まれてないね。闇診療をしてる医院に担ぎ込まれた可能性もあるが、エスティマの運転者が撥ねた相手の怪我を案じてるとは考えにくいな」

「そうですね」

「ドライバーは、撥ねた人間が重傷でも病院に担ぎ込む気なんかなかったんだろう。生死に関係なく、相手を山の中かどこか人目のつかない場所に放置する気だったんじゃないのか」

「ええ、おそらくね。七月四日以降に捜索願が出されてる失踪人をチェックすれば、その中にエスティマに撥ねられた者がいるかもしれないな」

「わたしもそう思ったんで、管理官に都内の所轄署に出されてる失踪人捜索リストをチェックさせたんだ。その中に該当しそうな男性が二人いたんだよ。どちらも七月六日の午後に最寄《もよ》り署に捜索願が出されてて、ひとりは六十五歳の夜警なんだ。現場近くのスーパーで終夜警備をしてたんだが、七月四日、午前四時過ぎに姿が見えなくなっているんだよ。ただ、その男性はつるつるに禿《は》げ上がってるらしいから、現場に二十センチ以上の毛髪を遺《のこ》すことは考えられないだろう」

「ですね。理事官、もうひとりの失踪人のことを教えてください」

「わかった。七月六日に家族から捜索願が玉川署に出されてるフリーのビデオジャーナリストで、四十七歳だよ。えーと、名前は片桐貴行《かたぎりたかゆき》だ。十年前まで東都テレビ社会部のカメラマンだったようだが、独立して社会派ビデオジャーナリストとして活躍中だったらしいんだよ」

「社会派のビデオジャーナリストか。社会の歪《ひず》みやタブー視されてるテーマに挑《いど》んで、危ない映像を撮《と》ってたんだとしたら、その片桐というビデオジャーナリストがエステイマの運転者に撥ねられたとも考えられますね」

「剣持君、そうなのかもしれないぞ」

「ビデオジャーナリストの家族は？」

「子供がいるのかどうかわからないが、捜索願は妻の聡美《さとみ》、四十四歳から出されてる。

住所は世田谷区玉川台三丁目四十×番地になってるね」

「理事官、ビデオジャーナリストの奥さんに会ってみますよ。気になる失踪人なんでね」

剣持は通話を切り上げた。

第四章　裏金の行方

1

悪い予感は的中した。

剣持は、桜田通りに面した舗道で下唇を噛んだ。

相沢宅を訪ねた翌日の午前十時過ぎである。三田五丁目だ。

きのう城戸が言っていたように、七月四日の明け方に轢き逃げ事件があったと思われる付近一帯のビル、マンション、商店の防犯カメラの録画映像はすべて交通課警官になりすました男に持ち去られていた。

剣持のかたわらには、徳丸刑事が立っている。城戸と梨乃は、失踪中のビデオジャーナリストの同業者から情報を集めている最中だ。

「片桐貴行ってビデオジャーナリストはエスティマの運転者に故意に撥ねられて、車に入れられたんだろうな。そいつが偽警官になって、このあたり一帯の防犯カメラの録画画像を騙《だま》し取ったにちがいねえよ」

徳丸が言った。

「それは間違いなさそうですね」

「くそっ。暑くなってきやがったな。剣持ちゃん、車ん中に入ろうや」

「そうしましょう」

剣持は車道に降り、プリウスの運転席に乗り込んだ。

エンジンは切ってある。車内は蒸《む》れはじめていた。それでも、外気よりはだいぶ涼しい。

徳丸が助手席に坐った。剣持はイグニッションキーを捻《ひね》り、エアコンの設定温度を下げた。

「ビデオジャーナリストのことはよく知らねえけど、スクープ映像をテレビ局、新聞社、海外の通信社なんかに売ってメシを喰ってるはずだ」

「そうなんでしょうね」

「ありきたりの映像じゃ、どこも買ってくれねえだろう。片桐貴行は、かなり危《ヤバ》い映像を盗み撮りしてたと思われるな」

「そうなんでしょう。七月四日の明け方、消えたビデオジャーナリストはこの近くでスクープ映像を撮るつもりで、夜半からずっと張り込んでたんじゃないだろうか」

「ああ、考えられるね。慶応のキャンパスの周辺には有名企業がある。田町駅寄りには大手製菓会社の本社があるよな？」

「そうですね。それから……」

「剣持ちゃん、急に口を噤《つぐ》んだりして、どうしたんだい？」

「ここから、そう遠くない場所に警察に熱分解・ガスクロマトグラフィー質量分析機器やDNA型分析機器など鑑識機器を納入してる『三和《さんわ》精工機器』の本社ビルがあったなと思ったんですよ。しかし、関係ないだろうと考え……」

「口を閉じたわけか」

徳丸が確かめた。剣持はうなずいた。

「『三和精工機器』は昔、電子顕微鏡や炭素・窒素同位体分析機器なんかを細々と製造してたんだが、二十年ぐらい前から急成長して、いまや鑑識機器の大半を警視庁本庁をはじめ各所轄に納めてる」

「そうですね。停年で退官した警察ＯＢが三十数人は再就職してるはずですよ」

「剣持ちゃん、急成長した企業はたいてい裏で狡《ずる》いことをやってるもんだぜ。『三和精工機器』が警察官僚《キャリア》たちと癒着《ゆちゃく》して、業績を伸ばしてきたとは考えられねえか」

「上層部の一部が納入業者たちに袖の下を使われてる疑いはありますね。キャリアは権力を握ってるが、大企業の重役と同じぐらいの年俸を得てるわけじゃない。贅沢《ぜいたく》な暮らしをしたいと思ったら、賄賂《わいろ》も受け取りそうだな」

「そうすると思うぜ。納入業者たちは入札で受注を得てるんだが、不自然な落札もある。裏にからくりがあることは公然たる秘密と言ってもいい」

「ええ、そうですね。ビデオジャーナリストは、まさか『三和精工機器』と警察上層部の不適切な関係を映像で暴《あば》くつもりだったんじゃないだろうな」

「汚職や天下《あまくだ》りの告発映像じゃ、買い手がつかないんじゃねえの？　不正は不正だが、ありきたりの悪事だからな。あまり価値がねえと思うよ」

「そうかもしれないな」

「北海道警で裏金問題が最初に浮上したのは、確か二〇〇三年の十一月だったな。問題の端緒となった旭川中央署の裏金疑惑が発覚して、署長が自殺しちまった。その後、福岡県警、静岡県警、京都府警、愛媛県警、群馬県警などで裏金の存在が表面化した」

「そうでしたね。現職警察官が実名で裏金の存在を内部告発したんで、もはや隠しようがなくなった。マスコミや市民団体が警察の裏金を厳しく追及したんで、かなりの数の警察官が処分されました」

「ああ、そうだったな。汚れ役を押しつけられたのは、ノンキャリアばかりだった。上層部の人間で職を辞した奴はひとりもいなかったんじゃねえか」

「警察組織は前近代的ですからね。上意下達が絶対原則で、上司には逆《さか》らえない。会計書類の偽造を強《し》いられた現場捜査員や会計課職員たちは公金の資金洗浄《マネーロンダリング》に手を染めたことに疚《やま》しさを感じながらも、偉いさんたちが裏金を自在に遣《つか》うのを黙って見てるほかなかった」

「そうなんだよな。警察の裏金づくりは何十年も前から行われてきたんだが、内部告発なんかしたら、人生を棒に振ることになる。だから、悪しき慣習は改まることはなかったんだろう」

「だが、裏金問題が表面化したんで、警察も襟《えり》を正さなければならなくなりました。それでも、架空の捜査協力費を計上しなくなったわけじゃない。裏金づくりが巧みになっただけなんでしょうね」

「おれも、そう思ってらあ。裏金問題が発覚するまでは、いろんな方法で余らせたプール金は警察内部に留保されてた。けど、その後は納入業者や警察ＯＢの関連する団体・会社に預かってもらうようになったみてえだ。現に数年前には本庁の裏金が信号製造会社に預けられてるという噂が流れたよな？」

「ええ。その真偽は現在も定《さだ》かではありませんが、そういう噂が広まったことは事実でしたね」

「剣持ちゃん、『三和精工機器』に警察の裏金が密《ひそ》かに預けられたとは考えられねえか？」

「そういう情報を入手した片桐がそのことを裏付ける目的で、『三和精工機器』の近くで張り込んでたんではないかってことですね？」

「そう。ビデオジャーナリストは、真夜中に裏金が『三和精工機器』にこっそりと運び込まれるという情報をキャッチしたんじゃねえのか」

徳丸が言った。

「そんな手を使ってまで現在も裏金づくりが行われてるとは思いたくありませんが、警察が年間予算を綺麗に遣い切ったら、異動する署長や副署長に渡す餞別《せんべつ》の捻出《ねんしゅつ》はできなくなります。恥ずべきことだが、一部の警察官僚はいまも裏金づくりを部下たちに命じてるんだろうな」

「剣持ちゃん、そう考えるべきだよ。どの省官庁も年間予算を余らせたら、翌年分は減らされちまう。多くの公務員は狡賢《ずる》いから、裏金づくりは永久になくならねえと思うぜ。表面化しねえように工夫してるだけさ」

「そうなのかもしれないな」

「警察が裏金の件で少しも懲《こ》りてないことをスクープ映像で暴けば、片桐貴行は注目されるはずだ。そうなりゃ、撮り溜《だ》めた映像は次々に高値で売れるな。剣持ちゃん、片桐のかみさんに会いに行こうや」

「そうしますか」

剣持はプリウスを走らせはじめた。世田谷区の玉川台に向かう。

片桐宅を探し当てたのは、およそ三十分後だった。閑静な住宅街の一画に建つモダンな造りの二階家だ。

敷地はかなり広い。優《ゆう》に百坪以上はありそうだ。庭木が多かった。テレビ局に勤務しているころに邸宅を購入したのか。あるいは、土地は親から相続したのだろうか。

「徳《トク》丸さん、何屋に化けます？」

剣持は車のエンジンを切った。

「東都テレビの元同僚になりすましても、じきに嘘がバレちまうだろうな」

「そうでしょうね」

「昔は週刊誌のトップ屋がいたみてえだが、いまスクープ種《だね》で喰ってるフリーの記者はいないだろう。犯罪ジャーナリストってことにするか。片桐と情報を提供し合ってたといえば、奥さんの警戒心は薄れるんじゃねえのか？」

「そうだろうな」

「よし、二人とも犯罪ノンフィクションライターでいこうや」

徳丸が先に助手席から出た。剣持は車を降り、片桐宅のインターフォンを鳴らした。

ややあって、スピーカーから応答があった。片桐聡美だった。

剣持たちは職業を偽り、ビデオジャーナリストの妻に来意を告げた。別段、怪しまれなかった。ポーチから聡美が姿を見せた。

理知的な容貌だ。背が高く、体型は少しも崩れていない。経産婦《けいさんぷ》ではないのだろう。

剣持たち二人は、玄関ホール脇にある応接間に通された。

二十畳ほどの広さで、マントルピースがあった。ソファセットやシャンデリアは安物ではない。聡美が二つのゴブレットをコーヒーテーブルに置いて、剣持と向かい合う椅子に坐った。沈んだ表情だった。

「片桐さんは豪邸に住んでたのか。奥さん、敷地は百坪以上あるんでしょ？」

徳丸が無遠慮に訊《き》く。

「百三十坪ほどあります。夫の母が十三年前に亡くなったんで、土地を相続したんですよ。上物《うわもの》は片桐が二十五年のローンで……」

「そうですか。ご主人と先月の四、五日ごろから連絡が取れなくなったんで、おれたち、なんか心配になってお邪魔したわけですよ」

「ご心配をおかけして、すみません」

「共通の知人から片桐さんの行方がわからなくなったと聞いて、少し情報を集めてみたんですよ。片桐さんは七月四日の明け方、港区三田五丁目の桜田通りで目撃されてるらしい。奥さん、そのことを知ってました？」

「いいえ、知りませんでした。片桐は、そんな所で何をしてたんでしょう？」

「察しはつきませんか？」

「夫はスクープ映像を撮るため、よく深夜に出かけることがあったんですよ。でも、いちいち仕事の内容をわたしに話すことはありませんでした」

「そうなのか」

「ですけど、無断で二晩も外泊するなんてことはなかったんですよ。ひょっとしたら、夫は何か事件に巻き込まれたのかもしれないと思ったわけです。それで、七月六日に玉川署に捜索願を出したんですよ」

「それから一ヵ月以上が過ぎてる。奥さん、所轄署から捜索の進み具合の報告はあったんですか？」

「一度だけ電話をいただきました。担当の方は片桐が出入りしてるテレビ局や通信社に電話して情報を集めたようですが、本格的な捜索活動はしてない感じでしたね」

「行方不明者が三万人以上いるから、人手が足りないんだろうな」

「そうなんでしょうけど、もう少し熱心に動いてくれてもいいと思うんですよ」

聡美が不満を口にした。

剣持は耳が痛かった。行方不明者の約半数は、さまざまな理由で自ら消息を絶っている。

人手不足は事実だが、そうでなくとも警察は失踪人捜しに励んでいるとは言えなかった。しかし、行方がわからない男女の何割かは事件か事故に巻き込まれた可能性がある。もっと捜索に力を傾けるべきだろう。

「ご夫婦にお子さんは？」

徳丸が聡美に訊《たず》ねた。

「子供はいません」

「そうですか。子供のいない夫婦は絆《きずな》が強いと言われてますが、片桐さんとの関係はどうだったんです？」

「悪くはなかったと思います。新婚カップルではありませんから、べたついたりはしてませんでしたけどね」

「それなら、片桐さんが外に愛人を作ってたなんてことは考えられないな」

「ええ、そういうことはないと思うわ。夫は、浮気したことは一度もありませんでした。女性よりも仕事が好きなんでしょうね」

「片桐さんは、なぜテレビ局のカメラマンを辞めてしまったんでしょう？　ご主人とは数年前に知り合ったんですが、なんとなくそういう質問はしにくかったんですよ」

剣持は目顔で徳丸を制し、でまかせを口にした。

「仕事で大きなミスをしたことはないはずです。三十五過ぎてからは、民放テレビ局の報道映像には限界があるし、ちっとも刺激がないとよく言うようになりました」

「そうですか」

「片桐は独身のころ、世界各地の戦場や難民キャンプを巡って、人間の愚かさを映像で浮き彫りにしたいんだと熱く語ってました。それでね、外国の通信社の特約ビデオジャーナリストになれそうだったんですよ。でも、そのころは健在だった両親に強く反対されてしまったんです」

「そんなことで、夢を諦めたわけですね?」

「ええ、そうなんです。片桐は独りっ子ですんで、戦場でもしものことがあったら、親不孝したことになると考え直したようですね。そんなわけで、東都テレビに入ったんですよ」

「そうでしたか」

「グレープフルーツ・ジュース、冷たいうちにどうぞ!」

聡美が勧めた。

剣持はゴブレットを手に取った。一口飲んだとき、かたわらの徳丸もジュースを喉《のど》に流し込んだ。

「片桐は、自分にしか撮れないスクープ映像を撮りたくてたまらなくなったんです。それで会社を辞めて、フリーになったの」

「奥さんは反対なさらなかったんですか?」

剣持は訊いた。

「ええ。子供がいるわけではありませんからね。夫の収入だけで生活できなくなったら、わたしも働きに出ればいいと呑気《のんき》に構えてましたんで」

「奥さんは頼もしいな。普通の専業主婦の大半は、パートナーの収入が減るかもしれないと考えただけで、独立には反対するでしょう」

「そうかもしれませんね。でも、わたしを養うために片桐の夢を二度も諦めさせるのはかわいそうに思えたんです」

「片桐さんは、理解のある奥さんを得られて幸せ者だな。ほとんどの既婚男性は妻子を養うため、夢を追いかけることを断念したんではないだろうか」

「そうなんでしょうか。でも、たった一度の人生です。一度も夢にチャレンジしないままで死んでしまったら、悔いが残るでしょう？」

「それはそうでしょうね」

「フリーになったら、収入は激減したでしょ？」

　徳丸が話に加わった。

「ええ、そうでしたね。でも、年に何回かスクープ映像を撮ってたんですよ。高速道路を逆走する老人が運転してる車とか、人質の頭に散弾銃の銃口を向けてる立て籠《こも》り犯の姿とかね。そういうショットは、割に高く売れるんです。特に外国の通信社やニュース映像配信会社なんかにはね」

「片桐さんは、スクープになるような映像を求めてあっちこっち飛び回ってたみたいだな」

「ええ、そうでしたね。この家には、ほとんど寝るために戻ってくる感じだったわ。でも、決定的な瞬間を撮るチャンスはそうそうあるわけじゃないんで、片桐は闇社会の首領《ドン》たちが政財界の大物と密かに接触してる映像や外国人マフィアたちの非合法ビジネスの様子を盗み撮りするようになったんです」

「それは、いつごろからなんです？」

「一年半ぐらい前からです。社会の暗部のスクープ映像や新興宗教の秘密儀式を隠し撮りするようになってから、やくざ、右翼、新興宗教団体、半グレ集団、不良外国人グループに片桐は脅迫されたり、拉致されかけたことが何回かあったようです。詳しいことは話してくれませんでしたけどね」

「奥さんに迷惑かけたくなかったんだろうな」

「ええ、そうなんだと思います」

「片桐さんが、『三和精工機器』をマークしてるなんてことを洩《も》らしたことはありますか？」

「いいえ、ありません。その会社は、どういった仕事をしてるんでしょう？」

「警察で使ってる各種の鑑定機器を製造してて、警察庁や警視庁のキャリアたちと深く結びついてるかもしれないんですよ」

「そうなの。片桐がそういうことを家で口にしたことはなかったですね。だからといって、夫がその会社にまったく関心がなかったとは断言できませんけど」

「奥さん、どういうことなんでしょう？」

剣持は話に割り込んだ。

「フリーになってから、スクープ映像を狙ってる場合、片桐はそのことに関する話は事前に一切語らなかったんですよ。スクープ映像を撮って、わたしを驚かせたかったんでしょうね」

「多分、そうなんでしょう。片桐さんは、撮り溜めた映像は自宅にすべて保存してあるんですか？」

「フリーになりたてのころは、そうでしたね。でも、あるボクシングの八百長試合を段取りしてるプロモーターと選手の密談映像を撮った数日後に空き巣に入られて、スクープ画像を盗まれてしまったことがあるんですよ。それ以来、片桐は大事なパソコンのUSBメモリー、デジカメのSDカード、ビデオ、DVDなどは母方の実家に隠してあったんです」

「そのお宅には、片桐さんの従兄弟《いとこ》か誰かが暮らしてるんですね？」

「いいえ、住んでる者はいません。主人の母方の従兄《いとこ》一家が家族で一年前にシンガポールに転勤してるんですよ。横浜市港北区にあるんですが、二週間ほど前に放火されて全焼してしまったんです。夫が撮った映像はすべて焼失しちゃったんですよ」

「片桐さんは何かまずい映像を撮ったんで、従兄の家に火を点けられたとも考えられますね」

「わたしもそうかもしれないと思ってたんですけど、どうなんでしょうか」

「そう考えてもいいでしょう。奥さん、片桐さんが出入りしてたテレビ局、通信社、ニュース映像配信会社の所在地と担当者名を教えてもらえませんかね。ご主人が事件に巻き込まれたのかもしれないので、我々二人で少し調べてみたいんです」

「でも、危険でしょ？　わたし、玉川署に行って、事件性があると言いますよ」

「そうしたほうがいいのかもしれませんが、我々もフリーで仕事をしてる身です。他人事《ひとごと》じゃないんで、傍観なんてしてられないんですよ」

「わかりました。いま、住所録を持ってきます。片桐の従兄宅の住所もお教えしましょう」

聡美が腰を浮かせ、応接間から出ていった。

剣持はにんまりして、徳丸と顔を見合わせた。

2

運転席側のドアを閉めた直後だった。

剣持の刑事用携帯電話《ポリスモード》が着信音を刻んだ。ポリスモードを摑み出し、ディスプレイに目をやる。発信者は城戸だった。

「片桐の同業者から有力な情報を得られたかい？」

剣持は先に口を開いた。

「それが期待外れだったんっすよ。片桐と親しいビデオジャーナリストは二人とも商売敵《がたき》なんで、仕事内容はぼかし合ってきたらしいんす」

「ま、当然だろうな。うっかり口を滑らせたら、ライバルにスクープされちゃうかもしれないわけだからさ」

「ええ、そうっすね。リーダーたちは片桐夫人から何か手がかりを得られました？」

城戸が問いかけてきた。剣持は、片桐聡美から聞いたことを伝えた。

「失踪人は、日吉本町《ひよしほんちょう》の従兄宅に撮り溜めた映像を保管してたんすか。でも、二週間ほど前に放火されて、家屋もろとも焼けちゃったわけですね？」

「片桐の奥さんの話は事実だろう。失踪人は何かスクープ映像を撮ったから、七月四日の明け方にエスティマに撥ねられたんだろうな」

「そうなんでしょう」

「車に乗せられて連れ去られたと思われるが、その時点では片桐は生きてたんだろう。それで、どこかに監禁され、スクープ映像のありかを吐けと痛めつづけられたんじゃないのかな」

「片桐は当初は脅迫に屈しなかったんだが、日が経《た》つにつれ、死の恐怖にさいなまれるようになった。で、スクープ映像の保管場所を喋っちゃったんすかね？」

「ああ、おそらくな。だから、母親の実家である従兄宅に放火されたんだろう」

「そう考えられっすよね。その後、片桐貴行はエスティマを運転してた奴に殺害されてしまったんでしょうか？」

「危《ヤバ》いスクープ映像を焼失させても、片桐を生かしておいては都合が悪いじゃないか。そっちと雨宮は、日吉の従兄宅に回ってくれ」

「火災現場の周辺で、不審者の目撃情報を集めればいいんすね？」

「そうだ。それから消防署にも行って、現場検証時のことを詳しく聞かせてもらってくれないか。燃え残ったビデオテープのタイトル文字を読み取ることができるかもしれないからな」

剣持は、片桐の従兄宅の住所を教えた。城戸がメモを執《と》る気配が伝わってきた。

「おれと徳丸《トク》さんは、片桐が出入りしてたテレビ局、通信社、ニュース映像配信会社を回る」

「わかりました」

「何か収穫があったら、すぐ報告を頼む」

剣持は電話を切った。それを待っていたように、ポリスモードの着信ランプが灯った。

電話をかけてきたのは二階堂理事官だった。

「三田五丁目に『三和精工機器』の本社があることは剣持君も知ってるね？」

「ええ」

「六月三十日の深夜、本社のセキュリティー・アラームがけたたましく鳴ったらしいんだよ」

「その情報源《ネタモト》は？」

「管理官が三田署から情報を入手したんだよ。虚偽《ガセ》だとは思うが、きみも例の噂は知ってるね？　警察の裏金が『三和精工機器』に預けられてるという例の話なんだが、その噂を真《ま》に受けた犯罪グループが侵入しかけたんで、警報が鳴ったんじゃないのかな。片桐貴行も噂は事実かもしれないと考え、何日か『三和精工機器』を張り込んでたと推測するのは無理があるだろうか」

「理事官、そうだったのかもしれませんよ。裏金の件が根も葉もない噂じゃないとしたら、ビデオジャーナリストは警察関係者に撥ねられたとも考えられるな」

「剣持君、それはないんじゃないのか。裏金の件ではマスコミと市民団体にさんざん叩かれたんだから、本庁はもちろん各所轄も襟を正したはずだよ」

「そうでしょうが、まったく裏金づくりをしなくなったと思ってる警察官は少ないんじゃないですか。理事官だって、そう思ってるはずですよ。少なくとも、おれは悪しき慣習が断たれたとは考えてません」

「きみの言う通りなんだが、もう裏金は納入業者や警察ＯＢには預けられてないと思うな」

「そうでしょうか。それはともかく、警察の裏金を奪おうとした奴らがいたとすれば、頭《ペテン》は悪くないな。プールされてる巨額の金をそっくり強奪しても、被害者側は事件化できませんからね。泣き寝入りするほかないでしょ？」

「そういうことになるが……」

「その種の隠し金は、警察の裏金だけじゃないでしょう。暴力団が非合法ビジネスで荒稼ぎしたブラックマネー、詐欺グループが投資家たちから詐取《さしゅ》した金、それから脱税の隠し金などをかっさらっても表沙汰にはできません。被害届を出したら、墓穴を掘ることになりますから」

「そうだね」

「義賊めいた怪盗団がそうした隠し金を強奪しまくって、社会的弱者や東日本大震災の被災者たちに配る気でいるんでしょうか。そんな怪盗がいるんだったら、自分は目をつぶってやりたいですね。狡猾《こうかつ》で要領のいい奴らだけが富や名声を得てる社会は健全じゃありません」

「剣持君の気持ちはわかるが、犯罪は犯罪だよ。現職刑事がそういうアナーキーなことを口走るのは……」

「まずいですか」

「建前では、そういうことにしておいたほうが無難だね。しかし、仲間うちで本音を言わなきゃ、ストレスは溜まる一方だ。義賊が汚れた金を盗みまくって、マネーロンダリングしてくれたら、スカッとするだろうね」

「キャリアでありながら、理事官も異端者なんだな」

剣持は笑顔で言った。

「この際《さい》、建前は忘れよう。『三和精工機器』の警報が真夜中に鳴り響いたのは、警察が預けた裏金を狙ったとも考えられるね。多分、片桐は強盗一味が侵入するときの映像を撮りたかったんだろう」

「あるいは、警察の裏金が深夜に密かに『三和精工機器』の本社に運び込まれるスクープ映像を撮影したかったんではないですかね」

「そうなのかもしれないな」

「どちらにしても、警察関係者がビデオジャーナリストをエスティマで故意に撥ねたとも疑えます」

「その疑いもあるが、強盗団が片桐に怪しまれてることを知ったんじゃないだろうか」

「理事官、ちょっと待ってください。『三和精工機器』のセキュリティー・アラームが鳴ったのは六月三十日の深夜でしたよね？」

「管理官の話では、そうだったな」

「その時点では、まだ片桐は『三和精工機器』の本社には近づいてないようなんです」

「そうか。それでは、強盗一味はビデオジャーナリストにまずい場面を目撃されたとは思ってないわけだ」

「ええ、そういうことになるでしょう。警察の裏金を狙った連中がいるとしたら、そいつらは別の隠し金をすでに強奪しているのかもしれませんね。その犯行現場を片桐に見られてるとしたら、エスティマで故意に撥ねる理由はあるな。理事官、そうなのかもしれませんよ」

「何か根拠がありそうだね」

理事官が先を促《うなが》した。剣持は、片桐聡美から聞いた話を伝えた。

「片桐が撮り溜めた映像を預けてあった従兄宅が何者かに放火されて全焼したというなら、きみの筋読みは外れてないんだろう。片桐がスクープ映像を売ってたテレビ局なんかを回れば、何か手がかりが得られそうだな」

「そうだといいんですがね。理事官、担当管理官に『三和精工機器』の役員クラスの人間とよく接触してる警察関係者を探り出してもらってくれませんか」

「わかった」

二階堂が電話を切った。

剣持は城戸と二階堂から聞いた話を徳丸に伝えてから、プリウスを発進させた。赤坂にある東都テレビに向かう。

テレビ局の地下駐車場に潜《もぐ》り込んだのは、正午数分前だ。ランチタイムが迫っていたが、一階の受付ロビーに回った。

剣持たちは片桐と親交のある犯罪ノンフィクションライターの振りをして、社会部の日高正臣《ひだかまさおみ》部長との面会を求めた。

受付嬢が、すぐにクリーム色の内線電話の受話器を持ち上げる。遣《や》り取《と》りは短かった。

「お目にかかるそうです。十階の社会部にお上がりください」

受付嬢がエレベーター乗り場を手で示した。

剣持たちは受付嬢に軽く頭を下げ、十階に上がった。社会部に入ると、通路の左側に部長室があった。右手には夥《おびただ》しい数の机が並び、アナウンサー、記者、ディレクターらが忙しげに働いていた。

剣持は徳丸とともに部長室に入った。年のころ五十三、四歳の日高部長が正面の机から離れた。自己紹介が済むと、三人は応接ソファに腰かけた。

「七月四日の明け方から片桐君の行方がわからなくなってるんで、社会部《うち》の記者たちに彼の足取りを追わせてみたんですが、まるで消息がわからないんですよ。三田五丁目の桜田通りから、ぷっつり姿を消してしまったんです」

日高が剣持に言った。

「我々も足取りを追ったんですが、確かな消息はつかめなかったんですよ」

「そうなんですか。片桐君はスクープ映像ばかり狙ってたんで、タブー視されてる事柄やアンタッチャブルな領域に足を踏み込んでしまったんじゃないだろうか。東都テレビに勤めてるころも怖いもの知らずの面はありましたが、フリーになってからは、さらに大胆になりましたね」

「そうですか。片桐さんのスクープ映像はたびたび買われてたんでしょ？」

「ええ。フリーになってから最初に放映した映像は、医師免許を剝奪《はくだつ》された三人の外科医が闇の内臓移植手術で荒稼ぎしてるカメラ・ルポルタージュでした」

「その映像は観《み》た記憶があります。元外科医らは不法在留外国人男女を元組員たちに拉致させて全身麻酔をかけ、勝手に肝臓や腎臓を摘出し、移植希望者《レシピエント》に移植してたんでしょ？」

「そうです、そうです。放映時間はわずか十分程度だったんですが、大変な反響でした。もちろん三人の元外科医たちは逮捕されました。闇手術を手伝った看護師や拉致犯グループもね」

「ほかには、どんなスクープ映像を……」

「極東ロシアマフィアが銃器や麻薬の密輸だけじゃなく、若い女性を日本に密入国させてる実態を暴《あば》いてくれました。それから、覚醒剤の運び屋グループの暗躍ぶりも隠し撮りしてくれましたね」

「どれも、スクープ映像だったんだろうな」

「ええ、そうでした。でも、巨大教団の内紛絡みの怪死を扱った映像を上層部の意向で没にされてから、片桐君は企画書も映像もあまり持ち込まなくなりましたね」

「そうですか」

「巨大教団が局の番組スポンサーになったことは一度もなかったんですが、系列出版社の雑誌には広告を出稿してくれてるんですよ。そんなことで、上層部は巨大教団に気を遣《つか》ったようです。フリーになった片桐君は、そのことでがっかりしたんでしょう。わたしのことを腰抜けのイエスマンと軽蔑してたんじゃないのかな」

「組織に属してたら、会社の意向は無視できません。元社員の片桐さんはそのへんのことはよくわかってるでしょうから、日高さんを軽蔑なんかしないと思いますよ」

「そうですかね」

「東都テレビから遠ざかった片桐さんは、関東テレビや全日本テレビにスクープ映像を売り込むようになったのかな?」

徳丸が口を挟んだ。

「そうみたいですよ。しかし、どちらも片桐君の持ち込み映像には興味を示しながらも、放映は見送ってるんですよね。片桐君は社会の暗部を照射し、タブーからも目を逸《そ》らさないという姿勢を貫いてます」

「ええ、そうですね。片桐さんのジャーナリスト魂はブレることがなかったな」

「その点は尊敬できます。しかし、リスキーですよね、スクープ映像を流すことは。だから、関東テレビも全日本テレビも比較的に穏やかな内容のルポルタージュを二、三、放映したきりでしたね。通信社には数十点の静止画像を売ったようですけど、それではたいした収入は得られません」

「だろうな」

「そんなことで、片桐君は今年に入ってからは『ワールド時事映像』というドキュメンタリー画像を香港、台湾、シンガポール、タイなどのテレビ局に配信してる会社にもっぱら企画とスクープ映像を持ち込んでたんですよ」

「そのニュース映像配信会社に行けば、何か手がかりを得られそうだな」

「ええ、多分ね」

「それでは、『ワールド時事映像』に回ってみますよ。貴重な時間を割《さ》いていただいて、ありがとうございました」

剣持は日高部長に礼を述べて、ソファから立ち上がった。徳丸も謝意を短く表し、腰を浮かせた。

二人は社会部を出ると、エレベーターで地下駐車場に下《くだ》った。プリウスに乗り込む。

「『ワールド時事映像』のオフィスは、東銀座一丁目にあるんだったたな?」

徳丸が確かめた。

「そうです。どこかで昼飯を喰ってから、ニュース映像配信会社を訪ねましょう」

「三原橋《みはらばし》交差点の近くに本場のインドカリーを喰《く》わせる店があるんだ。真夏に辛いもんを喰って、たっぷり汗をかくのも悪くないぜ」

「おれは、さっぱりした物がいいな。みすじ通りに、いい日本蕎麦《そば》屋があるんですよ」

「江戸っ子は粋《いき》を大事にしてえんだな。いいよ、つき合わあ」

「それじゃ、その店に案内します」

剣持は車を走らせはじめた。駐車場のスロープを一気に登って、表に出る。陽光は鋭かった。

　わずか五分ほどで、目的の店に着いた。店の駐車場にプリウスを置き、剣持たちは店に入った。ひやりとするほど涼しい。

　二人は空いているテーブルについた。剣持は、せいろを二枚頼んだ。

「おれはカツ丼にするよ。せいろじゃ、物足りねえからさ」

　徳丸が少し恥ずかしそうな顔で、店の者に注文した。

　少し待つと、せいろとカツ丼が運ばれてきた。すぐに二人は箸《はし》を使いはじめた。

　あらかた食べ終えたところ、徳丸の私物の携帯電話が懐《ふところ》で振動した。

「『はまなす』のママから、デートの誘いかな」

「からかうなって。おっと、やっぱり佳苗っぺからの電話だ。こんな時間に何だってんだ？　ちょっと店の外に出るぜ」

「ごゆっくり！」

　剣持は言って、煙草に火を点けた。徳丸が携帯電話を耳に当てながら、店から出ていく。

　剣持はゆったりと紫煙をくゆらせた。短くなった煙草の火を揉み消していると、徳丸が店内に戻ってきた。

「剣持ちゃん、ちょっと職務をサボらせてくれねえか」

「どうしたんです？」

「『はなます』が入ってるビルの地下一階に『オアシス』って喫茶店があるよな？」

「ええ、ありますね。オーナーの女性は、佳苗ママと仲がよかったんじゃなかったっけ？」

「そうなんだ。同世代だし、気が合うみてえなんだよ。『オアシス』に山滝《やまたき》組の若い奴らが来て、レンタル観葉植物を置かせろって凄んでるらしいんだ。『オアシス』のママが佳苗っぺに救いを求めたんで、店に駆けつけて追っ払おうとしたら、二人の組員はテーブルや椅子を引っくり返しはじめたんだってよ」

「西新橋なら途中なんだから、おれも一緒に行きましょう。ここ、出よう」

「なら、車のエンジンをかけといてくれや。おれが勘定を払うからさ」

「後で、おれの分を払います」

剣持は先に店を出て、プリウスに乗り込んだ。待つほどもなく徳丸が表に走り出てきた。急いで助手席に入る。

剣持は車を発進させた。西新橋までは、ほんのひとっ走りだった。

飲食店ビルの真ん前にプリウスを停め、二人は『オアシス』に躍り込んだ。

すると、佳苗がフライパンを振り翳《かざ》して、二人の若い男を睨《ね》めつけていた。『オアシス』のママは、カウンターの奥で身を竦《すく》ませている。テーブルと椅子は散乱したままだ。

「おい、チンピラども！」

徳丸が怒鳴《どな》るなり、右側にいる二十五、六歳の組員に組みついた。もう片方の男が振り返った。

剣持は踏み込んで、相手の股間を蹴り上げた。的《まと》は外さなかった。角刈りの男が両手で股間を押さえながら、何度か跳《は》ねた。

剣持は、相手の眉間《みけん》にストレートパンチをぶち込んだ。骨と肉が鳴った。角刈りの男が仰向《あおむ》けに引っくり返った。

すかさず佳苗が、フライパンで男の額を叩いた。徳丸が、もうひとりの組員を突き飛ばす。白いスーツ姿だった。仲間の上に倒れた。

「女だからって、舐《な》めるんじゃないわよ」

佳苗が啖呵《たんか》を切り、フライパンの底で白いスーツの男の後頭部をぶっ叩いた。徳丸がせせら笑って、スーツ男の尻《けつ》を蹴る。

「てめえら、おれたちは山滝組の者《もん》だぞ」

角刈りの男が剣持を見ながら、野太《のぶと》い声で息巻いた。

「それがどうした？」

「てめえら、住川会《すみかわ》か？」

「おれたちはヤー公じゃない。手錠《ワッパ》打たれたくなかったら、二度とこの店に面出《つらだ》すな」

「あんたたち、刑事《デコスケ》なのか⁉」

「そうだ。みかじめ料を要求したり、レンタル観葉植物の鉢を置いてったら、おまえらを逮捕《パク》るぜ。テーブルと椅子を元の位置に戻して、オーナーとその友人に謝罪しろ」

「わ、わかったよ」

「もたもたするんじゃねえ」

徳丸が焦《じ》れて、二人の組員を荒っぽく摑み起こした。男たちがテーブルと椅子を所定の位置に置き、『オアシス』のママと佳苗に詫びた。

「ひとり三万ずつ詫び料を置いていけや。てめえらは営業妨害したんだからさ」

徳丸が組員たちに言った。『オアシス』のママが手を横に振った。

「詫び料なんていいんですよ」

「いや、貰うべきだ。店は商売の邪魔をされたんだからね。十万ずつ貰ってもいいくらいだよ」

「そ、そんな……」

「旦那、これで勘弁してください」

白いスーツを着た男が札入れを取り出し、万札を六枚抓《つま》み出した。徳丸が紙幣を受け取り、カウンターに置く。

「失《う》せろ！」

剣持は二人の若いやくざに命じた。男たちが逃げるように店から消えた。

「いまのは恐喝《カツアゲ》になるんじゃない？」

佳苗がにやついた。

「『オアシス』のママと何かうまいもんでも喰えや」

「徳さん、カッコよかったわよ。少し見直したわ」

「そうかい」

「徳丸さん、とっても素敵でしたよ」

店のママが、改めて礼を言った。

「徳さん、ここのママに好かれたみたいよ。ママとデートしてみたら？」

「うるせえや。まだ職務中なんだ。もう行くぜ」

徳丸がことさら素っ気《そけ》なく佳苗に言って、そそくさと表に出た。剣持はにやついて、徳丸の後を追った。

プリウスに乗り込み、東銀座に向かう。

『ワールド時事映像』のオフィスは、雑居ビルの三階にあった。剣持たちは、社長の寺町武史《てらまちたけし》との面会を求めた。片桐の知り合いの犯罪ノンフィクションライターを装った。

待つほどもなく、若い女性社員に奥の社長室に通された。寺町社長は四十七、八歳だった。ダンディーな印象を与える。

剣持は来訪の目的を告げた。寺町が先に二人を坐らせてから、剣持の正面のソファに腰を落とした。

「調査会社に依頼して、片桐さんを捜してもらってるんですが、未《いま》だに……」

「そこまでされてるんですか。少し驚きました」

剣持は言った。

「片桐さんが持ち込んでくるスクープ映像は、アジアのテレビ局にたいてい配信可能ですんでね。調査費を負担しても、充分にペイするわけですよ」

「そうですか。片桐さんは最近、何を取材してたんでしょう？」

「具体的なことは教えてくれませんでしたが、謎の企業グループが警察の裏金、詐欺集団が詐取《さしゅ》した金、企業や資産家の隠し金の強奪を企んでるらしいんですよ。すでに正体不明の犯罪者集団は、広域暴力団の企業舎弟《フロント》から十八億円のやくざマネーをまんまと奪ったと言ってました」

「その暴力団というのは？」

「わかりません。片桐さんは謎の現金強奪グループがわかったら、何もかも話すと言ってたんですよ。いろんな隠し金を奪おうとしてる連中は、インテリのアウトロー集団ではないのかな。やくざマネーや警察の裏金を狙うなんて大胆不敵でしょ？」

「そうですね。どちらも敵に回したら、怖《こわ》い存在ですから」

「ええ、そうですよ。新しいタイプの犯罪者たちが隠し金を次々に強奪したら、ニュース価値は高いはずです。外部のさまざまな圧力に屈しやすいテレビのキー局だって、片桐さんのスクープ映像をきっと欲しがるにちがいありません」

「そうでしょうね」

「しかし、片桐さんの行方がわからなくなって、もう一カ月が過ぎてます。もしかしたら、彼は謎の犯罪者集団に消されてしまったのかもしれないな」

「寺町さんは、片桐さんが日吉の従兄宅に撮り溜めた映像を保管してあったことを知ってました？」

「ええ、知ってました。ですが、その従兄のお宅は何者かに放火されて全焼してしまったらしいんです。そのことを片桐さんの奥さんから聞いて、暗然としましたよ。やっぱり、片桐さんはもう殺されてしまったのかもしれませんね」

「そうなんでしょうか」

「肝心のスクープ映像がどこか別の場所に保管されてるといいんですが……」

「ほかに失踪に絡んでるような事柄はないのかな？」

徳丸が寺町に問いかける。

寺町が黙って首を横に振った。これ以上は何も聞き出せそうもない。

剣持は、徳丸に目配せした。徳丸が小さく顎《あご》を引く。

「どうもお邪魔しました」

剣持は寺町に言って、ソファから先に立ち上がった。

3

通されたのは会議室だった。

大手町《おおてまち》にある『ユニバーサル通信社』だ。剣持は徳丸と並んで坐っていた。窓側だった。二人は『ワールド時事映像』から、この会社に回ってきたのである。

「お待たせしました」

声とともに、三十八、九歳の女性が会議室に入ってきた。ショートヘアで、流行の黒縁眼鏡をかけている。キャリアウーマンタイプだった。

剣持は徳丸と一緒に立ち上がって、それぞれ平凡な姓を騙《かた》った。

「末広《すえひろ》なぎさです。特約やフリーのフォトジャーナリストたちの写真や記事を検討させてもらっています。あなた方は、片桐さんのお知り合いの犯罪ノンフィクションライターだとか？」

「ええ。我々は月刊誌や週刊誌に寄稿してるんですよ」

剣持は話を合わせた。

「面白い種《ネタ》があったら、うちの会社にもぜひ持ち込んでください」

「そのうち、そうさせてもらいます。こちらは、地方紙、ブロック紙、海外の邦字新聞に写真付きの記事を配信してるんですよね？」

「ええ、そうです。共同通信や時事通信が配信してる記事とダブらないようなトピック性の高いものを……」

「そうですか」

「坐りましょう」

なぎさが言った。

剣持たちは椅子に腰を戻した。なぎさが剣持の正面に坐り、手にしていた紙焼き写真を手早くトランプのように卓上に並べた。三列だった。

「これ、片桐さんが撮った動画を静止写真にしたものです。上段の写真は、偽装国際結婚のブローカーと客たちを盗み撮りしたものです」

なぎさが剣持に説明した。

「中段に並べられたのは、貧困ビジネスで荒稼ぎしてる暴力団の組員と元ホームレスの男たちみたいだな」

「そうです。やくざ連中は路上生活者を二畳ほどの部屋に住まわせて生活保護の申請をさせ、支給額の約九割を家賃、食費、光熱費の名目で吸い上げてるんですよ。あくどいことをやってますよね」

「一番下の列の写真には、どこか温泉地が写ってるようだが……」

剣持は、なぎさに顔を向けた。

「群馬にある有名な温泉街の売春バーで、十数人のタイ人女性が体を売らされてたんですよ。それぞれ四、五百万円の借金を負わされ、ショート五千円で客を取らされてたんです。だから、毎日、十数人の男と……」

「管理売春のボスは、地元のやくざだったんでしょ？」

「いいえ、違います。地元の名士の県会議員だったんです。その男は元ホステスのタイ人の愛人に母国から貧しい少女たちを集めさせ、日本で春をひさがせてたんですよ」

「最近は、堅気がヤー公以上にあこぎになってるからね」

徳丸が口を挟んだ。

「そうみたいですね。片桐さん提供の写真はほかにもあるんですけど、失踪に結びつきそうなものはないんじゃないかしら？　それに彼が潜入取材した事件の関係者は全員、検挙されてますからね。懲役刑でも二年以内で済むんで、片桐さんに仕返ししようとする人間はいないと思いますよ」

「片桐さんは最近、どんなスクープを狙ってたのかな」

「はったりだったのかもしれませんけど、先々月、片桐さんは悪知恵の発達した犯罪者集団がいるんだと洩らしてました」

「末広さん、その話をもっと詳しく話してもらいたいな」

「いいですよ。といっても、片桐さんはそれほど多くのことを語ったわけではありませんけどね」

「それでもいいですよ」

「わかりました。謎のグループは、被害届を出せないブラックマネーばかりを狙ってるみたいなの。やくざマネー、警察の裏金、企業や資産家が脱税した隠し金なんかに目をつけてるらしいんですよ」

「確かに、そいつらは悪知恵が発達してるね。そういう表には出せない銭《ギ》を盗っても、永久に被害届は出されないわけだから、警察に追われる心配はない」

「ええ、でも、ブラックマネーを秘匿《ひとく》してる連中というのは手強《てごわ》いと言えるんじゃありません？」

「強奪グループの正体が割れたら、密かに抹殺されるかもしれないね。捨て身で生きてる奴らなんだろう」

「暴力団や警察も恐れない悪党《ワル》たちとなると、元やくざ、元警察官、元自衛官なんて男どもなんでしょうね」

「そうとは限らないのではないかな」

剣持は異論を唱《とな》えた。

「違いますかね」

「労働人口の約四割が非正規雇用という不安定な暮らしをしてます。大企業を諦めて中小企業に就職する若者が増えたことで、少しばかり就職率は高くなりましたよね？」

「ええ。フリーターや派遣社員になりたくない新卒者が、中小企業や零細企業に就職したんでしょう」

「そうなんだと思います。大学院の博士コースを出ても、学者になれる者は少ない。なまじ修士や博士になったせいで、学士よりも就職率は低いんですよね。新制度導入で弁護士が三万五、六千人に増えたわけだが、平均年収は六百万円そこそこです。若手弁護士は喰うため、街金業者や詐欺商法の片棒を担《かつ》がされてる」

「この国の政治家、財界人、高級官僚の大半は自分らの利益ばかりを追い求めて、本気で社会をよくしようなんて考えてないみたいですからね。みんなが将来に不安を覚えても仕方ないわ」

「不安どころか、絶望感さえ覚えてる層は確実に増えてるんじゃないのかな」

「そうかもしれませんね」

「だから、堅気の人間がアナーキーな気持ちになって、法律やモラルなんか糞喰《くそくら》えと思いはじめても……」

「自棄《やけ》になる人たちも出てくるでしょうね。だけど、一般市民は根が臆病だから、やくざや警察を敵に回すことはできないでしょ？」

なぎさが反論した。

「それだから、いろんな所から隠し金を強奪しようと計画を練った首謀者は荒っぽいことに馴《な》れた男たちを雇ったんじゃないだろうか」

「それ、考えられますね。片桐さんは、裏金強奪グループに拉致されたのかもしれませんけど、犯人グループを割り出す材料はないんですよ」

「そうですね」

「お二人は、片桐さんの奥さんにお会いになったのかしら？」

「真っ先に会いましたよ。それから、片桐さんが勤めてたテレビ局と『ワールド時事映像』にも行きました」

「そうなの」

「しかし、謎の犯罪者集団を突きとめる有力な手がかりは得られなかったわけです」

「そうだったんですか。こちらも、お役に立てなかった感じね」

「いいえ、参考になる話をうかがえましたよ。ありがとうございました」

剣持は末広なぎさに感謝して、徳丸の太腿に軽く触れた。徳丸が先に立ち上がる。

二人は会議室を出て、そのまま事務フロアを抜けた。五階だった。

エレベーターの扉が閉まってから、剣持は口を開いた。

「徳《トク》丸さん、片桐貴行の自宅に戻ってみましょう」

「ビデオジャーナリストは、撮り溜めた映像を日吉の従兄の家に預けてたという話だったじゃねえか。でも、その家は半月ほど前に放火されて丸焼けになったはずだぜ」

「そうですね。しかし、片桐はデジタルカメラで撮った写真のＳＤカードを自宅の敷地内のどこかに保管してあるかもしれない」

「そっか、そうだな」

徳丸が口を引き結んだ。

函《ケージ》が一階に着いた。『ユニバーサル通信社』の社屋を出たとき、物陰に慌《あわ》てて走り入る人影があった。徳丸は気づかなかったようだが、剣持は見逃さなかった。

黒いスポーツキャップを目深《まぶか》に被った三十代半ばの男だった。色が浅黒く、筋肉質の体型だ。

剣持たちは、路上に駐《と》めてあるプリウスに乗り込んだ。

車を発進させる。剣持はハンドルを捌《さば》きながら、さりげなく気になる人物を見た。

スポーツキャップの男は、濃紺のアリオンの運転席に入った。

アリオンは大手町から日比谷交差点まで数台の車を挟んで、ずっとプリウスを追尾《ついび》してくる。剣持は桜田通りをたどって、車を外堀《そとぼり》通りに乗り入れた。

やはり、アリオンは同じルートを進んでいる。尾行車輛かどうかを見極める方法があった。それは簡単な方法だった。

いったん運転中の車をガードレールに寄せる。追尾している不審車輛なら、数十メートル後方に停まる場合が圧倒的に多い。そうでなければ、わざと追い越して数十メートル前方の路肩《ろかた》に寄せるものだ。マークしている車が動きだしたら、尾行を再開する。

剣持は、プリウスを路肩に寄せて停止させた。

「どうしたんだい？」

助手席の徳丸が訝《いぶか》しげに問いかけてきた。

「どうやら尾《つ》けられてるようです。『ユニバーサル通信社』の近くにいた黒いスポーツキャップを被ってる奴がアリオンで追尾してきてるみたいなんですよ」

「なんだって⁉」

「振り返らないで、ルームミラーとドアミラーを見るだけにしたほうがいいな。じゃないと、相手に覚《さと》られるでしょ？」

「わかってらあ。剣持ちゃん、もう少し車をバックさせてくれや。ナンバーの数字をはっきり読み取りてえんだ」

「了解！」

剣持はシフトレバーをRレンジ《リヴァース》に入れ、アクセルを踏みつけた。後ろのアリオンが急いで十メートルほど退《さ》がる。

「読み取れたぜ」

徳丸が目の前のパネルを手前に引き、端末を操作した。

「アリオンの所有者は？」

「文京区本郷《ほんごう》に在住の女性名義になってるが、四日前に盗難届が出されてる」

「怪しいな」

「車を一気にバックさせて、職務質問《バン》かけてみるかい？　場合によっては、窃盗容疑で身柄《ガラ》を押さえてもいいじゃねえか」

「スポーツキャップの男が逃亡を図って、一般車輛に当て逃げするかもしれないな。直進して、アリオンの男を清水谷《しみずだに》公園に誘い込むことにしましょう」

「そのほうがいいか」

「ええ」

剣持は、ふたたびプリウスを走らせはじめた。ドアミラーを仰《あお》ぐ。不審なアリオンも動きだした。

「剣持ちゃん、尾行者は岩松の犯行に見せかけて相沢真帆たち三人を殺《や》った真犯人《ホンボシ》なのかね。それとも、ビデオジャーナリストの片桐をエスティマで故意に撥ねて、どこかに連れ去った奴なのか」

「どっちとも言えませんね、いまの段階では」

「そうだな。尾けてる奴を締め上げりゃ、じきにわかるだろうよ」

徳丸が上体を背凭《せもた》れに預けた。

剣持は車を道なりに走らせ、赤坂見附《あかさかみつけ》から四谷《よつや》方面に向かった。ニューオータニを右手に見ながら、右に折れた。少し先に清水谷公園がある。

「アリオン、追走してきやがったぜ」

「徳丸《トク》さん、二人とも園内に入ってからスポーツキャップの男を生け捕りにしましょう」

剣持はプリウスを公園の際《きわ》に停めた。二人は急いで車を降り、園内に走り入った。

周囲に人影はない。油蟬《あぶらぜみ》が、かまびすしく鳴いている。少々、耳障《みみざわ》りだ。

剣持たちは遊歩道を駆け、樹木の陰に身を潜《ひそ》めた。

どちらも、インサイドホルスターにドイツ製のコンパクトピストルを入れてあった。H《ヘッケラー》&K《コッホ》モデルUSPコンパクトだ。

弾倉には、九ミリ弾が十三発詰めてある。予《あらかじ》め初弾を薬室《チェンバー》に送り込んでおけば、フル装弾数は十四発だ。

真夏にショルダーホルスターを着用することは、めったにない。生地の薄い上着だと、拳銃を携行していることがわかってしまうからだ。

「徳丸《トク》さんは、ここにいてください。おれは男の背後に回り込む」

剣持は中腰で横に移動しはじめた。樹々の間を縫《ぬ》って、出入口に近づく。

息を殺したとき、スポーツキャップの男が園内に駆け込んできた。

足音は、ほとんど聞こえなかった。重心を爪先にかけていた。

尾行者はあたりを見回しながら、用心深く歩《ほ》を進めている。まるで獲物に迫る狩人のような動きだった。特殊な訓練を受けたことがあるにちがいない。かつて自衛官だったのか。それとも、傭兵《ようへい》崩れなのだろうか。

「おれたちに用があるんだろうが？　こっちに来いや」

徳丸が大声を発し、太い樹木の向こうから半身を覗《のぞ》かせた。

スポーツキャップの男が、ベルトの下からサイレンサー・ピストルを引き抜く。ロシア製のマカロフPbだった。将校用の消音型拳銃はソ連崩壊後、少しずつ日本の闇社会に流れ込んできた。

本庁組織犯罪対策部第五課は、二千挺以上は出回っていると見ている。おおかた極東マフィアによって、密輸されたのだろう。

「徳《トク》丸さん、伏せて！」

剣持は叫んで、遊歩道に躍《おど》り出た。

スポーツキャップの男が振り向きざまに、マカロフPbを発砲させた。発射音は小さかった。圧縮空気が洩れたような音がしただけだ。

放たれた九ミリ弾は、剣持の頭上五、六センチを疾駆《しっく》していった。

衝動波で、頭髪が揺らいだ。単なる威嚇射撃《いかくしゃげき》でないことは明白だ。こちらを撃ち倒す気にちがいない。

「おれたちは本庁の者だ。サイレンサー・ピストルを捨てるんだっ」

剣持はドイツ製のコンパクトピストルを引き抜いた。

スライドを滑らせる。初弾が薬室に入った。後《あと》は引き金を絞れば、九ミリ弾が放たれる。

「刑事《デカ》をシュートしに来たんだよ」

「おれたちのことを知ってたのか!?」

「ああ。連続猟奇殺人事件の極秘捜査してるんだよな?」

「警察に内通者がいるんだなっ」

「その質問には答えられない」

「そっちが岩松の仕業に見せかけて、相沢真帆、尾崎奈緒、佐久間侑子を絞殺したんじゃないのか?」

「女を殺《や》る趣味はないよ」

「それじゃ、ビデオジャーナリストの片桐貴行を盗んだエスティマで故意に撥ねて、どこかに連れ去ったんだな。どうなんだっ」

「さあな」

「マカロフPbを足許に置いて、両手を頭の上で重ねろ。指示に従わないと、おまえを撃つ」

「撃ち合う気か。いいぜ」

男が薄く笑って、徳丸に銃口を向けた。

剣持は、H&KモデルUSPコンパクトの引き金を引いた。銃声が轟き、九ミリ弾はスポーツキャップの男の足許に着弾した。

土塊《つちくれ》が舞い、跳弾《ちょうだん》が泳ぐ。男が口の端を歪《ゆが》め、サイレンサー・ピストルの銃口炎《マズル・フラッシュ》を瞬《また》かせた。

徳丸の横の喬木《きょうぼく》の太い幹《みき》に銃弾がめり込んだ。樹皮の欠片《かけら》が飛び散る。のけ反《ぞ》った徳丸が、コンパクトピストルの銃声を響かせた。

威嚇射撃だった。男を射殺してしまったら、捜査が袋小路に入ってしまうかもしれない。相棒は、そう考えたようだ。

急所を外して、相手を動けなくするほかない。

剣持は、スポーツキャップの男の左の太腿に狙いをつけた。引き金《トリガー》の遊びを絞り込んだとき、相手が先に二発連射してきた。剣持は地に伏せ、すぐに横に転がった。被弾は免れた。

剣持は地べたに腹這《はらば》いになって、寝撃ちの姿勢《プローン・ポジション》をとった。

すると、男がまた先に撃ってきた。剣持は自ら横転した。男が体の向きを変えて、徳丸に九ミリ弾を見舞う。

徳丸が短く呻《うめ》いて、尻《しり》から落ちた。被弾したのか。剣持はプローン・ポジションで、引き金を引いた。

右手首に衝撃《キック》が伝わってきた。空薬莢《からやっきょう》が右横に弾き出された。硝煙がたなびく。

放たれた九ミリ弾は、相手の左の太腿を掠《かす》めたようだ。

スポーツキャップの男が体を傾けた。だが、倒れなかった。

すぐに徳丸と剣持に一発ずつ撃ち込み、身を翻《ひるがえ》した。片脚を引きずりながら、懸命に逃げていく。剣持は身を起こした。

「剣持ちゃん、野郎を追ってくれ」

「被弾したんでしょ？」

「右肩の筋肉を二、三ミリ抉《えぐ》られたようだが、弾《たま》は抜けてった。掠り傷だよ。だから、スポーツキャップの男を早く追ってくれや」

「また、おれたちの命《タマ》を奪《と》ろうと接近してくるでしょう。そのとき、取っ捕まえればいいさ」

「おれは大丈夫だから、早く……」

徳丸が大木に摑まりながら、ゆっくりと立ち上がった。剣持は、目でスポーツキャップの男を探した。

公園から出かけていた。追いつめそうもない。

剣持は徳丸に走り寄った。

「すぐに中野の東京警察病院に連れていきます」

「オーバーだって。銃弾が肩口に触れただけなんだから、消毒液を後でぶっかけておくよ」

「でも、上着とシャツが焦《こ》げて血がにじんでる。手当を受けたほうがいいですって」

「それより空薬莢を回収して、早く現場から去らねえとな。さっきの銃声を聞いた人間が一一〇番したにちがいねえ。剣持ちゃん、所轄の連中が来る前に姿を消そうや。おれの薬莢は自分で拾わあ。剣持ちゃんは、自分の薬莢とスポーツキャップの奴の分を回収してくれ」

徳丸が左手で上着のポケットを探《さぐ》り、格子柄のハンカチを取り出した。皺《しわ》だらけだった。

「それはやりますが、徳丸《トク》さん、銃創の手当をしてもらおう」

「大げさだよ」

「いや、大事を取るべきだな。中野の東京警察病院から、もう一度、片桐宅に行きましょう」

剣持は白い布《ぬの》手袋《てぶくろ》を嵌《は》め、空薬莢を探しはじめた。マカロフＰｂの弾頭か薬莢に逃げた男の指紋が付着していれば、捜査は少し前進するはずだ。

4

徒労に終わるのか。

剣持は溜息をつきそうになった。

片桐宅の二階にある仕事部屋だ。東京警察病院からビデオジャーナリストの自宅に直行したのである。

相棒の徳丸は、左手で分厚い本を書棚に一冊ずつ戻している。いかにも辛《つら》そうだ。

「徳《トク》丸さん、休んでてくださいよ。おれが片づけるからさ」

「平気だよ。たったの四針、右の肩口を縫っただけなんだ」

「でも、右腕を動かすたびに痛みを感じるんでしょ？　ずっと利き腕を庇《かば》ってるからね」

「少し痛むけど、どうってことねえよ。右手、ちゃんと動かせるんだ」

「無理しないほうがいいと思うがな」

剣持は言った。

「へっちゃらだって。それより、この部屋には手がかりがなさそうだな。二人で部屋の隅々まで検《しら》べても、何も見つからなかったんだからさ」

「そうですね」

「剣持ちゃん、ガレージの車の中に何か隠されてるのかもしれねえぞ」

徳丸が言いながら、持っている写真集を右手に持ち替えた。次の瞬間、わずかに顔をしかめた。

「徳《トク》丸さん、本当に無理しないほうがいいですよ」

「大丈夫だって。さっさと片づけて、ボルボの中をチェックしてみようや」

「そうしますか」

剣持はファイルを次々に資料棚に戻した。

エアコンが作動していて、室温は二十二、三度だった。それでも、うっすらと汗ばんできた。

引き出した物を所定の場所に戻し終えたころ、片桐の妻が夫の仕事部屋に入ってきた。

「何か見つかりました？」

「残念ながら、手がかりになりそうな物はありませんでした。奥さん、ガレージのボルボは埃《ほこり》を被ってましたが、長いこと乗ってないんですか？」

　剣持は訊いた。

「四、五カ月は乗ってないですね。年式の旧《ふる》い車ですんで、電気系統が故障しがちなんですよ。そんなことで、片桐はボルボで取材に出かけることがなくなったの」

「そうなんですか。ボルボの中をちょっと検《しら》べさせてもらってもかまいませんか」

「ええ、どうぞ。いま、車のキーを取ってきます」

　聡美がそう言い、階下に降りていった。

　剣持は窓のカーテンを閉め、エアコンのスイッチを切った。午後五時を回っていたが、まだ外は明るかった。失踪人の仕事部屋の窓はカーテンで閉ざされていたのだ。元通りの状態にしておくことが礼儀だろう。

　剣持たち二人は階下に下《くだ》った。

　玄関ホールに片桐の妻が立っていた。剣持はボルボのキーを借り受け、徳丸とポーチに出た。石段を降り、内庭を斜めに横切る。

カーポートは屋根付きだった。残照が遮《さえぎ》られ、幾らか涼しい。

剣持は手早くボルボの四つのドアを開けた。

蒸《む》れた空気が抜けてから、オープナーを引く。トランクリッドのロックが解《と》けた。

「トランクルームの中を検べてもらえます？」

剣持は徳丸に声をかけ、グローブボックスの蓋《ふた》を開けた。車検証、懐中電灯、グロスのほかには何も入っていない。

剣持はドア・ポケットやコンソールボックスもチェックした。だが、失踪に繋がっていそうな物品は見当たらなかった。

「トランクの中には何もねえな。予備のタイヤ、工具箱、ジャッキ、ブースター・ケーブルなんかが入ってるだけだな」

徳丸が言った。

「そう」

「車台《シャーシ》の下にマグネット式のボックスが装着されてるんじゃねえだろうな。ちょっと覗いてみらあ」

「そうしてくれますか」

剣持は、運転席のシートの隙間に指を差し入れてみた。

だが、何も触れる物はなかった。助手席も同じだった。

剣持はリア・ドアから車内に入り、シートの隙間に両手の指を滑り込ませた。

と、左手の指先にカードのような束《たば》が触れた。慎重に引き出す。ビニール袋にくるまれた十枚ほどの印画紙だった。

剣持はビニール袋からプリントを取り出し、目を通した。

紙焼き写真は九枚だった。被写体は四十歳前後の男だ。四枚は『三和精工機器』の本社近くで撮られている。残りの五枚の背景には、『誠和《せいわ》エンタープライズ』と書かれた五階建てのビルが写っていた。

「徳《トク》丸さん、シートの隙間に九枚の写真が隠されてましたよ」

剣持はボルボから降り、相棒に声をかけた。

徳丸がトランクリッドを閉め、歩み寄ってくる。剣持は写真の束を徳丸に渡した。

「写ってる野郎は元刑事だよ」

徳丸がプリントを捲《めく》りながら、確信に満ちた声で言った。

「間違いないんですね？」

「ああ。二年ぐらい前まで神田署の生活安全課にいた荒木健人《あらきけんと》って奴だ。いま、ちょうど四十歳だと思うよ」

「徳丸《トク》さん、写真の男と面識があるの？」

「一度、会ってる。二年半ほど前に荒木って野郎は美人スリの弱みにつけ込んで、彼女の稼ぎの上前をはねてたんだ。それだけじゃねえ。ちょくちょく美人スリをホテルに連れ込んでたようだ」

「悪い野郎だな」

「屑《くず》だね。美しいスリに相談されて、おれは荒木をとっちめてやったことがあるんだ。荒木は彼女に詫びを入れて、すぐに遠ざかった。けど、半年も経《た》たないうちに懲戒免職になったんだよ」

「悪さしてたんで、人事一課監察に目をつけられたんだろうな」

「そうなんだよ。荒木は暴力団や性風俗店経営者に手入れの情報を流して、たびたび数十万円単位の小遣いを貰ってやがったんだ。そのことが発覚して、クビになったわけさ」

「その後、荒木はどうしてたんです？」

「警察ＯＢが何人もいる『十全《じゅうぜん》警備保障』って会社に入って、ガードマンになったはずだよ。けど、その会社にいるかどうかはわからねえな」

「そうですか。元悪徳刑事が、なぜ鑑識機器製造会社の本社近くをうろついてたんだろうか。徳丸《トク》さん、この荒木って奴は警察の裏金を狙ってる犯罪グループと繫がってるとは考えられませんかね？」

「そうなのかもしれねえな。『誠和エンタープライズ』は、首都圏で最大勢力を誇る関東誠和会の企業舎弟《フロント》だよ。業績不振の中堅企業に強引に運転資金を貸し付け、次々に経営権を手に入れてるみてえだぜ」

「会社喰い《マージャー》か」

「そうなんだろう。荒木は、裏金強奪グループの下働きをしてるんじゃねえのかな。その疑いはあるな。理事官に荒木に関する情報を集めてもらおうや。それから城戸に古巣の組対《そたい》で、『誠和エンタープライズ』についても調べてもらうべきだろうな」

「そうしましょう」

「この写真のこと、奥さんに話すつもりかい？」

「いや、黙ってましょうよ。旦那がもう生きてないと思わせることになるだろうし、この写真を玉川署に持っていきたがるでしょうからね」

「だろうな。写真のことは黙ってようや」

「ええ」

剣持は同意した。徳丸が写真の束を差し出す。剣持はプリントを受け取り、ボルボのドアを閉めた。

そのとき、玄関から片桐聡美が姿を見せた。

「いかがでした？」

「残念ながら、何も見つかりませんでした」

剣持はポーカーフェイスで言い、車の鍵を聡美に返した。

「片桐は何か事件に巻き込まれたようですね。もう一カ月以上も連絡がないんだから、夫は殺されてしまったのかもしれません」

「奥さん、まだ希望は捨てないほうがいいですよ。片桐さんは、犯罪者に監禁されてるだけだとも考えられますから」

「何度もそう自分に言い聞かせてきたんだけど、あまりにも時間が経《た》ちすぎてるでしょ？」

「片桐さんは何か切札を持ってるかもしれません。そうなら、片桐さんを拉致した奴がいたとしても、下手なことはできないはずです」

「そうだといいんですけど……」

聡美が下を向いた。徳丸が、ことさら明るく言った。

「奥さん、ご主人は必ず生きて戻ってきますよ。バイタリティーのある片桐さんが若死にするわけない」

「そう思いたいわ」

「捜査は捗《はかど》ってないようですが、我々がなんとか片桐さんを見つけます。もう少し待ってください。奥さん、二度も押しかけて申し訳ありませんでした。ありがとうございました」

剣持は一礼し、徳丸と暇《いとま》を告げた。

プリウスに乗り込むと、梨乃から電話がかかってきた。

「報告が遅くなりました」

「何かあったんだな？」

「ええ。城戸さんと片桐の従兄宅の焼け跡で燃え残った物を掻《か》き起こしてるとき、不審者が物陰から様子をうかがってたんですよ」

「どんな奴だった？」

「三十四、五歳で、逞《たくま》しい体つきの男でした。普通のサラリーマンじゃないでしょうね。クルーカットで、ものすごく陽灼《ひや》けしてたんです。漁師並に色黒でしたよ。それに、ジャングルブーツを履《は》いてました」

「八月なのにか。動作は、きびきびしてたか？」

「ええ。城戸さんが職質《しょくしつ》しかけたら、その男はランドローバーに乗り込んで逃げたんです。わたしたちは、すぐスカイラインで追いました。男の車は東名高速に入って、裾野《すその》IC《インター》で一般道に下《お》り、七、八キロ先の林道で急停止しました」

「雨宮たちは罠《わな》に嵌まったんじゃないのか？」

「ええ、そうだったの。クルーカットの男はランドローバーから降りると、わたしたちの車めがけて手榴弾《しゅりゅうだん》を投げつけてきたんです。急いで車をバックさせたんで、難を逃れることはできましたけどね」

「男は逃げたのか《フケ》？」

「いいえ。男は、スカイラインを降りたわたしたちに無言で発砲してきました。拳銃はコルト・パイソンでした」

「アメリカ製の大型リボルバーを持ってたのか。ただのヤー公じゃなさそうだな」

「ええ」

「城戸はシグ・ザウエルP230J、そっちはハイポイント・コンパクトを携行してたはずだ。当然、応戦したんだろ？」

剣持は確かめた。

「もちろんです。城戸さんとわたしは交互に撃ち返しました。クルーカットの男はシリンダーの弾《たま》を撃ち尽くすと、林の中に逃げ込んだんですよ。弾倉に新しいマグナム弾を装塡《そうてん》し終える前に身柄を確保したかったんで、わたしたちはすぐに追いました」

「それで？」

「男は実包を詰めてる途中だったんですけど、すぐに撃ってきました。でも、樹木が多いんで、わたしたちは被弾しませんでした」

「だろうな」

「男は三発撃つと、林の奥に逃げ込んだんです。それで、数分後に急に足音が熄《や》んだんです。繁みに身を潜めたか、太い枝によじ登ったと見当をつけました。そのとき、急に変わった形の手裏剣のような物が飛んできて、城戸さんの脇腹を掠めたんです」

「城戸の怪我は？」

「星の形をした手裏剣状の物が表皮を傷つけた程度だったんですけど、心配だったんで、わたし……」

「城戸に駆け寄ったんだな？」

「そうです。その隙に、ランドローバーに乗ってたクルーカットの男は逃げてしまったんです。すみません！」

「仕方ないさ」

「時間が経ったら、逃げた奴がランドローバーに近づくかもしれないと読んでたんですけど、ついに戻ってきませんでした。置き去りにした四輪駆動車は、八日前に大田区内の月極《つきぎめ》駐車場から盗まれた物でした」

「そうか。雨宮、変形手裏剣のような物は回収したな？」

「ええ。だけど、クルーカットの男は薄いゴム手袋を嵌めてたんで、指紋も掌紋《しょうもん》も出ないでしょうね」

「そういうことなら、そうだろうな。実はおれたち二人も不審な男に尾けられ、清水谷公園で発砲されたんだよ」

「えっ⁉」

梨乃が絶句した。剣持は経過をつぶさに語り、ボルボに隠されていた写真のことにも触れた。

「荒木という元刑事が『三和精工機器』と関東誠和会の企業舎弟《フロント》の近くで片桐貴行に隠し撮りされてたんなら、おそらく裏金強奪グループの一員なんでしょう」

「その疑いはあるな。城戸の出血は？」

「もう血は止まってます」

「なら、ひとまず西新橋のアジトに戻っててくれ。おれたちも『桜田企画』に向かう」

「わかりました」

梨乃が通話を切り上げた。

剣持はポリスモードを折り畳み、徳丸に梨乃の報告内容をそのまま伝えた。

「極秘捜査班のメンバー四人が命《タマ》を狙われたんだから、警察関係者の中に敵と通じてる奴がいるな。荒木がチームのことを知ってるとは思えねえから、内部の誰かがおれたちの口を封じる気になりやがったんだろう」

徳丸が言った。

「そうなのかもしれませんが、おれたちチームのことを知ってる警察関係者はそう多くない。まさか鏡課長や二階堂理事官が裏切り者だったなんてことは……」

「どっちも、おれたちを裏切るような人間じゃねえよ。その上の刑事部長か副総監が警察の裏金のことを暴かれたくなくて、おれたちチームの四人を始末する気になったのかもしれねえぜ」

「そうなんでしょうか」

「元刑事の荒木は、『三和精工機器』に忍び込む下見をしてたんじゃねえのかな。いまも『十全警備保障』で働いてるかどうかわからねえけど、本社ビルのアンテナや外線を見りゃ、どんなセキュリティー・システムを採用してるか見当つくんじゃねえのか？」

「おおよその見当はつくでしょうね。『誠和エンタープライズ』のオフィスの近くにいたのも、裏金強奪の下見だったんでしょうか」

「そう考えてもいいんじゃねえのか。警察の裏金の件がマスコミや市民団体に叩かれたのは、十年以上も前だ。ほとぼりが冷めたころだから、本庁か所轄の幹部が、またプールしてあった隠し金を『三和精工機器』に預けたんじゃねえのかな」

「そうだとしたら、また警察は恥ずかしい思いをさせられますね。しかし、身から出た錆《さび》です。悪い習慣を本気で改める気がなかったら、いつか不正は露見する。おれは、身内を庇《かば》う気はないですね。徳丸《トク》さんは？」

「こっちも同じだよ。城戸や雨宮だって、上層部だけが裏金でいい思いをしてきたことを苦々しく感じてるにちがいねえ。別に優等生ぶるわけじゃねえけど、裏金づくりはやめるべきだな」

「そうすべきですね」

「いっそ義賊《ギ》が警察の裏金をそっくり盗ってくれりゃ、いいと思ってる。けど、やくざマネーや警察の裏金を狙ってる奴らは単なるアナーキーな強盗団みてえだよな？」

「義賊じゃないでしょうね。ビデオジャーナリストに弱みを握られたと察し、故意に七月四日の明け方にエスティマで撥ね、動けなくなった片桐貴行を連れ去った疑いがあるわけだから」

「剣持ちゃん、それだけじゃねえぜ。片桐を撥ねた音を耳にした相沢真帆、尾崎奈緒、佐久間侑子の三人を元強姦殺人犯の岩松陽一の犯行《ヤマ》と見せかけて、口を封じたと思われる。その上、岩松も八王子郊外で射殺したようだ」

「そうですね。岩松は自分に濡衣を着せようとした奴から一千万ほど口止め料をせしめたようだから、殺されても仕方ない。しかし、相沢真帆たち三人にはなんの罪もありません」

「そっちの言う通りだな。被害届を出せない隠し金を次々に手に入れたいと思ってる一味の親玉は、それこそ冷血漢だよ」

「おれも、そう思います。楽な方法で大金を手に入れたいという気持ちはわからなくもないですよ。しかも、秘匿《ひとく》されてるのはまともな銭じゃない。だからといって、なんの罪もない三人の女性を虫けらのように始末するなんて、とんでもない話です。たとえ強奪した裏金を善行に充《あ》てたとしても、目をつぶるわけにはいかないな」

「ああ、赦《ゆる》せねえな。剣持ちゃん、二階堂理事官におれたち四人が命《タマ》を奪《と》られそうになったことを報告して、荒木健人に関する情報を大急ぎで担当管理官に集めるよう指示してもらってくれや」

「そうしましょう」

剣持はポリスモードを開き、理事官の刑事用携帯電話《ポリスモード》の短縮番号を押し込んだ。

第五章　歪んだ敗者復活

1

ドアが開けられた。

ちょうど午後八時だった。『桜田企画』である。来訪者は二階堂理事官だった。

剣持と徳丸は、ほぼ同時にソファから立ち上がった。

「肩の銃創が痛むだろうから、もう家に帰ったほうがいいな」

二階堂が徳丸を労《いたわ》った。

「もう大丈夫でさあ。それより、理事官、荒木健人に関する情報は？」

「担当管理官が集めてくれたよ」

「そうですかい」

「坐りましょう」

剣持は理事官に言った。

二階堂が徳丸のかたわらに腰かけた。徳丸もソファに腰を沈める。剣持は二階堂と向かい合い、上着のポケットから清水谷公園で拾い集めたサイレンサー・ピストルの薬莢をハンカチごと摑み出した。

「理事官、これを鑑識に回していただきたいんですよ」

「アリオンで逃走したスポーツキャップの男が撃ったマカロフPbの薬莢だね？」

「ええ、そうです」

「すぐに鑑識に回そう。ボルボの中に隠されてたという九枚の写真を見せてくれないか」

二階堂が促《うなが》した。剣持は上着の内ポケットから写真の束《たば》を取り出し、理事官に手渡した。

二階堂がすぐに写真を繰《く》りはじめる。

「おれと徳丸《トク》さんには、荒木が『三和精工機器』と『誠和エンタープライズ』のセキュリティー・システムを調べてるように見えるんですが、理事官の目にはどんなふうに映りました？」

「そうしてるのかどうかは判然としないが、何か下見をしているような感じだね」

「荒木は、裏金強奪グループの一員か手先なのではと思いますが……」

「その疑いはありそうだね。というのは、荒木は『十全警備保障』を五カ月前に依願退職してたんだ。失業中だというのに、求職活動はまったくしてないらしい」

「勤めてた期間が短いから、退職金をたっぷり貰ったとは考えにくいですよね。警察も懲戒免職になったんで、まとまった退職金は貰えなかったはずです」

「担当管理官の報告によると、荒木は金回りがよさそうだというんだよ。赤羽《あかばね》の自宅マンションから転居はしてないんだが、毎晩のように六本木にあるウクライナ・パブ『チャイカ』に通ってるそうなんだ」

「お気に入りのホステスに入れ揚げてるんじゃねえのかな」

　徳丸が話に割り込んだ。

「そうらしい。荒木はニーナ・コレロフという二十三歳の金髪美人にご執心で、ブランド物のバッグや腕時計を次々にプレゼントしてるようなんだ」

「失業者がそんなに金に余裕があるわけねえ。理事官、荒木は何かダーティーなことをやってますよ」

「そう疑えるね」

「もしかしたら、荒木は二百万円も野添沙弥香に渡して、岩松陽一の精液を手に入れさせたのかもしれねえな。そして、相沢真帆、尾崎奈緒、佐久間侑子の三人を殺《や》ったんじゃないですかね。理事官、どう思われます?」

「その疑いはありそうだね。懲戒免職になった元警察官の大部分は不貞腐《ふてくさ》れて、身を持ち崩してる。やくざになった者も少なくない」

「おれたちの仕事は潰《つぶ》しが利かないからな。依願退職なら、警備員、タクシー会社の事故処理係、調査会社の調査員なんかにはなれる。けど、懲戒免職者にはほとんど再就職先はありません」

「そうだね」

「荒木が『十全警備保障』に採用されたのは、同郷の警察ＯＢの口利きがあったからだと思う」

「そうなんだろうな」

「せっかく得た仕事を荒木は自ら棄《す》てててる。長く勤めたところで、なんの展望もないと感じて、闇の社会に入ってしまったのかもしれない」

二階堂が剣持に顔を向けてきた。剣持は黙ってうなずいた。

「剣持君、この写真を野添沙弥香に見せて、謎の男が荒木だったのかどうか確認してくれないか」

「そうするつもりでした」

「だろうね。岩松の体液を野添沙弥香に入手させたのが荒木だったら、任意同行を求めさせよう。捜査本部の予備班と捜査班のメンバーが代《か》わる代《が》わる厳しく取り調べれば、相沢真帆たち三人の殺害に関与してるかどうか自白《ウタウ》するだろう。それから、片桐貴行をエスティマで故意に撥《は》ねたのが誰なのかもね」

「それは、ちょっと楽観的すぎると思います。元悪徳刑事には、正攻法は通じないでしょう」

「こっちもそう思うな」

徳丸が剣持に同調した。二階堂が唸《うな》って、二人の部下の顔を交互に見た。

「違法捜査は慎むべきですが、少し荒っぽく追い込まないと、荒木は絶対に口を割らないでしょう」

剣持は言った。

「そうだろうな。野添沙弥香と西麻布のワインバーの従業員が正体不明の男を荒木と認めたら、多少の反則技を使っても黙認しよう」

「わかりました。それはそうと、『三和精工機器』が警察の裏金を預かってるという噂の真偽はどうなんでしょう?」

「管理官が総務部会計課に探りを入れたらしいんだが、捜査費の不正請求はまったくないと回答したそうだ。だから、少なくとも本庁にはどこにも裏金など隠されてないと言い切ったというんだよ」

「その話を鵜呑《うの》みにはできないな。裏金づくりという悪しき慣習が根絶《ねだ》やしになったとは考えにくいですからね。各所轄署も同じでしょう」

「そう疑いたくなるよね。一部の上層部が会計課にチェックされない方法で、上昇志向の強い一般警察官《ノンキャリア》たちに裏金をせっせと捻出させてるんだろうか」

「多分、そうなんでしょう。それだから、荒木は『三和精工機器』本社の周《まわ》りをうろついてたんだと思いますよ。真夜中に警察の裏金が運び込まれたことは、すでに確認済みだったのかもしれません。少し『三和精工機器』の重役や経理部長をマークしてみましょう。警察関係者とどこかで接触するかもしれませんから」

「そうだね。そうしてくれないか。組織犯罪対策部各課からの情報によると、『誠和エンタープライズ』の社長だった曽我昇《そがのぼる》が六月中旬、自宅で感電自殺したそうなんだよ。享年《きょうねん》五十六だったらしい。曽我は有名私大商学部出身で、商才に長《た》けてたというんだ。企業舎弟《フロント》で大きなプラスを出し、一年前に関東誠和会の理事に選ばれてるんだよ。仕事や私生活で特に悩みはなかったと思われるインテリやくざが、なぜ死を選ばなければならなかったのか。それが謎なんだ」

「考えられるのは一つですね。『誠和エンタープライズ』は、やくざマネーを謎の裏金強奪グループにかっぱらわれたんでしょう。それで、曽我という社長は責任を感じて……」

「死んで償う気になったんだろうか。企業舎弟《フロント》の社員や関東誠和会の理事たちにも探りを入れてみたほうがよさそうだね」

「そうしてみます」

「曽我の自宅の住所は、これにメモしてある」

二階堂が紙片を差し出した。剣持はメモを受け取った。自死したという曽我の自宅は渋谷区恵比寿《えびす》三丁目にあった。

「話を元に戻しますが、警察関係者の中に裏金強奪グループと通じてる者がいると思うんですね」

徳丸が理事官に言った。

「そう考えても、いいだろうな。きみたち四人が命を狙われたわけだからね。極秘捜査班のことは限られた人間しか知らないはずなんだが、きみらは総務部企画課に籍を置きながらも、登庁はしてない」

「不審に思った奴がおれたちをこっそり尾けて、捜査一課別室のことを知ったのかもしれないな。人の口に戸は立てられないから、案外、極秘捜査班の存在は多くの警察関係者に知られてるんだろうか」

「徳丸警部補が言った通りなのかもしれない。内通者捜しは容易じゃないだろうが、管理官と一緒にすぐに炙《あぶ》り出しに取りかかるよ」

「頼みまさあ」

「わかった」

二階堂が大きくうなずいた。

それから間もなく、城戸と梨乃がアジトに戻ってきた。どちらも、さすがに疲れた様子だった。

「城戸君、脇腹の傷は大丈夫か？」

理事官が心配顔で訊いた。

「ほんの掠《かす》り傷ですから、ご心配無用です」

「二人とも無事で何よりだ」

「雨宮、特殊手裏剣と思われる物は回収してくれたな？」

剣持は梨乃に声をかけた。梨乃がビニールの証拠保全袋に入った星の形をした手裏剣のような物をコーヒーテーブルの上に置く。

「逃げたクルーカットの男はコルト・パイソンをぶっ放して、こんな特殊な武器も持ってたんだから、フランス陸軍の外人部隊にいたことがあるのかもしれないな」

「主任、傭兵《ようへい》崩れじゃないとしたら、陸自《りくじ》のレンジャー部隊か第一空挺団の特殊部隊出身なんだと思いますね」

「徳丸《トク》さんとおれに発砲したスポーツキャップの男も、何か特殊訓練を受けたことがありそうだったよ」

「そうなんでしょうね」

「裏金強奪計画を企んでる首謀者は、防衛省の高官なんでしょうか。あるいは、警察《サッチョ》庁《ウ》から出向《しゅっこう》してる内閣情報調査室か陸自の情報本部のトップなんすかね？」

城戸が剣持に話しかけてきた。

「なぜ、そう思った？」

「日本の外交は弱腰でしょ？　領土問題で中国や韓国に舐《な》められっ放しですよね？だから、いろんな隠し金を奪って、クーデターの軍資金を調達する気なんじゃないかと想像したんですよ」

「陸自だけでは、小規模なクーデターも起こせっこないよ。保守系の政財界人が陸・海・空のトップを指揮下に置かなきゃ、とてもクーデターなんて煽動《せんどう》できないさ。警察の裏金、やくざマネー、脱税による隠し金をそっくり強奪できたとしても、軍資金が足りないはずだ」

「そうでしょうかね。裏金強奪を企んだ首謀者の犯行動機は何なんだろう？」

「首謀者は単に私欲に駆られて、金に目が眩《くら》んだ協力者を動かしてるだけだと思うが、まだ断定はできない。もしかしたら、何か狂気に彩《いろど》られた犯罪計画を練ってるのかもしれないからな」

「そうだとしたら、どんなことが考えられます？」

「増加傾向にある失業者、ホームレス、高齢者、生活保護費受給者、不法在留外国人を何らかの形で排斥《はいせき》しようとしてるのかもしれない。あるいは、少子化傾向を阻止するため、三、四十代の独身男女を強引な手段で結婚させようと企んでるとも考えられるな」

「主任、裏金強奪グループの親玉が原発推進派で、反原発運動の旗振りをやってる科学者や言論人の抹殺を考えてるとは……」

「そういうことも考えられるだろうな。それから北朝鮮の核ミサイルに怯《おび》えてる人たちもいるから、核シェルターを量産して金儲けをしたいと願ってるのかもしれない」

「おれは、裏金強奪計画を練った奴は何か陰謀があるわけじゃねえと思うな」

徳丸が剣持に言った。

「単に金銭欲に駆られただけではないかってことですね？」

「裏金に目をつけた悪党は、自分の夢の実現か再生の元手が欲しかったんじゃねえのかな。あるいは主犯も共犯者も冴《さ》えない生活から抜け出すために、まとまった銭が欲しくなっただけなのかもしれねえぞ」

「生き直すための資金を得たいと考えてるだけなのかな」

「剣持ちゃん、考えてみなよ。昔は歪《ゆが》んだ形であっても、社会を少しでもよくしたいと願う連中がいた。イデオロギーや宗教に衝《つ》き動かされて、右も左も暴走したもんだ」

「そうですね」

「でもさ、政治家や官僚がまともに国の舵取《かじと》りをしなくなってからは、いつしか人々は前向きに生きることを諦《あきら》めてしまった。多くの人間が、小さな殻の中で生き抜ければいいやと思うようになっちまった」

「そういう傾向は見られますね」

「だから、利己的な人間が増えやがった。気骨のないクラゲみてえな奴ばかりになった社会をなんとかしたいと本気で考える者はきわめて少ねえはずだ。だからさ、裏金強奪グループを操ってる黒幕も特に反社会的な謀《はかりごと》なんて企んでねえと思うよ」

「そうなんだろうか」

剣持は口を結んだ。と、梨乃が発言した。

「わたしも、徳丸さんと同意見ですね。被害届の出せない裏金を奪おうなんて考える人間は、狡《ずる》くて臆病なんじゃないかしら。開き直って生きてるわけじゃないから、世直しなんて大それたことはしないでしょ？」

「確かに一連の事件の首謀者は、保身を第一に考えてる感じだな」

「連続強姦殺人に見せかけて、片桐をエスティマでわざと撥ねた現場の近くにいた相沢真帆たち三人を葬りましたよね？」

「ああ、強姦殺人罪で服役した岩松の仕業とわざわざ偽装してな」

「そんな手の込んだことをやらせる首謀者は、おそらく小心者なんでしょう。だから、事件のからくりに気づいた岩松が口止め料を要求したら、たちまちビビって……」

「八王子郊外の雑木林に岩松を誘《おび》き出させて、殺し屋《プロ》らしい奴に射殺させた？」

「ええ。そういう気の小さい悪人が世の中を変えるための軍資金が欲しくて裏金を狙ったとは思えません。徳丸さんが言ったように、単にまとまったお金が欲しかっただけなんでしょう」

「わたしも、そう思えてきたよ」

二階堂理事官が口を添えた。

「あまり根拠があるとは言えない推測ですけど、わたしはそう直感しました。ついでに言わせてもらえば、首謀者はそれなりのポストに就いてる国家公務員ではないかと思ってるんです」

「そうか」

「理事官は気分を害されるかもしれませんが、黒幕はキャリア官僚か準キャリアだという気もしてるんですよ。二階堂さんは違いますけど、キャリアや準キャリアの大半は保身に汲々《きゅうきゅう》としてて、信じられないほど臆病でしょ？」

「雨宮、そこまで言うのは……」

剣持は、美人刑事をやんわりと窘《たしな》めた。梨乃が首を竦《すく》める。

「理事官、ごめんなさい。わたし、言いすぎました」

「いいんだ、気にしないでくれ。きみの言う通りだよ。確かにキャリアや準キャリアは一般の地方公務員よりも気が小さいよね、威張《いば》りくさってるのが多いが。ただね、だからといって、一連の事件の絵図を画《か》いたのがキャリアか準キャリアと極《き》めつけるのは独断と偏見に満ちてるんじゃないのかな」

「そうかもしれません。でも、わたしの勘では……」

「そう思えるんだね？」

「はい」

「外れてたら、きみに頭を丸めてもらうか」

「ええ、いいですよ」

「冗談だよ。しかし、女性の勘は鋭いから、当たってるかもしれないな」

二階堂が複雑な顔つきになった。一瞬、気まずい空気が流れた。

「この写真を持って、おれと雨宮は野添沙弥香のマンションに行ってみます。沙弥香に岩松の体液を手に入れさせたのが荒木健人なのかどうか、まず確かめませんとね」

剣持は卓上の紙焼きに目を当てながら、二階堂に言った。

「そうしてもらおうか。徳丸警部補と城戸君は怪我を負ってるからな」

「ええ、二人には帰宅してもらいます」

「それがいいね。わたしは、きみと雨宮さんが手に入れてくれた暴漢の遺留品を鑑識に回すよ」

理事官が卓上の薬莢と変形手裏剣状の物を摑み、上着のポケットに収めた。そのとき、徳丸が不満を露《あらわ》にした。

「剣持ちゃん、それはねえぜ。おれも城戸も、ほんの掠り傷を負っただけだ。怪我したうちに入らねえよ」

「しかし、大事を取ったほうがいいと思うな」

「気を遣《つか》ってくれるのはありがてえが、怪我人扱いはオーバーだよ。はっきり言って、ありがた迷惑だね。な、城戸？」

「そうですよ」

城戸が相槌《あいづち》を打った。

「別に二人が戦力にならないと思ったわけじゃないんだ」

「それはわかってますが、自分も徳丸さんも大きなダメージを負ったわけじゃないんです。捜査活動をつづけさせてください。お願いします」

「わかった。城戸と雨宮は西麻布のワインバーに行ってくれ。おれと徳丸《トク》さんが、野添沙弥香に会う」

剣持は卓上の写真を掬《すく》い上げ、四葉を城戸に渡した。徳丸が満足そうに笑った。

「いいチームワークだね。頼もしいよ。わたしは本部庁舎に戻ることにしよう」

二階堂がソファから離れ、ドアに向かって歩きだした。

剣持は三人の仲間に合図して、真っ先に立ち上がった。

2

応対に現われたのは、部屋の主ではない。
二十一、二歳の厚化粧の娘だった。付け睫毛《まつげ》が重そうだ。デリバリーヘルス嬢だろう。野添沙弥香の部屋である。
「野添さんは？」

剣持は訊《き》いた。

「いま、お客さんと電話中なの。すぐ来ると思うわ。おたくたち、警察の人なんだって？」

「そうだが……」

「あたし、まどかって言うの。自分で言うのもなんだけどさ、フィンガーテクニックは抜群よ。一度、呼んでくれない？　家でもホテルでもすっ飛んでいって、目一杯、サービスしちゃう」

「せっかくだが、間に合ってる」

「そっか。おたく、女に不自由してなさそうだもんね。でも、連れの男性《ひと》はモテそうじゃないな。どうかしら？」

「呼んでもいいが、おれは変態なんだよ」

徳丸が答えた。

「どういうプレイが好きなの？　たいていのリクエストに応《こた》えられると思うけど」

「おれはサービスを受けながら、デリバリー嬢の柔肌に煙草の火を押しつけないと、すぐ萎《な》えちゃうんだ。それでもよけりゃ、毎晩、そっちを指名してやるよ」

「ドS《エス》なんだ。特別料金貰っても、そこまではつき合えないわ。ノーサンキューね」

まどかと名乗った娘が顔をしかめた。徳丸の冗談を真《ま》に受けたらしい。

剣持たち二人は、玄関に入った。徳丸がドアを閉める。

「お待たせしちゃって、ごめんなさい」

沙弥香が玄関ホールまで小走りに走ってきた。まどかが奥に引っ込む。

「きみに岩松陽一の体液を手に入れてくれと頼んだハンチングの男は、こいつなんじゃないのか？」

剣持は、沙弥香に五枚の写真を見せた。

「ええ、そう！　この男よ。何者なんです？」

「元刑事だよ」

「本当に⁉」

「ああ。写真の男が岩松の犯行に見せかけて、三人の女性を次々に絞殺したかもしれないんだ」

「あの彼、絞殺魔だったかもしれないのか。危《ヤバ》かったな。下手したら、使用済みのスキンを渡した後《あと》、わたしも殺《や》られてたかもしれないんだ？」

「そうだね。怪しい奴が接近してきたら、すぐ一一〇番通報したほうがいいな」

「ええ、そうするわ」

沙弥香が大きくうなずいた。剣持たちは沙弥香に礼を言って、部屋を辞した。

「やっぱり、荒木だったか。城戸たち二人も、ワインバーの従業員たちから同じ証言を得てるにちがいねえ」

徳丸がドアの斜め前で呟いた。

「でしょうね」

「剣持ちゃん、赤羽の家《ヤサ》に行くかい？　多分、自宅マンションにはいねえと思うけどな」

「赤羽の荒木の自宅には、城戸と梨乃に行ってもらいます。おれたちは、六本木のウクライナ・パブに行ってみましょう」

剣持はエレベーターホールに足を向けた。二人は一階に下《くだ》り、マンションの外に出た。

ちょうどそのとき、剣持の刑事用携帯電話《ポリスモード》が鳴った。発信者は城戸だった。

「少し前に西麻布のワインバーを出たんすが、やっぱり沙弥香に店で話しかけたのは荒木健人でしたよ」

「そうか。こっちも、沙弥香から同じ証言を得られた。おまえたちは荒木の自宅マンションに回ってくれ。おれと徳丸《トク》さんは、六本木の『チャイカ』に行く」

「了解です」

「おそらくは荒木は外出してるだろう。そしたら、マンションの居住者たちから情報を集めてくれないか」

「わかりました」

「聞き込みが終わったら、二人は先に帰宅してもかまわない」

剣持は電話を切り、路上に駐《と》めたプリウスに乗り込んだ。徳丸が助手席に坐る。

目的のウクライナ・パブを探し当てたのは、数十分後だった。

『チャイカ』は、鳥居坂《とりいざか》に面した飲食店ビルの四階にあった。剣持たち二人は車を裏通りに駐《と》め、飲食店ビルに入った。

「チャイカって、確かロシア語で鷗《かもめ》だったと思うがな」
函《ケージ》が上昇しはじめてから、剣持は口を開いた。

「そうなのか。そっちは学《がく》があるな。こっちは三流私大出だから、物を識《し》らねえんだ」

「徳丸《トク》さん、出身大学は関係ないですよ。人間は興味のあることは割に憶《おぼ》えるし、関心がないことはじきに忘れる。それだけの違いでしょ？」

「そうかもしれねえな。おれ、スリたちの名人芸には興味があったんで、捜三のスリ係に転属になって半年足らずで箱師《はこし》たちの技をだいたい覚えたよ」

「そうだろうね。おれは中・高生のころに外国語に少し興味があったんで、退屈なときはよく外来語辞典を繰《く》ってたんですよ。といっても、横文字のスペルまでは記憶してないんだけどね」

「カタカナによる表記だけは、しっかり憶えてるわけだ？」

「そうなんですよ」
会話が途切れた。

そのすぐ後、四階に着いた。ウクライナ・パブは、エレベーターホールの斜め前にあった。店内に足を踏み入れると、黒服の男がにこやかに近づいてきた。日本人だ。

「いらっしゃいませ。お二人さまですね」

「そう。荒木さんは来てるかな?」

剣持は訊いた。

「いいえ、今夜はお見えになっていません。荒木さんのお知り合いの方なんですね?」

「うん、まあ。彼がぞっこんらしいニーナ・コレロフさんは、すごい金髪美人なんだって?」

「ええ、そうですね。うちのナンバーワンです」

「それじゃ、後で席に呼んでもらおう」

「承知しました。ご案内いたします」

黒服が体を反転させた。

剣持たち二人は後に従った。ボックス席は十卓以上あったが、客は三組しかいなかった。十四、五人いるホステスは全員、若い白人だった。揃って美しい。プロポーションも悪くなかった。

剣持たちは、中ほどの席に落ち着いた。

「ニーナさんは接客中ですので、後ほどお客さんのテーブルに……」

「ああ、頼むよ。スコッチのハーフボトルとオードブルを適当に見繕《みつくろ》ってくれないか」

「承知しました。女性を二人、お席につかせてもらってもよろしいでしょうか？」

「そうしてもらおうか」

「かしこまりました」

黒服の男が下がった。

「女優かモデルみてえなホステスばかりだな。東洋の男たちは白人女性に弱《よえ》えから、この種の店が流行《はや》ってるんだろう。けど、満席ってわけじゃねえな。まだ時間が早いからかね。それとも、料金が高《たけ》えのかな」

徳丸が小声で言った。

「六本木には白人ホステスばかり揃えたクラブが三十店近くあるようだから、過当競争の時代に入ってるんでしょう」

「欧米系の白人ホステスしかいない店が大繁昌したんで、その後、ルーマニア・パブやリトアニアなどバルト三国出身のクラブができて、いまやウクライナ・パブやベラルーシ・パブまである。そのうちモルドバ、ジョージア（旧グルジア）、アゼルバイジャンなんて国別のパブができそうだな」

「そこまではいかないでしょ？」

「わからねえぜ。旧ソ連が崩壊してからロシア以外の諸国は、経済的にどこも大変みてえだからさ。白人女に弱い男どもの鼻の下を伸ばさせれば、楽に稼げると店のオーナーたちは思ってるんじゃねえのか」

「ただ、白人パブはもう珍しくなってますよ」

剣持は控え目に異論を唱《とな》え、セブンスターに火を点けた。釣られた形で、徳丸がハイライトをくわえる。

二口《ふたくち》ほど喫《す》ったとき、黒服が二人のホステスを伴《ともな》ってきた。赤毛がイリーナ、栗毛のほうがアンナだった。どちらも肌が抜けるように白い。二十代の半ばだろう。

イリーナが徳丸のかたわらに坐った。アンナが剣持に侍《はべ》る。

ボーイが酒とオードブルを運んできた。

「二人とも、好きな飲みものをオーダーしてくれよ」

剣持はホステスたちに言った。イリーナとアンナが澱《よど》みのない日本語で礼を言い、おのおのカクテルを注文した。

馴染《なじ》みのないカクテル名だった。店のオリジナルカクテルなのだろう。

「お二人とも、オールド・パーの水割りでよろしいのかしら?」

アンナが剣持に問いかけてきた。

剣持は無言でうなずいた。二人のホステスが手早く客のグラスを満たす。

「お先に!」

剣持はアンナとイリーナに言って、徳丸とグラスを触れ合わせた。一口《ひとくち》飲んだとき、アンナが口を開いた。

「お名前、うかがいたいわ」

「おれは中村《なかむら》、連れは佐藤《さとう》さんだよ」

「日本人に多い苗字ですね」

「そうだな」

「荒木さんと同じように、お二人ともベンチャー起業家なのかしら?」

「うん、まあ」

「それじゃ、荒木さんみたいにリッチなんでしょうね。わたし、お金持ちの男性は大好き!」

「わたしもよ」

イリーナが笑いながら、言葉に力を込めた。

「おれたちは、荒木さんほど儲けてないんだ。荒木さんはお気に入りのニーナさんにプレゼント攻勢をかけてるみたいだね？」

剣持はアンナとイリーナを交互に見た。先に応じたのは、イリーナだった。

「わたし、ニーナさんが羨《うらや》ましい。彼女は使いきれないくらいにブランド物をいろいろ買ってもらってるの」

「荒木さんは、ニーナさんに夢中なんだろうな」

「ええ、すごく愛してるんでしょうね。荒木さんはニーナさんにプロポーズしたんだって。すぐに彼女と国際結婚したいみたい。でも、それはしないと思う」

「結婚できない事情があるのかな？」

「内緒の話だけど、ニーナさんはもう結婚してるの。ウクライナで待ってる旦那さんは失業中なんですよ」

「ニーナさんが人妻であること、荒木さんは知らないわけか」

「そう。もう結婚してるなんて正直に言ったら、指名されなくなるだろうし、何もプレゼントしてもらえなくなるでしょ？」

「だろうね」

「でも、わたしとアンナは独身よ。ウクライナに彼氏もいないから、お二人ともお店に通って。わたしたち、日本の男性は大好きなの。本当よ。サムライ魂は素敵だわ」

「商売上手だな」

徳丸が雑ぜ《ま》返し、さりげなくイリーナの腿《もも》に手を置いた。そのとき、カクテルがテーブルに届けられた。

四人は改めて乾杯した。

剣持は頃合を計《はか》って、アンナに問いかけた。

「いつも荒木さんは、ひとりで店に来てるの？」

「ひとりで来ることが多いけど、その前は畑《はた》という若い友人をよく連れてきたわね」

「その彼のことは知らないな」

「五月ごろまで『誠和エンタープライズ』という投資顧問会社に勤めてたはずよ。まだ三十歳ぐらいで、フルネームは畑慎吾《しんご》だったと思います」

「そう」

「その彼も、ニーナさんに気があるみたいだったの。それで畑さんは、ニーナさんをしつこくアフターに誘ってた」

「荒木さんは困ってたんじゃないのか？」

「ええ、そんな感じだったわ。でも、荒木さんは畑さんに何か大きな借りがあるみたいで、自分がニーナさんに夢中だってことは言わなかったんですよ。ニーナさんには、もうパトロンがいるみたいだと仄《ほの》めかしただけだったわね」

「そうなのか。もう荒木さんとニーナは、いわゆる男女の仲なんだろうな」

「ええ、そう。二人は夜食を摂《と》ってから、週に二、三回はホテルで愛し合ってるみたいですよ。ニーナさんはそういう関係じゃないと言ってるけど、二人が翌朝、ホテルから出てくるところをホステス仲間やボーイさんが見てるんです」

「荒木さんに貢《みつ》ぎまくってもらってたら、ニーナさんも拒《こば》めなくなるだろうな」

「そうですよね。ニーナさんをふしだらな女だと思う人がいるかもしれないけど、ご主人が早く仕事を見つけないのがいけないんですよ。夫が定収入を得てれば、ニーナさんは遠い日本に働きに来なくてもよかったわけだから」

「わたしも、そう思うわ」

イリーナが同調した。

剣持は徳丸と顔を見合わせた。言葉を交わさなくても、言いたいことは通じたようだ。

ウクライナ人ホステスの話によると、『誠和エンタープライズ』に三カ月前まで勤めていたという畑慎吾は何か荒木に貸し、、がある《ママ》ようだ。荒木は畑を抱き込み、企業舎《フロン》弟《ト》のやくざマネーのありかと防犯システムを聞き出したのではないか。

そうだったとすれば、関東誠和会のブラックマネーのことを強奪グループに教えた疑いがある。

また『三和精工機器』が警察の裏金を預かっていることを確かめ、さらにセキュリティー・システムを調べたとも思われる。失踪人の片桐が隠し撮りしたらしい九枚の写真は、推測の裏付けになるのではないか。

「荒木さんは以前、赤羽の賃貸マンションに住んでたんだが、事業で成功したんだから、この近くの億ションにでも引っ越したんじゃないのかい？」

徳丸がイリーナに探りを入れた。

「よくわからないけど、何カ月か前から広尾のマンスリーマンションで暮らしてるみたいよ。お店の寮は麻布十番にあるんです。ニーナさんを含めてホステスは、その借り上げマンションで生活してるの。一応、1DKの部屋を与えられてるんだけど、寮に彼氏を入れるわけにはいかないでしょ？」

「そうだろうな。そんなことで、荒木さんは麻布十番に近い広尾のマンスリーマンションを借りて、その部屋でニーナさんとエッチしてるんだろう」

「ええ、たまにはね。でも、普段は六本木や赤坂界隈のホテルを利用してるんじゃないかしら？　バーやレストランがありますから」

「麻布十番あたりに、おれもマンスリーマンションを借りるかな。ブランド物のバッグや装身具を次々にプレゼントするから、イリーナちゃん、おれの部屋に泊まってくれよ」

「プレゼントだけじゃ駄目ね。ニーナさんみたいに毎月、百万円とか二百万円貰えるんだったら、わたし、お客さんを彼氏にしてもいいけど」

イリーナが徳丸にしなだれかかった。

「荒木さんは、そんなにお手当を弾んでるのか。驚きだな。おれの会社はそれほど儲かってないから、イリーナちゃん、十万円、いや十五万円に負けてくれよ」

「わたし、ケチな男性《ひと》は好きになれないの。わたしのことを本当に気に入ってるんだったら、銀行強盗をしてでも、たっぷりと貢ぎたいと思うでしょ？」

「おれは思わねえな。イリーナちゃんは脈なしか。アンナちゃん、同じ条件でどうだい？」

「わたし、たまにお小遣いを貰えるだけでいいわ。ただし、わたしの好みの男性じゃないとね」

「そっちも脈なしか。まいったな。おれの連れは、どうだい？」

「中村さんに言い寄られたら、わたし、自分からキスしちゃいそう。服も脱ぐと思うわ」

アンナが言って、剣持の片腕を両手で摑んだ。

剣持は調子を合わせて、アンナを抱き寄せた。徳丸がおどけて、そっぽを向く。

四人は軽口をたたき合いながら、小《こ》一時間過ごした。黒服の男が静かに歩み寄ってきて、新しい客たちのテーブルにイリーナとアンナを侍らせた。

入れ代わりに、ニーナ・コレロフがやってきた。ナンバーワンだけあって、華《はな》のある美女だった。乳房も豊かで、ウエストのくびれが深い。蜜蜂のような体型だ。

「ニーナです。ご指名、ありがとうございます」

ウクライナ美人が如才《じょさい》なく言って、剣持と徳丸の間に坐った。滑らかな日本語だった。剣持は、ニーナにカクテルを振る舞った。

「お客さんたちは、荒木さんのお知り合いだとか？」

「そうなんだ。きみのことは、荒木さんから聞いたんだよ」

「そうですか。あなたのお名前を教えてください」

「中村だよ。きみの向こう側にいるのは佐藤さんというんだ。どっちもベンチャービジネスをやってる。荒木さんほどリッチじゃないがね」

「荒木さんは運がよかったんでしょう。あなたたちがお店に来たこと、彼に話します」

「それはやめてくれないか」

「どうしてですか？」

ニーナが小首を傾《かし》げた。

「荒木さん、割に嫉妬深いんだよ。我々が『チャイカ』に来たとわかったら、何か下心があると疑うに決まってる」

「下心って？」

「きみに我々が言い寄るんじゃないかと思われたら、つき合いがぎくしゃくしそうだから、黙っててほしいんだ」

「確かに荒木さんは嫉妬深いですね。わたしが常連のお客さんとハグしただけで、とっても機嫌が悪くなるの」

「それだけ、彼はニーナさんに惚れてるんだよ。そんなに想《おも》われてたら、悪い気はしないんじゃないのかな」

「ええ、そうですね。わたし、荒木さんにとってもよくしてもらってます。だから、彼にはすごく感謝してるんです。でも、荒木さんの望みを叶えてあげられないの」

「荒木さんは、きみと結婚したがってるんだね？　しかし、きみは独身じゃない」

剣持は確かめた。すると、ニーナが目を丸くした。

「なんでわたしに夫がいることを知ってるんですか⁉　アンナさんか、イリーナさんが喋ったんですね？」

「そうじゃないよ。別の人に教えてもらったんだ」

「荒木さんは、わたしが未婚だと信じてるんですよ。それですから、彼にはわたしが人妻であることは絶対に言わないでほしいの。わたしが結婚してることを知ったら、荒木さんは怒って、プレゼントした物をすべて返せと言うでしょう。それから、これまでにあげたお金をそっくり返してくれと言うと思うわ。そんなことになったら、わたし、困るんです。お金は、ほとんどウクライナに送金してしまったの」

「余計なことは言わないよ。今夜、荒木さんは店に来るのかな？」

「いいえ、来ません。きょうは世話になってる男性と会食することになってるとかで、飲みには行けないと昨夜《ゆうべ》言われたんです。でも、会いたいんで、お店が終わる前に電話すると言ってました」

「きみは指定されたホテルか、広尾のマンスリーマンションに行くことになってるのか」

「ええ、多分ね。荒木さんは誰にもマンスリーマンションを借りてることは話してないと言ってたけど、なぜ中村さんが知ってるんです⁉」

「荒木さん、忘れちゃったみたいだな。先月、一緒に飲んだとき、酔った彼を赤羽の自宅マンションまで送ると言ったら、自分から広尾のマンスリーマンションに住んでると言ったんだよ」

「そうだったんですか」

「えーと、マンションの名はなんて言ったたっけな？」

剣持は鎌をかけた。

「『広尾グランドパレス』です。荒木さんは、知り合いの畑慎吾という方に九〇一号室を借りてもらったんです。税金の関係で、自分の名前で借りると都合が悪いみたいなんですよ」

「その畑って彼は、五月ごろまで、『誠和エンタープライズ』という投資顧問会社に勤めてたんじゃなかったかな。一度も会ったことはないんだが、荒木さんから畑氏のことを聞いたことがあるんだよ」

「そうなんですか。畑さんの会社で保管してた十八億円の現金が五月の上旬のある夜、そっくり盗まれてしまったらしいんですよ。社員たちが代わりばんこに泊まり込みで会社の運転資金をガードしてたとかで、その晩は畑さんが宿直だったみたいなんです」

「そう」

「でも、ぐっすりと寝入ってて、強盗グループに侵入されたことに気づかなかったようなんです。それで責任を感じて、畑さんは辞表を出したみたいですね。いまは荒木さんのビジネスを手伝ってるという話でしたよ」

「十八億円もの現金が奪われたというのに、その事件は報道されてないな」

徳丸が言った。

「そのお金のことを表に出したら、会社がまずいことになるとかで、警察には被害届は出さなかったみたいなんですよ」

「なるほど、そういうことか。脱税分の隠し金か、やくざマネーなんだろうな」

「詳しいことはわかりませんけど、そういう話でしたね」

「ふうん。畑慎吾はここに来たことがあるの?」

「ええ、五、六回見えましたね。荒木さんが連れてきたんですよ」

「そう。その彼は、まさか『広尾グランドパレス』の九〇一号室で荒木さんと一緒に暮らしてるんじゃないよね?」

「違います。畑さんは下北沢《しもきたざわ》のマンションに住んでるはずです。マンション名や住所までは知りませんけどね」

ニーナが言って、カクテルグラスを優美に持ち上げた。

その数秒後、剣持の懐で私物の刑事用携帯電話《ポリスモード》が鳴った。電話をかけてきたのは梨乃だった。

「大きな商談がまとまったようだな。ちょっと失礼するよ」

剣持はニーナに断って、トイレに通じる通路の奥まで大股で進んだ。あたりには誰もいなかった。

「雨宮、荒木は赤羽の自宅にはいなかったんだな?」

「ええ。マンションの居住者の話ですと、荒木は三カ月近く前から留守らしいんです」

「荒木の新しい塒《ねぐら》はわかったよ」

「別のマンションを借りてるんですね?」

梨乃が言った。剣持は経緯《いきさつ》を手短に話した。

「おれと徳《トク》丸さんはウクライナ・パブを出たら、『広尾グランドパレス』に行く。そっちと城戸は帰宅してもいいと言ったが、畑慎吾の下北沢の自宅マンションの住所を調べて、揺さぶりをかけてみてくれ。おそらく荒木に協力して、畑は裏金強奪グループを手引きしたんだろう」

「畑に身分を明かしても、いいんですね？」

梨乃が訊いた。

「ああ。黙秘権を行使《こうし》したら、城戸に公安の連中がよくやる反則技を使わせてくれ」

「被疑者《マルヒ》の前で自分から転んで、突き倒されたことにして、公務執行妨害の現行犯ってことで逮捕するんですね？」

「そうだ。みっともない反則技だが、やむを得ないだろう。雨宮、よろしくな！」

剣持は終了キーを押し込んだ。

3

居留守を使っているのか。

三回もインターフォンを鳴らしてみたが、まったく応答はなかった。『広尾グランドパレス』の九〇一号室である。

剣持は、青いスチールのドアに耳を押し当てた。

室内は静まり返っている。人のいる気配は伝わってこない。

「荒木は留守みたいですね。無駄骨を折ってしまったな」

「ニーナが言ってた通り、荒木は誰かと会食してるんだろう。剣持ちゃん、その相手は一連の事件の首謀者なんじゃねえのか？　おれは、そんな気がしてるんだ」

「考えられるな。徳《トク》丸さん、六本木に戻りましょう」

「了解！」

二人はエレベーターホールに足を向けた。

一階のエントランスロビーに下《くだ》る。マンスリーマンションは十一階建てだったが、出入口はオートロック・システムにはなっていなかった。防犯カメラは設置されていたが、作動していないようだ。

別段、管理会社が怠慢《たいまん》というわけではないらしい。意図的に監視を緩《ゆる》めているのだろう。密会用に月単位で部屋を借りる者が多いのではないか。裏ＤＶＤや薬物の保管場所として利用している借り手もいそうだ。

剣持たち二人は表に出ると、プリウスに乗り込んだ。運転席に坐ったのは、剣持だった。

「おれたちは飲酒運転はもちろん過剰防衛も黙認されてるんだから、危険手当は付かなくても文句言えねえよな」

「そうですね」

「いっそ捜査のためだったら、すべての法律を無視してくれねえかな。そうなったら、おれは法網《ほうもう》を巧みに潜《くぐ》り抜けてる悪人どもをひとりずつ処刑したいね。それでさ、そいつらがあこぎな方法で稼いだ銭をぶんどって、うまく世を渡れねえ無器用な男女に配ってやりてえな。いつの世も同じだろうが、目端《めはし》の利く狡《ずる》い奴らがいい思いしてるじゃねえか」

徳丸が言った。

「そうですね。資本主義社会だけじゃなく、社会主義国家だって、似たようなもんです。権力や財力を握った実力者たちに擦《す》り寄った連中が甘い汁を吸ってる」

「そうだな。子供っぽいと笑われるかもしれねえけど、おれは伝説を残すような義賊の出現を本気で願ってるんだ。正直者が馬鹿を見るような世の中はよくねえよ」

「おれも同感です」

「十年ぐらい前に死んじまった老スリは、尊敬したくなるような義賊だったな。その老人は仕出し弁当屋という正業に就きながら、夜になると、一流ホテルで催《もよお》される各種のパーティーの招待客に化けて、金のありそうな連中の札入れを抜いてたんだ。英国紳士然とした身なり《ナリ》をしてさ」

「くすねた金は、いろんな福祉施設に匿名で寄附してたんじゃないか？」

「そうなんだよ。安っぽいヒロイズムと嘲笑する奴もいるだろうけどさ、そういう魅力的な悪党《ワル》がもっと増えてほしいね。政治家、財界人、エリート官僚はエゴイストばかりだし、気骨のある言論人もいやしねえ。綺麗事や理想論を語ってる評論家、キャスター、ジャーナリストは多いけど、本気で社会問題やタブーに挑んでるのはほんの数人じゃねえのか」

「でしょうね」

「まだ安否《あんぴ》がわからねえビデオジャーナリストの片桐貴行は立派だよ、命懸けで取材してたようだからな」

「徳丸《トク》さん、いつもと違いますね。『チャイカ』では、水割りを四杯ぐらいしか飲まなかったから、酔ってはいないと思うんだが……」

「酔っちゃいねえよ、あれしきの酒じゃ。おれは、自分の力のなさに少し苛《いら》ついてるんだ。義賊になるだけの度胸が欲しいぜ」

「そう思ってるだけでも、徳丸《トク》さんはまともな刑事ですよ」

剣持は言って、シフトレバーをD《ドライブ》レンジに入れた。アクセルを踏み込みかけたとき、二階堂から剣持に電話があった。

「例の薬爽と星の形をした手裏剣のような物から、指掌紋《ししょうもん》は検出されなかったそうだ」

「やっぱり、そうでしたか」

「ただね、担当管理官がいい情報を集めてくれたよ」

「どんな情報なんです？」

剣持は急《せ》かした。

「本庁の裏金が『三和精工機器』に預けられてるかどうかは依然としてわからないんだが、三つの所轄署の会計担当課長が数億円ずつ鑑識分析機器メーカーに預けた疑いが濃厚になったらしい」

「なんてことだ」

「残念な話だね」

理事官が沈んだ声で、疑わしい所轄署を挙げた。いずれも、二百人以上の署員を擁《よう》する所轄署だった。

「正体不明の裏金強奪グループは、『三和精工機器』が預かってた警察の裏金をすでにかっぱらってるんでしょうか」

「その裏付《ウラ》けは取れてないんだが、そう考えられるな。おそらく『誠和エンタープライズ』に保管されてた組織の金も……」

「十八億のやくざマネーは奪われてたようですよ」

剣持は詳しく報告した。

「社長の曽我昇は十八億円も奪われたんで、責任を取って感電自殺したんだろう」

「と思います。明日にでも未亡人に会って、そのあたりのことを確かめます」

「そうしてくれないか。これから六本木のウクライナ・パブに戻って、ニーナ・コレロフを尾行するんだね？」

「ええ。ニーナは必ず荒木健人と接触するでしょう。荒木を追い込んでみます」

「気をつけてな」

二階堂が通話を切り上げた。

剣持は車を走らせはじめた。鳥居坂の飲食店ビルに達したのは、およそ二十分後だった。

車を暗がりに停め、ヘッドライトを消す。エンジンは切らなかった。剣持はエアコンの設定温度を二度ほど高くした。バッテリー切れを防ぐためだった。

張り込んで間もなく、梨乃から電話がかかってきた。緊迫した声だった。

「畑慎吾に逃げられたのか？」

「そうじゃないんです。下北沢の自宅マンションで、畑が射殺されてたんですよ」

「なんだって⁉　体温は？」

「温《ぬく》もりはありますし、額の血糊《ちのり》はまだ凝固《ぎょうこ》してませんから、撃たれたのは数十分前なんでしょう」

「もう事件通報したのか？」

「いいえ、まだです。いま、城戸さんがマンションの居住者から聞き込みをしてるとこなんですよ。銃声は誰も聞いてないようですから、畑はサイレンサー・ピストルで射殺されたんでしょう」

「だろうな。おそらく畑は荒木に抱き込まれて強奪グループを手引きしたんで、口を塞《ふさ》がれたんだと思うよ」

「ええ、そう考えられますね」

「雨宮、不審者の目撃情報を集めたら、公衆電話で一一〇番通報してくれ。それから、二人とも警察手帳《チヨウメン》の表紙だけを見せて、所属はぼかすようにな」

「心得てます」

「畑が口を封じられたことを理事官に報告しといてくれ。おれと徳丸《トク》さんは張り込み中なんだ」

　剣持は経過をかいつまんで話し、ポリスモードを折り畳んだ。梨乃から聞いた話を徳丸に伝える。

「畑慎吾が消されたか。これで、畑が荒木に協力したことははっきりしたな」

「そうですね。徳丸《トク》さん、理事官との遣り取《やと》りで察しはついたでしょうが、三つの所轄署が数億円ずつ裏金を『三和精工機器』に預けてたようなんですよ」

「みてえだな。正体のわからねえ強奪グループは警察の裏金、やくざマネー、企業や資産家が脱税した隠し金を次々にかっさらったにちがいねえよ。共犯者の荒木は片桐の事件現場にいた相沢真帆たち三人を岩松陽一の仕業に見せかけて始末したことで、首謀者に億単位の成功報酬を貰ったんだろう。だから、ウクライナ生まれのブロンド美人を愛人《レコ》にできたのさ」

「そうなんでしょうね」

「剣持ちゃん、荒木の野郎に銃弾を撃ち込んでやろうや。もちろん、正当防衛ってことにしてさ」

「場合によっては、そうすることになるでしょう」

「荒木を観念させりゃ、片桐貴行のこともわかるはずだ。生きててくれればいいが、おそらくビデオジャーナリストは始末されてるだろうな」

徳丸が口を閉じた。

剣持も片桐の生存を願っていたが、その望みは薄かった。行方がわからなくなってから、あまりにも時間が流れすぎている。

飲食店ビルから『チャイカ』のホステスが次々に出てきたのは、午後十一時四十分過ぎだった。イリーナとアンナも交《ま》じっている。

ニーナが姿を見せたのは、数分後だった。

連れはいなかった。ニーナは外苑東《がいえんひがし》通りまで歩き、タクシーを拾った。

剣持は慎重にタクシーを尾行した。タクシーは十二、三分走り、白金台にある老舗《しにせ》ホテルの車寄せに横づけされた。部屋数は百室に満たないが、落ち着いた雰囲気のあるシティホテルだ。宿泊料は決して安くないが、人気があった。

剣持はプリウスをホテルの門の近くに停めた。

「五、六分したら、フロントで身分を明かそうや。それで、荒木とニーナのいる部屋に踏み込んで……」

「徳丸《トク》さん、四、五十分待ちましょう。二人が無防備になったころに部屋に入ったほうがいいと思うんだ。荒木に殺人容疑がかかってることを明かせば、ホテル側はマスターキーで部屋のドア・ロックを解除してくれるでしょう」

「情事の真っ最中に部屋に押し込もうってわけか。そのほうがいいかもな。二人は油断しきってるだろうし、おれたちもファックシーンを拝ませてもらえるってわけだ。そうしよう、そうしよう」

　徳丸がにたついて、顎を撫でた。

　二人は車の中で時間を遣《や》り過ごした。剣持たちがプリウスを降りたのは、午前一時数分前だった。二人はホテルの回転扉を抜け、正面のフロントに直行した。三十五、六歳のフロントマンが笑顔を向けてきた。

「警視庁の者です」

　剣持は警察手帳を呈示《ていじ》した。顔写真の貼付《ちょうふ》された身分証明書は見せなかった。徳丸も同じだった。

　フロントマンの顔が引き締まった。

「四十数分前に金髪のロシア人女性がどこかの部屋に入ったでしょう？　彼女はニーナ・コレロフという名なんですが、交際相手の日本人に殺人容疑がかかってるんですよ」

「えっ」

「その男は荒木健人という名なんだが、おそらく偽名を使って部屋を予約したんでしょう。ニーナと男は、このホテルを何回か利用してますね？」

剣持は、フロントマンの顔を見据えた。

「は、はい。荒川《あらかわ》勉《つとむ》さまというお名前で五、六回、予約をいただきました。お連れの方はオリガ・ナバコフさまと記帳されたのですが、どちらも偽名なんですね？」

「ええ。二人は何号室にいるのかな」

「一一〇五号室です。十一階の続き部屋《スイート》にいらっしゃいます」

「そう。荒木は銃器を所持してるんですよ。ホテルマンを装って荒木にドアを開けさせるつもりでいたんですが、怪しまれるかもしれないな」

「ええ、そうでしょうね」

「そこで、お願いがあるんですよ。マスターキーで、一一〇五号室のドアをそっと開けてほしいんです」

「しかし、そこまでやるのは……」

「最悪の場合、荒木は逃げたい一心で交際相手のニーナを人質に取るかもしれません。そして、隠し持ってる拳銃を発砲して逃亡を図るでしょう」

「そうなったら、宿泊客が流れ弾《だま》に当たって命を落とすだろうな」

徳丸が、すかさず付け加えた。フロントマンが困惑顔になった。

「怪我人をひとりも出したくないんですよ」

剣持は言った。

「しかし、お客さまの人権やプライバシーは尊重しませんとね」

「そうなんですが、荒木はなんの罪もない女性を三人も殺害した疑いが濃厚なんです。さらにこのホテル内でニーナに発砲するかもしれない。泊まり客が犠牲になったら、商売に大きな影響が出てくるだろうな。そうなったら、困るでしょう？」

「わかりました。協力しましょう」

フロントマンがカウンターの下からマスターキーを抓《つま》み上げ、すぐに持ち場を離れた。

三人はエレベーターで十二階に上がった。フロントマンがマスターキーを使って、一二〇五号室のドア・ロックを外す。

「ありがとう。フロントに戻っててください」

剣持は低く言った。

フロントマンが黙ってうなずき、エレベーターに戻った。剣持はフロントマンが函《ケージ》に乗り込んでから、少しずつドアを開けた。

先に入室する。正面は控えの間になっていた。リビングソファがあり、正面にライティング・ビューローが見える。かなり広い。

徳丸も部屋に入り、後ろ手にドアをそっと閉めた。剣持はインサイドホルスターから、ドイツ製のコンパクトピストルを引き抜いた。徳丸もH&KモデルUSPコンパクトを右手に握った。

二人は忍び足で奥に進んだ。

ベッドルームは、控えの間の右側にある。ドアは半開きだった。

ニーナの喘《あえ》ぎ声と男の荒い息遣《いきづか》いが洩《も》れてくる。舌の鳴る音も耳に届いた。どうやら荒木は、金髪美人の秘めやかな部分に口唇愛撫を施《ほどこ》しているようだ。

「荒木さん、上手ね。わたし、気持ちいい。ハラショーよ」

「ニーナ、すごく濡れてきたな。ベロの先がぬるぬるだよ」

荒木が息を弾ませながら、言葉でパートナーの官能を煽《あお》った。

「その言い方、とってもいやらしいね」

「でも、感じるんだろ？」

「ええ。わたし《ダー》、もっと深く感じたい」

ニーナが切なげに言って、なまめかしく呻いた。

剣持はドアの隙間から、寝室を覗き込んだ。

巨大なベッドの中央に、全裸のニーナが仰向《あおむ》けに横たわっていた。淡紅色《たんこうしょく》の二つの乳首は痼《しこ》っている。ニーナの両膝は立てられていた。M字の形だ。

荒木はニーナの股間にうずくまって、舌を閃《ひら》めかせていた。湿った音が淫猥《いんわい》だ。荒木も一糸もまとっていない。

剣持は拳銃のスライドを滑らせかけた。

徳丸が、それを目顔《めがお》で制した。もう少し覗き見を娯《たの》しもうということだろう。強く反対する理由はない。剣持は黙ってうなずいた。

荒木が舌技を駆使《くし》しはじめた。

敏感な突起を集中的に舌で甘く嬲《なぶ》っているにちがいない。荒木が尖《とが》らせた舌を複雑に折り重なった襞《ひだ》の中に潜らせるたびに、ニーナは長く呻いた。腰を迫《せ》り上げるような動きも見せた。

ほどなくニーナは沸点《ふってん》に達した。

ジャズのスキャットのような悦《よろこ》びの声は、長く尾を曳《ひ》いた。裸身はリズミカルに硬直した。

荒木は顔を上げ、指の腹で陰核《クリトリス》を刺激しはじめた。そのとたん、ニーナが啜《すす》り泣くような声を発した。荒木が指を動かすたびに、バター色の恥毛が小さくそよいだ。絹糸のように細い。

ニーナが、ふたたび極《きわ》みに駆け昇った。甘やかな声で唸《うな》り、幾度も身を縮めた。むっちりとした内腿《うちもも》には漣《さざなみ》のような震えが走った。煽情的《せんじょうてき》な眺めだった。

「ニーナ、バックからはじめよう」

荒木が立ち上がった。

体を斜めにしたとき、猛《たけ》った男根《だんこん》が見えた。黒光りのするペニスは、角笛《つのぶえ》のように雄々《おお》しく反《そ》り返っている。

ニーナが体を反転させ、獣の姿勢をとった。白桃を連想させるヒップは形がよかった。染《し》みひとつない。荒木は膝立ちになると、昂《たか》まりを一気に埋めた。刺すような貫《つらぬ》き方だった。

ニーナが背を反らし、喉の奥で呻く。

荒木が右手でニーナの胸をまさぐりながら、左手を肉の芽に添えた。両手でニーナの性感帯を慈《いつく》しみつつ、腰を動かしはじめた。

突き、捻《ひね》り、また突く。そのリズムパターンは崩さなかったが、強弱もつけた。結合の深度も加減した。

ニーナが狂おしげに腰をくねらせはじめた。迎え腰には変化があった。二人とも、性体験は豊かなのだろう。

「邪魔するぜ」

徳丸が大声で言って、ドアを大きく開けた。

剣持は手早く拳銃のスライドを引いた。荒木とニーナが、ほぼ同時に振り向いた。

「中村さんと佐藤さんがどうしてここに⁉」

「ニーナさん、実はおれたち、警視庁の者なんだ。そのことは、荒木がよく知ってるはずだよ。きみのパトロンも、以前は刑事だったんだ」

「そうなの⁉　わたし、知らなかったわ。荒木さん、本当なの？」

「そうだよ」

「どうして嘘をついたの？」

「荒木、教えてやれよ」

剣持は、元刑事に銃口を向けた。

荒木が舌打ちし、乱暴に結合を解いた。ニーナは前のめりに倒れた。彼女は、すぐにブランケットで裸身を隠した。

荒木がベッドの上で、胡坐《あぐら》をかいた。性器は力を失っていた。

「おまえが野添沙弥香に岩松陽一の精液を手に入れさせて、結束バンドで相沢真帆、尾崎奈緒、佐久間侑子の三人を絞殺したことはわかってるんだ。岩松の犯行に見せかけてなっ」

徳丸が荒木の側頭部に銃口を突きつけた。

荒木は薄く笑ったきりだった。

「シラを切り通せるもんじゃねえぞ。時間稼ぎしても無駄だぜ」

「そこまでわかってんだったら、空とぼけても意味ないか」

「諦めるんだな。主犯を庇《かば》っても、いつか畑慎吾みたいに口を封じられるかもしれねえんだから」

「えっ、畑は殺《や》られたのか⁉」

「今夜、下北沢の自宅マンションで射殺体で発見されたよ。おまえが畑を抱き込んで、強奪グループを手引きさせたんだな？　『誠和エンタープライズ』の曽我社長は十八億円のやくざマネーを盗《と》られたんで、六月中旬に感電自殺するほかなかった」

「………」

「裏金強奪グループは、三つの所轄署が『三和精工機器』に預けてた隠し金をかっぱらったんだな？」

「みたいだな。総額で七億数千万円らしいが、おれは詳しいことは知らないんだ。防犯システムのことを調べて教えてやっただけなんだよ。『誠和』の方は畑を抱き込んで、予《あらかじ》めアラームが作動しないようにしてもらったわけだけど」

「強盗グループは一度、『三和精工機器』の侵入に失敗してるな？　それでビデオジャーナリストの片桐貴行は鑑識機器メーカーに警察の裏金が預けられてると確信して、三田五丁目付近で張り込んでた。裏金強奪グループはてめえらの犯罪を暴かれることを恐れ、七月四日の明け方、盗んだエスティマで片桐を撥ね、動けなくなった被害者を車の中に引きずり込んで連れ去った。そうだな？」

「らしいな」

「ビデオジャーナリストは、まだ生きてるのか？」

剣持はベッドの際《きわ》まで接近した。

「片桐は車の中で息絶えたんで、生コンで固めて霞《かすみ》ヶ浦《うら》に沈めたと聞いてるよ」

「ビデオジャーナリストを撥ねたのは、誰なんだ？」

「はっきりとはわからないが、元陸自の第一空挺団にいた矢代《やしろ》剛《つよし》って男だろうな」

「話を元に戻すが、やくざマネーと警察の裏金を奪っただけじゃないんだなっ」

「パチンコ機器メーカー、食肉卸し会社、宗教団体、ディスカウントストアなんかが脱税した隠し金を百十数億円せしめてるよ。強奪犯グループは元自衛官、元傭兵なんかで構成されてるから、まず失敗《ドジ》は踏まない。『三和精工機器』の侵入にしくじったのは、アラームの電線を完全に切断してなかったからなんだ。たった一度の失敗で、片桐にグループが怪しまれることになってしまった。だから、ビデオジャーナリストを始末せざるを得なくなったわけさ」

「片桐を撥ねた瞬間を近くにいた相沢真帆たち三人に見られたかもしれないという強迫《きょうはく》観念を拭えなくて、首謀者はあんたに三人の始末をさせたんだな？」

「そうだよ。気乗りしなかったんだが、ひとり七千万円の成功報酬は魅力だったからな。結局、おれは二億一千万円が欲しかったんで、相沢真帆、尾崎奈緒、佐久間侑子を葬《ほうむ》ったわけさ。しかし、レイプなんかしてない。沙弥香って女が手に入れてくれた岩松の精液を冷凍保存しておいて、昆虫標本用の注射器で女たちの局部に注入したんだ」

「殺害した場所とは違う所に死体を遺棄したのは、なぜなんだ？」

「少しでも捜査当局を混乱させたかったからだよ。尾崎奈緒を拉致してもすぐに殺さなかったのは、性犯罪の前科《マエ》を持つ岩松が、さんざん女を姦《や》ってから殺害したと思わせられるだろうと考えたからさ。相沢真帆をすぐ片づけたのは、まずかったと反省してたんだよ。佐久間侑子は五十八だから、何度も姦る気にはならないだろうと考えたんで、すぐに殺《ゃ》っちまったんだ」

「凶器の結束バンド、注射器、空になったスキンはもう焼却済みなのか?」

「いや、広尾のマンスリーマンションにあるよ。証拠になる物は処分するより、自分で保管してたほうがかえって安全だからな」

「なるほど。あんたと繋がりのある刑事は十一年前の岩松の強姦殺人事件の取り調べはしてないようなんだが、その手口を詳しく知ることができた理由を吐いてもらおうか」

「わかってるくせに、探りを入れてるんだな」

荒木が口をたわめた。

「どういう意味なんだ?」

「とぼけるつもりか。いいだろう、言ってやるよ。一連の犯行《ヤマ》のシナリオを練ったのは、二階堂さんなんだ」

「ま、まさか!?」

「本当に知らなかったようだな。裏金強奪の首謀者は、二階堂理事官なんだよ」

「てめえ、もっとリアリティーのある嘘を言いやがれ!」

「嘘じゃない。証拠を見せてやるよ。おれは、二階堂さんに何度か電話で指示を仰いでる」

徳丸が喚《わめ》いた。

「いい加減なことを言うんじゃねえっ」

「これを見てくれ」

荒木が右腕を大きく伸ばして、サイドテーブルの上のスマートフォンを掴み上げた。

剣持は荒木のスマートフォンを引ったくり、発信履歴を確かめた。

間違いなく荒木は、二階堂に五回電話をかけている。剣持は我が目を疑った。

だが、間違いはなかった。ただし、二階堂からの着信履歴はゼロだった。

理事官のポリスモードの番号さえ知っていれば、誰でもコールはできる。したがっ

て、荒木が五回発信したからといって、二階堂の指示を仰いだとは断定できない。

ただ、理事官のナンバーを知っている者はそう多くないはずだ。そう考えると、荒

木が嘘をついたとも極《き》めつけられない。

「発信履歴はあったのかい？」

徳丸が問いかけてきた。剣持は黙って荒木のスマートフォンを渡した。

「トランクスだけでも穿《は》かせてくれよ」

荒木が剣持に許可を求めた。

剣持は無言でうなずいた。荒木がベッドを降り、床に目をやった。

数秒後、元刑事はベッドマットの下に手を突っ込んだ。マカロフPbを抜き出し、スライドを引いた。一瞬の出来事だった。

サイレンサー・ピストルの先端は、ニーナのこめかみに押し当てられていた。

「荒木さん、何を考えてるの⁉」

「ニーナを弾除《たまよ》けにして、おれはいったん逃げる。おれの言う通りにしてくれ」

「わたし、まだ死にたくない」

ニーナが震え声で訴えた。

剣持は先にコンパクトピストルをベッドの上に置いた。徳丸が毒づいて、ドイツ製の拳銃を足許に落とす。

「二人とも、控えの間まで退《さ》がるんだっ」

荒木が命じた。剣持たちは逆《さか》らわなかった。

控えの間まで後退したとき、ニーナが荒木の利き腕を両手で摑んだ。

「ニーナ、手を放せ！　おとなしくしてれば、撃ったりしない。おれは、ニーナに惚れてるんだ」

「荒木さんは、悪い男だったのね。三人も女性を殺したんだから」

「おれはニーナと生き直したかったんだ。だから、まとまった金が必要だったんだよ」

「駄目《ニエート》！　わたし、人殺しは愛せないっ」

二人が揉み合って間もなく、かすかな発射音がした。

暴発した九ミリ弾を心臓部に受けた荒木は、丸太のように後方に倒れた。声ひとつあげなかった。マカロフＰｂは握ったままだった。

ニーナが悲鳴に似た声を洩らした。

剣持は、うっすらと硝煙のたなびくベッドルームに走り入った。荒木に駆け寄り、右手首に触れる。

脈動は熄《や》んでいた。徳丸が背後で立ち止まった。

剣持は顧《かえり》みて、首を横に振った。

4

裸身の震えが小さくなった。

ニーナが涙を拭って、剣持に視線を向けてきた。

「わたし、荒木さんを撃つ気なんかなかったの。本当です」

「わかってる。揉み合ってるうちにサイレンサー・ピストルが暴発してしまったことは間違いない。そっちに殺意がなかったことはわかってるよ」

「それなら、わたしが殺人者として裁《さば》かれることはないの？」

「ああ、それはな。しかし、過失致死罪には問われるかもしれない」

「そうなったら、わたしは日本の刑務所に入れられちゃうのね。それ、困ります。ウクライナにいる身内が肩身の狭い思いをしてしまうもの」

「捜査に全面的に協力してくれるんだったら、荒木がうっかり自分でマカロフＰｂを暴発させたことにしてやってもいい」

「そうして！　わたし、あなたたちにお礼をします。百万円ずつ払うわ。それから、わたしを抱きたいんだったら、二人に一回ずつ……」

「ウクライナではそういう手が通用するのかもしれないが、おれたちは買収されない。それ以上、我々を侮辱したら、手錠を掛けるぞ」

「ご、ごめんなさい」

「とりあえず服をまとってくれ」

剣持はハンカチを被せてから、サイレンサー・ピストルを掴み上げた。徳丸に目配せし、ベッドルームを出る。

剣持たちはソファに坐った。

「荒木が首謀者は二階堂理事官だと言ってたが、どう思う？」

徳丸が小声で問いかけてきた。

「二階堂さんが一連の事件《ヤマ》の絵図を画《か》いたとは思えないですね」

「けど、荒木のスマホには発信履歴がちゃんと残ってたぜ。それも五回も電話してる。荒木が言ってたように、理事官に指示を仰いでたのかもしれねえぞ」

「徳丸《トク》さん、二階堂さんはキャリアだが、ほとんど出世欲はないんです。昇進は遅いほうかもしれないが、現在のポストに特に不満を感じてるようには見受けられません」

「そうだな。金銭欲も強くないから、裏金を実行犯グループに集めさせる理由もなさそうだ。けど、荒木が二階堂の旦那に五回も電話してるのは確かだぜ」

「そのことなんですが、理事官のほうからは荒木に一度も電話してませんよね？」

「確かに荒木の携帯に着信履歴はなかったな。もしかしたら、荒木は理事官から電話があるたびに着信の履歴を削除してたんじゃねえのか。黒幕が誰か知られたくなかったんでさ」

「そう思ってるんだったら、当然、荒木は発信履歴も削除してたはずでしょ？　二階堂さんに電話をした後《あと》すぐにね」

「そうか、そうだろうな。わざわざ発信履歴を削除しなかったのは作為的《さくいてき》か。ミスリード工作の疑いがありそうだな」

「おれは、そうなんじゃないかと思いはじめてるんですよ。二階堂さんが元自衛官や傭兵崩れに総額百十数億円の裏金を強奪させなければならない理由なんてないでしょ？」

剣持は言った。

「そうだな。どう考えても、そんな理由はなさそうだ。となると、誰かが理事官のことを快く思ってなくて……」

「それしか考えられないですね」

「けど、二階堂理事官は他人《ひと》に恨まれるような人柄じゃねえよな？」

「そうですね。多分、二階堂さんは何かで逆恨みされてるんでしょう。それだから、一連の事件の首謀者に仕立てられそうになったんじゃないのかな」

「理事官を陥《おとし》いれようと画策した奴は、警察関係者なんだろう。岩松陽一の十一年前の強姦殺人事件の調書を閲覧《えつらん》できたわけだからさ」

「そう考えてもいいでしょうね」

「剣持ちゃん、荒木のスマホを回収して、理事官に発信履歴を見せようや。そうすりゃ、二階堂さんを陥れようとした人物に思い当たるかもしれねえだろ？」

「そうですね。明日、いや、もう日付が変わってるな。きょう中に理事官に事の経過を正直に話しましょう」

「そうしたほうがいいよ。それはそうと、ニーナはどうする？　所轄署に引き渡すかい？」

「多分、彼女は広尾のマンスリーマンションの合鍵を持ってるでしょう。それを受け取ったら、麻布十番の寮に帰らせてやってもいいんじゃないのかな。徳《トク》丸さんの意見を聞かせてください」

「そうしてもいいんじゃねえか。ニーナが殺意を持って荒木を撃ったわけじゃないことは明白だからな」

「ええ。ニーナが部屋を出たら、このサイレンサー・ピストルは荒木のそばに置いておきます」

「そのほうがいいな。事件を通報したら、面倒なことになる。おれたちは荒木の所持品を検《しら》べたら、さりげなく外に出ようや。それで、広尾のマンスリーマンションに行く。剣持ちゃん、そんな段取りでどうだい？」

徳丸が問いかけてきた。剣持は同意した。

それから間もなく、ニーナがベッドルームから出てきた。剣持はソファから立ち上がって、ニーナに歩み寄った。

「きみは『広尾グランドパレス』の九〇一号室の合鍵を預かってるんじゃないのか？」

「預かってるけど……」

「それをおれに渡したら、店が借り上げたマンションに戻ってもいいよ」

「それでいいの？」

「ああ。きみが部屋を出てから、荒木が自分でマカロフPbを誤って暴発させたことにするよ。そのほうがいいんだろう？」

「そうしてもらえれば、わたしはとても助かります」

「後のことは、おれたちがうまくやるよ。早く九〇一号室のスペアキーを出してくれないか」

「はい。ありがとう《スパシーボ》！」

ニーナがバッグの留金《とめがね》を外し、手早く合鍵を取り出した。剣持はスペアキーを受け取った。

「荒木さん、かわいそう。運が悪かったのね。彼は三人の女性を殺した悪人だけど、わたしには優しかったわ。とても尽くしてくれました。ウクライナに帰っても、荒木さんのことは忘れないと思います」

「なるべく早く自分の国に戻ったほうがいいな。まごまごしてると、荒木と親密な関係だったことで痛くもない腹を警察に探《さぐ》られることになるだろうからさ」

「そうします。わたし、あなたたち二人に何かお礼をしたいわ。お金や体じゃ、駄目なのよね？　ほかにどんなお礼の仕方があるか、わたし、思い浮かばないわ」

「いいから、早く消えるんだ」

「あなたたちのことも、ずっと忘れないわ。さようなら！」

ニーナが頭を下げ、一〇五号室から出ていった。剣持はコーヒーテーブルの上に置いたマカロフPbを摑み上げ、ふたたびベッドルームに入った。

うっすらと血臭《けっしゅう》が漂いはじめていた。

剣持はサイレンサー・ピストルを死体の近くに置き、両手に白い布手袋を嵌《は》めた。徳丸が寝室にやってきた。すでに手袋を着用していた。

二人は手分けをして、荒木の所持品を検《しら》べはじめた。

だが、一連の事件に繋がっていそうな物品は何も見つからなかった。剣持たちはドア・ノブを拭って、部屋を後にした。一階ロビーに降りる。

フロントマンは内線電話の受話器を耳に当てていた。好都合だ。剣持たちはフロントマンに目礼し、そそくさと表に出た。

プリウスに乗り込み、広尾のマンスリーマンションに向かう。

七、八分で、『広尾グランドパレス』に着いた。剣持たちは九階に上がり、ニーナが持っていた合鍵でドア・ロックを解いた。

二人は入室し、真っ先に荒木のサムソナイト製のキャリーケースを開いた。すると、衣類の下に半透明のポリエチレン袋が隠されていた。

中身は昆虫標本用注射器だった。三本入っていた。使用済みスキン二個と結束バンドも収まっている。

「三本の注射器の先端には、岩松の精液と三人の被害者《マルガイ》の膣液が微量ながら付着してるでしょう。これで、連続殺人事件の加害者が荒木だったことは立証されるでしょう」

剣持は徳丸に言った。

「ああ、そうだな。コンクリートで固められた片桐の遺体が霞ヶ浦から早く引き揚げられることを祈ろうや」

「そうですね。ビデオジャーナリストを撥ねた奴、それから岩松や畑の口を封じた実行犯もいずれ明らかになるだろう。首謀者を必ず突き止めてやる」

「剣持ちゃん、今夜はこれで捜査を切り上げねえか。ちょいと疲れたんでさ」

「そうしましょう」

「その物証は、そっちが預かってくれや」

徳丸が言って、生欠伸《なまあくび》を嚙み殺した。剣持はポリエチレン袋を小脇に抱え、キャリーケースのファスナーを閉めた。

ほどなく二人は、九〇一号室を出た。

マンスリーマンションの前でプリウスに乗り込み、剣持は笹塚《ささづか》をめざした。徳丸を自宅マンションに送り届け、代々木上原の塒《ねぐら》に戻った。午前二時近い時刻だった。

特注の捜査車輌を地下一階の駐車場に置き、エレベーターで六階に上がる。

すると、自分の部屋の前にサングラスをかけた三十二、三歳の女が立っていた。その体つきには見覚えがあった。

二年七カ月前に別れた江守結衣《えもりゆい》だった。交際していたころは、東京地検刑事部の検察事務官を務《つと》めていた。五年前に担当事案の件で知り合って、親密な間柄になったのである。

剣持は、美人で聡明な結衣をかけがえのない女性と大切にしていた。できるだけ長くそばにいてほしいと願っていたが、結婚までは考えていなかった。

結衣は二十代のうちに結婚することを夢見ていた。結婚観の相違は埋めようがなかった。二人は幾度も話し合った末、別れることにしたのだ。恋情が萎《しぼ》んだわけではなかった。

「ずっと同じマンションに住んでたのね」

結衣の声だった。剣持は、かつての恋人に走り寄った。

「部屋の前で、ずっとおれの帰りを待ってたのか？」

「ええ、午前零時過ぎからね。何も訊かないで、わたしを一晩だけ泊めてほしいの。衝動的に家を飛び出してきたんで、財布には五、六千円しか入ってなかったのよ。よっぽどネットカフェで夜を明かそうと思ったんだけど。なんだか惨《みじ》めに思えてきたんで、小田急線に乗って……」

「ここに来たわけか。久しぶりだな」

「ええ。元気そうで、何よりだわ」

「結衣、顔をよく見せてくれないか」

「右目がパンダみたいなの。夫にグーで殴られちゃって、痣《あざ》ができちゃったのよ」

「やっぱり、結婚してたか。そんな気がしてたんだ。旦那は何をやってるんだい？」

「ＩＴ関係の会社をやってるんだけど、赤字が累積《るいせき》してるんで倒産するでしょうね。夫は事業が傾いてからは毎晩、酒浸りなの。それで、よくわたしに暴力をふるうようになったのよ」

「ドメスティック・バイオレンスか。女房に八つ当たりするような男は最低だよ。結衣、旦那とは別れたほうがいいな」

「ええ、そうするつもりよ。身勝手なお願いだけど、今夜だけ泊めてもらえる？　明日になったら、いったん浜松《はままつ》の実家に戻るつもりなの」

「実家に戻ったら、きっと旦那が押しかけてくるにちがいない。しばらくおれの部屋にいろよ」

「直樹さん、ありがとう。なんで、あなたと別れてしまったのかしら？　わたしって、愚《おろ》かな女ね。三十前に結婚したいと焦ってたんで、結局、駄目な男と一緒になってしまったんだから」

結衣が語尾を湿らせた。

剣持は、どう応《こた》えていいのかわからなかった。部屋のキーを取り出し、急いでドア・ロックを解除する。剣持は先に玄関に入り、玄関ホールの照明を点けた。結衣を居間に通し、エアコンを作動させる。

「ご迷惑をかけます」

結衣が他人行儀に言って、ソファに腰かけた。剣持はダイニングキッチンに走り、二つのビアグラスとあり合わせのつまみを用意した。

「直樹さん、気を遣《つか》わないで。後でシャワーを使わせてもらったら、長椅子で寝かせてもらうから」

「和室に客蒲団《きゃくぶとん》を敷くから、ゆっくり寝《やす》んでくれ。まさか人妻になった結衣をおれのベッドに引きずり込むわけにはいかないからな」

「うふふ」

結衣が、くすぐったそうに笑った。

剣持は結衣と向かい合う位置に腰かけ、冷えた缶ビールのプルトップを引き抜いた。手早く二つのグラスを満たす。

「つまみはサラミとスライスチーズしかないが、缶ビールは七、八本冷やしてあるよ。久しぶりに会ったんだから、少し飲もう。素面《しらふ》じゃ、お互いに照れ臭いじゃないか」

「ええ、そうね。でも、いいのかな？」

「何が？」

「明け方に直樹さんのいまの彼女が訪ねてきたら、誤解されちゃうんじゃない？」

「つき合ってる女なんかいないよ」

「本当に？」

「ああ。男だから、後腐れのない相手とたまにベッドは共にしてるが……」

「相変わらず嘘がつけないのね。直樹さんは、以前のままだわ。別れなきゃよかった。せっかくだから、いただきます」

結衣がビアグラスを持ち上げた。

剣持もグラスを手に取る。二人はグラスを軽く触れ合わせて、それぞれビールを喉に流し込んだ。

「こんなふうに差し向かいで飲んでると、昔を思い出すわ」

「おれもだよ」

「懐かしいな、この部屋」

「結衣、旦那とはどこで知り合ったんだい？」

「大学時代の友人の紹介なの。なんとなく価値観が似てたし、外見もわたし好みだったんで一緒になったんだけど、外れだったわ。自尊心ばかり強くて、釣った魚には餌《えさ》をやらないタイプだったの。浮気癖もあったんで、幻滅するばかりだったわ。やめましょう、こんな話は。夫とは、もう別れると決意したんだから。強がりじゃなくて、本当に未練なんかないの。離婚したら、さばさばすると思うわ」

結衣が残りのビールを一気に呷《あお》った。剣持は、すかさずビールを注いだ。

「直樹さんは、いまも殺人犯捜査に携わってるんでしょう？」

「いや、いまは総務部企画課にいるんだ。ちょっと失態を演じちまって、現場捜査から外されたんだよ」

「そうだったの」

「結衣はおれと別れて間もなく、東京地検を辞めたんだよな？」

「ええ。その後、結婚するまで知り合いの弁護士がやってる法律事務所で調査員として働いてたの」

「そうか」

二人は近況を報告し合うと、昔話に話を咲かせた。

缶ビールをすべて空にしたのは、三時半ごろだった。

剣持は結衣がシャワーを浴びている間に、六畳の和室に客用の夜具を敷いた。真新しい寝間着を枕許にそっと置き、エアコンのスイッチを入れる。

着替えの下着は用意できなかった。まさか自分のトランクスやTシャツを身につけさせるわけにはいかない。

シンクで使ったグラスを洗って居間で一服していると、結衣が浴室から出てきた。

「汗を流したら、さっぱりとしたわ。直樹さん、先に寝《やす》ませてもらうわね」

「ああ、そうしてくれ。おれもざっとシャワーを浴びたら、ベッドに潜り込む。お寝み！」

剣持は浴室に足を向けた。

頭から熱めのシャワーを浴び、髪の毛と体を洗う。剣持はシャンプーの泡を流し、バスタオルで全身を拭いた。火照《ほて》った体に乾いたバスローブを羽織って、静かに浴室を出る。

和室の襖《ふすま》は閉められ、ひっそりとしていた。剣持は抜き足で居間まで歩き、電灯のスイッチを切った。

寝室に入ると、スモールライトしか点いていなかった。メインライトを灯《とも》しておいたはずだ。おかしい。

よく見ると、セミダブルのベッドに結衣が横たわっていた。

仰向けだった。片方の目の周《まわ》りには青痣が見える。いかにも痛々しい感じだ。

「せっかく客蒲団を敷いてもらったんだけど、直樹さんのそばで眠りたいの。迷惑かしら？」

「そんなことはないが、きみはまだ人妻じゃないか」

剣持は当惑した。

「ええ、そうね。でも、夫とはもうやっていけないわ。離婚する決意を固めたの、本当に」

「しかし……」

「お願いだから、わたしを優しく抱いて。わたし、淋《さび》しくて心細いの」

結衣が切々と訴え、夏掛け蒲団を大きく捲《めく》った。素っ裸だった。

白い裸身は以前と少しも変わっていない。砲弾型の乳房は張りを保《たも》ち、腰の曲線も美しかった。むっちりとした腿《もも》はなまめかしい。

逆三角形に繁った飾り毛は艶《つや》やかで、肌の白さを際立《きわだ》たせている。生唾《なまつば》が湧きそうだった。久しく柔肌に触れていなかった。

剣持の下腹部《はら》が熱を孕んだ。

バスローブのベルトの結び目をほどく。結衣が目でほほえんだ。

剣持はバスローブを脱ぎ捨てた。

結衣が心得顔で、ベッドの端に身を移す。剣持は結衣と胸を重ねた。弾力性のある乳房はラバーボールのような感触だった。肌の温《ぬく》もりが心地よい。

「また会えるとは思わなかったよ」

剣持は囁《ささや》き、結衣の色っぽい唇をついばみはじめた。

二人はひとしきりバードキスを交わし、舌を熱く絡め合った。元恋人の性感帯は識《し》り尽くしている。

剣持は濃厚なくちづけを交わしながら、結衣の餅肌に指を這《は》わせはじめた。

5

遠くでサイレンが鳴り響いている。

パトカーのサイレンだった。剣持は眠りを破られた。

かたわらに結衣はいなかった。和室に移ったのか。

剣持は上体を起こし、ナイトテーブルの上の腕時計に目をやった。午前十時半を回っていた。

うっかり寝過ごしてしまった。ベッドで剣持は、結衣の肌を二度も貪《むさぼ》った。結衣も大胆に痴態《ちたい》を晒《さら》した。妖《あや》しかった。

二人は獣のように求め合った。

結衣は最初の交わりで、たてつづけに三度も頂《いただき》に達した。そのつど、剣持はきつく締めつけられた。結衣の快感のビートが、もろに伝わってきた。

剣持は、三度目のエクスタシーに合わせて放った。背筋が甘く痺《しび》れ、脳天が白く霞《かす》んだ。

二人は余韻《よいん》をたっぷりと味わってから、結合を解いた。

すぐに結衣は熱い体を寄せてきた。剣持は結衣を抱き寄せて、瞼《まぶた》を閉じた。

恋人同士だったころの思い出が次々に蘇《よみが》り、妙に結衣が愛《いと》しくなった。愛しさが極まって、剣持は結衣のほっそりとした肩口を甘咬《あまが》みした。

その後戯で官能に火を点けられたのか、結衣は夜具の中に潜《もぐ》り込んだ。次の瞬間、剣持はペニスをくわえ込まれていた。

結衣の舌技は巧《たく》みだっだ。性感帯を的確に刺激してくる。少しも無駄《ロス》がなかった。

剣持は亀頭と張り出した部分を舌の先でちろちろと舐められ、たちまち力を漲《みなぎ》らせた。結衣はディープスロートを繰り返しながら、体の向きを変えた。

秘めやかな合わせ目は、赤い輝きを放っている。わずかに綻《ほころ》んだ小陰唇はぽってりと膨《ふく》らみ、少し捩《よじ》れていた。そそられる構図だった。

剣持は結衣のヒップを押し割り、舌を閃かせはじめた。敏感な突起や愛らしいフリルだけではなく、周辺部分にも舌を滑走させた。

結衣は体の芯《しん》を潤《うる》ませた。剣持の舌に蜜液の雫《しずく》が滴《したた》り落ちるほどだった。

二人はオーラル・セックスを切り上げ、体を繋いだ。幾度か体位を変え、正常位でゴールをめざした。やはり、この体位《ラーゲ》が最も自然だ。双方の快感も深い。

結衣は先に愉悦《ゆえつ》の海に二度溺《おぼ》れ、剣持と同時に果てた。彼女は断続的に体を縮め、憚《はばか》りのない声を轟《とどろ》かせた。

二人は静かに離れ、そのまま寝入った。

剣持は、目でバスローブを探した。それは、ベッドの端に載《の》っていた。きちんと折り畳まれている。結衣は気の利く女だった。

剣持はバスローブをまとって、居間に移った。

すると、コーヒーテーブルの上にメモが載っていた。剣持は紙片を抓《つま》み上げ、走り書きを読んだ。

素敵な一刻《ひととき》をありがとう。

いったん夫の許《もと》に戻ります。そして、離婚の申し出をします。また、直樹さんと会える日が訪れてほしいものです。

部屋の鍵を勝手に使わせてもらいますが、ロック後はドア・ポストの中に入れておきます。あなたと別れたことを改めて後悔しています。

結衣

剣持はメモを二つに折り、リビングボードの引き出しに収めた。

一服してから、浴室に入る。洗い場の排水口を何気なく見ると、結衣の長い髪が引っかかっていた。愛惜《あいせき》の念が急激に強まる。

彼女が夫と別れたら、よりを戻してもいい気がした。そう思う一方で、結衣に淡い期待を抱かせるのは残酷だとも考えてしまう。極秘捜査に携わっているうちは、やはり誰とも所帯を持つ気はなかった。

「なるようにしかならないだろう」

剣持は声に出して呟《つぶや》き、シャワーヘッドをフックから外した。

頭髪と体を手早く洗う。剣持は洗面所で伸びた髭を剃《そ》り、歯も磨いた。身繕《みづくろ》いを終えたとき、徳丸から電話がかかってきた。

「剣持ちゃん、どうした？　体調が悪いのか？」

「いや、ちょっと寝過ごしちゃったんですよ」

「それじゃ、最大野党の民自党副総裁の小島厳夫《こじまいわお》が自宅前で午前九時前に刺殺されたことは知らねえな？」

「知らないですね、その事件《ヤマ》のことは」

「やっぱりな。刺殺犯は小島議員の公設秘書たちに取り押さえられたんだが、そいつは所轄署の刑事に二階堂理事官に頼まれて小島を殺《や》ったと言ったらしいんだよ」

「えっ!?」

「それからな、白金台のホテルの従業員が荒木の遺体を今朝《けさ》八時過ぎに発見したぜ。荒木も、小島代議士を短刀《ドス》で刺し殺した元組員の諸星芳紀《もろぼしよしのり》、三十九歳も理事官を陥れようとした気配がうかがえる」

「そうですね」

「理事官に荒木のスマホを見せてさ、誰かに逆恨みされてるかどうか直《じか》に訊いたほうがいいな。ついでに広尾のマンスリーマンションで手に入れた例の物証を二階堂さんに渡して、鑑識に回してもらえや」

「ええ、そうします。城戸と雨宮は？」

「六月中旬に自宅で感電自殺した『誠和エンタープライズ』の曽我社長の未亡人に会いに行ってもらった。例の強奪グループに十八億のやくざマネーをかっぱらわれたことは間違いねえと思うが、念のために裏付《ウラ》けを取ったほうがいいと判断したんでな」

「そうしてもらって、よかったですよ。おれは、これから二階堂さんに連絡してみます」

　剣持は終了キーを押し、すぐに理事官に電話をかけた。スリーコールで、二階堂が電話に出た。

「剣持君、荒木健人が白金台のホテルで死んだね。その件に関して、きみからまだ報告は受けてないが……」

「報告が遅くなって申し訳ありません、ちょっと事情があったもんですから。その代わり、荒木が一連の殺人事件の実行犯であるという確証を得ました。荒木の供述によると、ビデオジャーナリストの片桐は車で撥ねられてから生コンクリートで固められ、霞ヶ浦に投げ込まれたようです」

「やはり、殺されてたか。片桐は裏金強奪グループのことを調べてたんで、命を狙われたんだね？」

「それは間違いありません。ただ、一連の事件の首謀者の顔がはっきりと見えてこないんですよ。謎の黒幕は、どうも理事官を逆恨みしてるようなんです」

「わたしを逆恨みしてる⁉」

「ええ。いろいろ二階堂さんにうかがいたいことがあるんで、これからどこかで会えないでしょうか？」

「いま、どこにいるのかね？」

「まだ自宅です」

「そうか。なら、日比谷公園内にある老舗レストランの一階のティールームで一時間後に会おう」

「わかりました」

剣持は電話を切り、ほどなく部屋を出た。

エレベーターで地下駐車場に降り、車で日比谷に向かう。目的地に着いたのは、およそ三十分後だった。

剣持は日比谷公園の外周路にプリウスを駐《と》め、蛇腹封筒に荒木のスマートフォンとポリエチレンの証拠保全袋を入れた。車を降り、園内に入る。人影は疎《まば》らだった。

剣持は遊歩道をたどり、『松本楼《まつもとろう》』に入った。ティールームは割に空いていた。

剣持は隅の席に坐り、コーヒーを注文した。

十分ほど待つと、二階堂がやってきた。理事官はアイスコーヒーをオーダーした。

「最初に確認させてもらいたいんですが、理事官は荒木健人とは個人的なつき合いはありませんよね？」

剣持は前屈《まえかが》みになって、小声で訊いた。

「妙なことを言うね。荒木とは私的なつき合いなんかない」

「やはり、理事官は陥れられそうになったんだな。実は、おれと徳丸《トク》さんは白金台のホテルで荒木をちょっと締め上げたんですよ」

「そうだったのか。詳しい経過を教えてほしいね」

二階堂が促《うなが》した。剣持は経緯《いきさつ》を喋った。

「荒木はわたしに五回も電話で指示を仰《あお》いだって⁉ そういえば、ワン切りされた電話が四、五回かかってきたことがあるな。そのときの発信者は荒木だったんだろう」

「ええ、そうなんでしょう。理事官のポリスモードのナンバーは、警察関係者しか知らないはずですよね？」

「基本的には、そういうことになるな」

「ちょっと話がずれますが、今朝九時前に民自党の小島副総裁が自宅前で諸星とかいう元やくざに刺殺されたようですね？」

「そうなんだ。あっ、その加害者もわたしに頼まれて小島議員を刺し殺したと供述したらしいんだよ」

二階堂が言って、上体を背凭《せもた》れに預けた。店の従業員がアイスコーヒーを運んできたからだ。

従業員が下がった。

「一連の事件の首謀者は理事官が黒幕だと思わせたくて、荒木や元組員の諸星って男に嘘をつかせたんでしょう」

剣持は言って、テーブルの下で荒木のスマートフォンを二階堂に渡した。理事官がすぐに発信履歴をチェックする。

「間違いなく荒木は、理事官に五回電話をかけてますでしょ？」

「そうだね」

「理事官を陥れようとした人物に思い当たりませんか。おそらく謎の首謀者は警察関係者で、政界に何らかの関心があるんでしょう」

「政界に関心を持ってる？」

「ええ、多分ね。長いこと政権を担《にな》ってきた民自党と警察は、悪い関係ではありませんでした。見方によっては癒着《ゆちゃく》してたと言ってもいいかもしれません。それなのに、理事官を悪人に仕立てようと企んだ奴は、元やくざに民自党の副総裁を始末させたと思われます。何かで首謀者は小島副総裁に裏切られたんじゃないのかな」

「そうなんだろうか」

「ひょっとしたら、正体不明の黒幕は政界進出を考えてたのかもしれません。しかし、副総裁の小島議員が何らかの理由で、その野望を妨害した」

「だから、民自党の副総裁は殺害されてしまったのではないかと言うんだね？」

「そうです」

剣持はうなずいた。

「警察官僚《キャリア》が民自党の公認を得て国会議員になったケースは少なくない。今後も政界に進出したがるキャリアは出てくるだろう」

「ええ。理事官とつき合いのある警察官僚の中に政治家になりたがってた者はいませんか？」

「ひとりいるね。わたしが警察庁長官官房にいたころの上司で、内閣情報調査室次長を務《つと》めてる松岡信之《まつおかのぶゆき》警視長だよ。五十三歳のはずだ。松岡さんは、いまの政権党の下で働くことに厭気《いやけ》がさしてたようだ。それでキャリア仲間たちに政界に転じ、民自党の国会議員になると公言してたんだよ」

二階堂がストローでアイスコーヒーを吸い上げた。

内閣情報調査室は公安調査庁と同じく一九五二年に内閣官房に置かれ、主にマスコミ論調の分析と工作を行っている。室員は百数十人で、室長は警察庁からの出向者が代々務めている。内閣情報調査室室長は日本のCIAと呼ばれる陸上自衛隊情報本部を指揮し、ロシア、中国、北朝鮮、韓国の軍事情報を収集している。

内閣情報調査室の分析に基づいて政府広報・マスコミ工作の戦略づくりに当たっているのが内閣広報室だ。そちらの室長も代々、警察庁からの出向者である。

「その松岡という警察官僚《キャリア》は現政権が迷走ばかりしてるんで、士気《しき》は下がりっ放しだったんでしょうね」

「そうにちがいない。しかし、松岡さんは出世欲が強いんだ。知的でセクシーな美女たちを進歩的文化人たちに接近させて、言論活動に関する情報を集めさせてたんだよ。そのことが内部告発され、松岡さんは室長になる見込みがなくなってしまったんだ」

「だから、松岡警視長は政界に転じる気になったんじゃないですか。しかし、当てにしてた民自党の公認が貰えなくなってしまった。それで副総裁の小島議員を逆恨みして、元組員の諸星に刺殺させた。そんなふうに筋を読むことができるのではありませんか」

「剣持君の推測が間違ってなかったら、松岡さんは自分で選挙資金を工面《くめん》しなければならなくなったんで、警察の裏金ややくざマネーを強奪グループに……」

「理事官、そうなのかもしれませんよ。ええ、考えられますね。二階堂さんが何かで松岡警視長に恨まれるようなことはありませんでした？」

「思い当たることが一つだけあるな。わたしが捜一の理事官になって間もないころ、松岡さんの奥さんの実弟が取引先の社長宅に火を放って老夫婦を焼死させた疑いを持たれたんだよ。松岡さんは義弟を捜査対象者から外すよう裏金工作してくれないかと現金五百万円を差し出したんだ。もちろん、わたしは抱き込まれたりしなかったよ。松岡さんの義弟は、数日後に捕まった。しかし、東京拘置所内で首を括《くく》ってしまったんだ」

「そのときの件で、理事官はかつての上司に逆恨みされてると考えられますね」

「そうなんだろうか。松岡さんが義弟の不始末の件で民自党の公認を得られなかったとしたら、わたしは逆恨みされてたんだろうね」

「そうだったんでしょう。すでに裏金強奪グループは百十数億円をせしめたと思われます。次の衆議院選に松岡警視長が出馬する気でいたとしても、選挙資金はそんなに必要ないでしょ？」

「あちこちに金をばら撒《ま》いて票を集めるとしても、そんな大金はいらないだろうね」

「理事官の昔の上司は被害届の出せない隠し金を奪いまくって、何かとんでもない悪《あく》謀《ぼう》を巡らせてるんじゃないんだろうか」

「そうなのかもしれないな。松岡さんに関する情報を集めてみるよ」

「ええ、お願いします。これを鑑識に回してください」

剣持は、蛇腹封筒を二階堂に手渡した。

「ウクライナ美人のことは、捜査本部の連中には黙ってたほうがいいだろうね。夫が、妻の日本での生活を知ったら、若いカップルは離婚することになるかもしれないから」

「そうですね」

「わかった。ニーナ・コレロフのことは積極的には喋らないようにしよう」

「ええ、そうしてやってください」

「先に出るよ。伝票はどこかな？」

「そのまま、どうぞ……」

「なら、わたしの分も払っておいてもらおうか」

二階堂が蛇腹封筒を手にして、おもむろに立ち上がった。

剣持はコーヒーを飲み干してから、老舗レストランを出た。陽光は強かった。思わず目を細める。

遊歩道をたどっていると、懐で私物の携帯電話が打ち震えた。剣持は携帯電話を取り出し、ディスプレイを見た。非通知と表示されている。

「剣持だが、どなたかな？」

「結衣の夫だよ」

相手の声は不明瞭だった。ボイス・チェンジャーを使っているようだ。

「DV亭主か。彼女は、おたくと別れたがってる。すんなりと離婚してやれよ」

「そうはいかない。おまえ、おれの女房を抱いたよな？」

「だったら、どうなんだっ」

「他人《ひと》の女房を寝盗《ねと》っておいて、その言い種《ぐさ》は何だ！　おれの目の前で土下座しなきゃ、結衣を殺す。本気だからなっ」

「彼女はどこにいるんだ？」

「すぐそばにいるよ。素っ裸にして、柱に縛《しば》りつけてある。結衣を殺されたくなかったら、西伊豆の大瀬崎《おおせざき》に来い。井田《いだ》という集落を見下ろす丘に白い洋館がある。おれと結衣は、そこにいるよ」

「結衣を電話口に出してくれないか」

「おれの女房を呼び捨てにするなっ」

「いいから、電話を替ってくれ！」

「駄目だ。午後三時までに来なかったら、結衣を殺す。おれを裏切ったんだからな」

「わかった。必ず指定された場所に行く。あんたの名前を教えてくれ」

「清水諒《しみずりょう》だ。結衣は、おれの姓も教えなかったのか。おれは、よっぽど嫌われたようだな」

「彼女に惨《むご》いことをしたら、おれはあんたを半殺しにするぞ」

「刑事《デカ》がそんなことをしたら、懲戒免職になっちまうぜ」

「それでも、あんたを痛めつけてやる！」

剣持は吼《ほ》えて電話を切った。折り畳んだ携帯電話を上着の内ポケットに戻し、走って日比谷公園を出る。

剣持はプリウスの運転席に入った。

そのとき、清水諒と称した男の口調が気になった。

結衣の夫は事業家と聞いていた。会社経営者が、やくざっぽい喋り方をするとは思えない。罠を仕掛けられているのか。

結衣の実家の住所は、確か浜松市住吉《すみよし》だった。剣持は一〇四で江守宅の電話番号を教えてもらい、コールしてみた。

受話器を取ったのは、年配の女性だった。

「わたし、東京の剣持という者です。江守結衣さんのお母さんでしょうか？」

「ええ、そうです。剣持さんとおっしゃると、以前、娘がおつき合いをしていただいた刑事さんですよね？」

「はい、そうです。結衣さんは一年ほど前に清水諒さんという事業家と結婚されたんですよね？」

「いいえ、結衣はまだ独身ですよ。あなたと結婚したかったようだけど、妻にはしてもらえないとかで別れたと聞いてますけど」

「結婚はしてなかったんですか!?」

剣持は頭が混乱した。なぜ結衣は作り話をして、自分に近づいてきたのか。何かを企んでいたのかもしれない。にわかに心が翳《かげ》る。

「結衣がどうかしたんですか？」

「もしかしたら、事件に巻き込まれたかもしれないんです。お母さん、娘さんのスマホの番号を教えていただけますか？」

「いま電話番号簿を見ますんで、そのままお待ちになってね」

結衣の母の声が途切れた。剣持はメモを執《と》る用意をした。

待つほどもなく、相手の声が流れてきた。剣持は、教えられたナンバーを手帳に書き留《と》めた。

「わたし、心配だから、すぐ娘に電話してみます」

「そうしてみてください。わたしも結衣さんに電話してみますよ。それはそうと、結衣さんは東京地検を辞めてから、しばらく法律事務所で働いてたようですね？」

「ええ、渕上《ふちがみ》弁護士さんのとこで一年半ぐらい働いてたんですよ。その後、公的調査機関に移ったんですけど、詳しいことはわたしにも教えてくれませんでした。でも、下高井戸《しもたかいど》のマンションで暮らしてることは間違いないんで、あまり詮索《せんさく》しないようにしてるんですよ。国家機密に関する調査をしてるみたいですのでね」

「そうですか」

「娘の身に何かあったら、教えてくださいね」

先方が通話を切り上げた。結衣は内閣情報調査室の松岡次長に雇われて、リベラルな言論人の活動調査をしているのではないか。

剣持は一瞬、そう思った。そうでないとしたら、松岡の愛人なのかもしれない。内閣情報調査室次長は、一連の事件の黒幕と思われる警察官僚だ。

結衣は松岡の命令で、極秘捜査班がどこまで真相に迫っているのか探りにきたのではないか。突然の来訪は、どう考えても怪しい。不自然すぎる。

剣持は暗い気持ちで、結衣のスマートフォンを鳴らしてみた。だが、電源は切られていた。結衣は後ろめたさを感じているのか。

剣持は徳丸に電話をして、二階堂理事官の話を伝えた。清水諒と称する男の脅迫内容も喋った。

「そっちの昔の彼女がどういう役回りなのか読めねえけど、敵はまず剣持ちゃんを人質に取って、残りの三人のメンバーを西伊豆に誘《おび》き寄せ、皆殺しにする気でいるんじゃねえのか。おれは、そう直感したよ」

「そうなのかもしれませんね」

「どっかで合流して、四人で大瀬崎の洋館に踏み込もうや。剣持ちゃんだけで西伊豆に行くのは危《ヤバ》いな」

徳丸が忠告した。

「仮におれが生《い》け捕《ど》りにされるようなことになっても、すぐには始末されないでしょう。チームの四人を殺《や》らなきゃ、一連の事件を闇に葬ることはできませんからね」

「そうだけどさ」

「おれは先に行きます。徳丸《トク》さん、城戸や雨宮と一緒に西伊豆に来てください。お願いします」

剣持は電話を切ると、プリウスをただちに発進させた。

首都高速渋谷線経由で、東名高速道路の下り線に乗り入れる。車の流れはスムーズだった。沼津IC《インターチェンジ》で一般道に下り、四一四号線に入った。江浦湾の先から、駿河湾沿いに南下する。

平沢まで進むと、道路が渋滞していた。百数十メートル先で、バスとワゴン車が正面衝突したらしい。

剣持はダッシュボードの時計を見た。まだ午後一時四十分過ぎだ。タイムリミットまで余裕がある。焦《あせ》ることはない。

剣持は自分に言い聞かせた。

のろのろ運転していても、何度もブレーキを踏まなければならなかった。一時停止したとき、二階堂理事官から電話があった。

「徳丸君たち三人は西伊豆に向かってる。現在位置を教えてくれないか?」

「西伊豆の平沢付近です。大瀬崎の七、八キロ手前だと思います」

「そう。三人のメンバーと合流してから、指定された洋館に突入したほうがいいね」

「いや、それでは敵の思う壺《つぼ》です。連中は極秘捜査班の現場捜査員四人を抹殺する気でいるんでしょう。おれを人質に取って、ほかのメンバーを誘き出すつもりなんだと思います」

「そうなんだろうが……」

「おれが単身で洋館に乗り込みます。仲間に怪我をさせたくないんですよ」

「そうか。身に危険を感じたら、迷うことなく発砲してくれ。いいね？」

「むろん、そうするつもりです」

「松岡信之は小島副総裁に強く反対されたんで、民自党の公認候補者にしてもらえなかったそうだ。刺殺犯の諸星は、そう供述してるらしいよ。松岡の命令で、元自衛官、元やくざ、傭兵崩れが警察の裏金、企業舎弟《フロント》の運転資金、企業や個人の隠し金を強奪したことを認めてるというんだ。ただ、片桐、岩松、畑を始末した実行犯が誰なのか、諸星は知らないと繰り返してるらしい」

「そうですか。松岡は国会議員になることを諦めて、何かとんでもないことを企んでるんでしょう。そのことについて、諸星はどう言ってるんです？」

剣持は問いかけた。

「松岡は大物政財界人の弱みを手下の者たちに押さえさせて、保守系の新党づくりの協力者にさせようと企んでるそうだ。警察官僚出身の国会議員を中心にした新党を誕生させて、どうやら裏で経済人や高級官僚たちを動かしたくなったんだろう」

「ええ、そうなんでしょう。自分の野望を叶えるためには手段を選ばない奴に国家を私物化させるわけにはいきません」

「そうだね。松岡を必ず検挙《アゲ》てくれないか。剣持君、頼むぞ」

二階堂が先に電話を切った。

剣持はポリスモードを懐に戻した。事故現場を抜け、先を急ぐ。大瀬崎を回り込んで、井田の集落の外れから林道に入った。

丘の上まで登り切ると、右側に洋館がそびえていた。あたりに民家や別荘は見当たらない。

剣持は、プリウスを洋館の六、七十メートル手前で停めた。

グローブボックスからドイツ製のポケットピストルを取り出し、左の足首にゴムベルトで固定する。静かに運転席から出て、洋館に足を向けた。

洋館の塀《へい》をよじ登ろうとしたとき、斜め後ろから何かが飛んできた。銃弾のようだ。

着弾音がした。塀が穿《うが》たれた。

剣持は振り向き、身を屈《かが》めた。

マカロフPbを握っている男が近づいてくる。見覚えがあった。清水谷公園でサイレンサー・ピストルをぶっ放した男だった。

「剣持、早かったな」

「結衣の旦那になりすまして電話をかけてきたのは、おまえだなっ」

「そうだよ」

「傭兵崩れか？」

「いや、陸自の第一空挺団にいたんだ。ついでに名前も教えてやろう。矢代剛だ。三十六歳だから、おたくよりも年下になるな」

「洋館の中に松岡信之がいるのか？」

「ああ。おたくの昔の彼女も一緒だよ」

「結衣は松岡に雇われて、リベラルな言論人に接近し、スパイ活動をしてたんだな？」

「スパイだっただけじゃなく、松岡さんの……」

「その先は言うな！」

剣持は声を荒らげた。

「くっくっ。まだ彼女に未練があるようだな。わかるよ。いい女だもんな。松岡さんの愛人じゃなけりゃ、押し倒して姦《や》っちゃいたいよ」

「おまえがビデオジャーナリストの片桐貴行を車で撥ねてコンクリートで固め、霞ヶ浦に沈めたんじゃないのか?」

「そうだよ。霞ヶ浦大橋の上から湖底に沈めたんだ。岩松や畑を片づけたのも、このおれさ」

「岩松は自分を連続殺人事件の犯人に仕立てようとしたのが松岡だと見抜き、一千万円の口止め料をせしめた。その後、欲を出して追加の金を要求した。松岡はそのことに腹を立て、そっちに岩松を射殺させたんだなっ」

「そうだ」

「そっちは金のためなら、何度も殺人《コロシ》をやれるらしいな」

「金よりも、おれは殺しが好きなんだよ。殺しの快感はセックス以上だぜ。おたくらチームの四人を始末したら、思わず射精しちゃいそうだな」

「変態め!」

「両手を挙げて、歩け」

矢代が命令した。剣持は逆らわなかった。

ブロンズの門扉《もんぴ》を先に抜け、石畳のアプローチを進む。広い内庭には西洋芝が青々と繁り、庭木が形よく刈り込まれている。

「この洋館は、奪った裏金で松岡が買ったのか？」

「そうだよ、半年前にな。以前は、イギリス人貿易商の別荘だったらしいぜ。本格的な西洋建築だから、靴を脱ぐ必要はないんだ。ベッドルームは十二室もあって、バスルームが四つもある」

矢代が自慢げに言った。

「まるで自分の持ち物みたいじゃないか」

「いまのオーナーは松岡さんだが……」

「おまえ、そのうちにボスの寝首を掻《か》くつもりでいるんだな？」

「好きに考えてくれ」

「悪党め！」

剣持はポーチの石段を上がった。矢代が回り込んで、大きな白い扉を開ける。

「先に入れ。玄関ホールの左手にある大広間《サロン》に松岡さんはいるよ」

「結衣は、どこにいるんだ？」

「松岡さんのそばにいるだろう」

「そうか」

剣持は広い玄関ホールに上がり、サロンに足を踏み入れた。四十畳ほどのスペースだ。五十代半ばの男が重厚なソファに腰かけていた。松岡だろう。

結衣は窓辺にたたずみ、テラスに視線を放っている。ばつが悪いのだろう。

「名演技だったよ」

剣持は皮肉たっぷりに元恋人に言った。

「ごめんなさい。仕方がなかったの」

「パトロンにたっぷり手当を貰ってるんで、言いなりになるしかなかったか」

「ゆ、赦《ゆる》して……」

「女は怖いな」

「本当にごめんなさい」

結衣がか細い声で詫びた。

「名乗る必要はないだろうが、松岡だ。きみらのチームは余計なことをしてくれたもんだ。わたしが矢代たち実行犯グループに奪わせたのは、後ろめたい金ばかりじゃないか。まともな市民には迷惑かけてないんだぞ」

「あんたは裏金をせしめるため、なんの罪もない相沢真帆、尾崎奈緒、佐久間侑子の三人を元刑事の荒木に殺《や》らせた。矢代に岩松と畑を始末させたことはともかく、片桐まで殺《や》らせたことは赦《ゆる》せない。二階堂理事官を陥れようとしたことにも目はつぶれないな」

「きみがもう少し話のわかる男なら、チームの四人を好条件でわたしのブレーンにしてやってもいいと考えてたんだが、裏取引はできそうもないね」

「当たり前だ。あんたに尻尾《しっぽ》を振る気はないっ」

「それじゃ、仲間の三人をここに呼んで、四人とも矢代に片づけさせよう。その前に、きみに面白いショーを観《み》せてやるよ」

「あんた、何を考えてるんだっ」

「すぐにわかるさ」

松岡が剣持に言って、矢代を手招きした。矢代が松岡の許《もと》に走る。

「サイレンサー・ピストルを寄越《よこ》すんだ」

「はあ？」

「おまえは、いつもスケべったらしい目で結衣を見てたな。結衣をくれてやるよ。剣持の見てる前で、結衣を犯せ！」

「そ、そんなことはできませんよ。結衣さんを一度抱いてみたいとは思ってましたがね」

矢代が尻込みした。

「わたしに遠慮することはない。結衣は、どうせお払い箱にするつもりだったんだ」

「ですが……」

「やるんだっ」

松岡が矢代の手からマカロフPbを奪い取って、顎をしゃくった。結衣が松岡を睨みつけ、テラスに逃《のが》れようとした。

松岡がスライドを引き、壁に九ミリ弾を撃ち込んだ。威嚇射撃《いかくしゃげき》だった。結衣は全身を竦《すく》ませ、動けなくなった。矢代が結衣に走り寄り、床《ゆか》に押し倒した。

結衣が悲鳴をあげ、懸命に抗《あらが》いはじめた。

のしかかった矢代は、早くもスカートの中に右手を潜り込ませている。傍観はできない。剣持は諫《いさ》めた。

「矢代、やめろ！」

「床《ゆか》に坐って、結衣がレイプされるまでしっかり見届けるんだ」

松岡が歪《ゆが》んだ笑みを浮かべ、またサイレンサー・ピストルの引き金を絞った。

放たれた九ミリ弾がシャンデリアに当たった。飛び散ったガラスの破片が霰《あられ》のように降ってくる。

「わかったよ」

剣持はしゃがみ込み、素早く左足首からH&KモデルUSPコンパクトを引き抜いた。スライドを引いて、松岡の右腕に銃弾を撃ち込む。狙いは外さなかった。

松岡が呻き、マカロフPbを足許に落とした。

剣持は身を起こした。松岡に駆け寄って、横蹴りを見舞う。松岡がソファごと後方に倒れた。剣持はサイレンサー・ピストルを拾い上げた。

そのとき、矢代が起き上がった。

コルト・ディフェンダーを握っていた。アメリカ製のコンパクトピストルだが、四十五口径だ。被弾したら、命を落とすだろう。侮《あなど》れない。

コルト・ディフェンダーの銃口から、マズル・フラッシュが吐き出された。一度ではない。二度だった。

剣持は反射的に片膝を落とし、ドイツ製の小型拳銃の引き金を絞った。狙ったのは、矢代の右の太腿だった。的に命中した。

矢代の腰が砕《くだ》けた。だが、コルト・ディフェンダーは握ったままだった。

剣持は、矢代の右の肩口に九ミリ弾をめり込ませた。矢代は頽《くずお》れた。小型拳銃が床に落下する。

剣持は矢代の顎を蹴り上げた。骨が高く鳴った。

矢代は仰向けに引っくり返り、体をくの字に丸めた。剣持はサイレンサー・ピストルをベルトの下に差し込み、コルト・ディフェンダーを拾い上げた。

結衣が身を起こし、ブラウスの襟元を掻き合わせた。

「わたしに手錠を打って。松岡に協力して、直樹さんをここに誘《おび》き出したんだから」

「ひと芝居うっただけで、裏金強奪には加担してないんだろう？」

「ええ、それはね」

「だったら、早く消えろ」

「でも……」

「消えるんだ。結衣、次はまともな彼氏を見つけろよ」

「直樹さん、いいの？　わたし、本当に逃げてもいいのかしら？」

「きみは女優の真似ごとをしただけだろうが？　それだけじゃ、罰《ばっ》せられない。結衣、元気でな」

剣持は、矢代の腹に鋭い蹴りを入れた。矢代が長く唸《うな》り、さらに四肢を縮めた。

「直樹さんも、お元気でね。さようなら！」

結衣が涙声で言って、テラスに出た。

剣持は感傷を吹っ切り、松岡に近づいた。

「きみたちチームに八億円やろう。ひとり二億円の臨時収入が入るんだぞ。悪い取引じゃないと思うがね」

「ずいぶん安く見られたもんだな」

「わかった。ひとり三億円ずつ払う。その代わり、極秘捜査は迷宮《オミヤ》入りにしてくれないか。頼むよ」

松岡が肘《ひじ》を使って、上体を起こした。

剣持は嘲笑し、松岡の顔面を蹴りつけた。松岡が倒れ、後頭部を撲《う》った。鼻血を垂らしながら、高く低く唸りはじめた。

その直後、チームの三人が大広間に躍《おど》り込んできた。徳丸が先頭だった。

「もう片をつけちまったのか」

「成り行きで、こうなったんだ。別に抜け駆けしたわけじゃないんですよ」

「わかってらあ。一連の事件《ヤマ》の絵図を画いたのは、やっぱり松岡だったんだな」

「そうです。向こうに転がってる野郎は矢代剛って名で、片桐、岩松、畑の三人を始末した実行犯ですよ。おそらく裏金強奪グループのリーダーなんでしょう」

「そうかい。後は捜査本部の連中に任せよう、三所轄署の裏金の件を含めてな」

「そうですね」

剣持は徳丸に言って、城戸と梨乃に目配せした。

梨乃が素早く松岡に前手錠を掛けた。城戸が矢代に手錠を打つ。

「理事官に連絡して、正規捜査員たちを動かしてもらいます」

剣持は徳丸に笑顔を向け、上着の内ポケットから刑事用携帯電話《ポリスモード》を取り出した。


五日後の夕方である。

剣持たち四人は、『はまなす』の小上がりで祝杯を上げていた。ほかに客はいなかった。

生コンクリートで固められた片桐貴行の遺体が引き揚げられ、一連の事件の黒幕の松岡信之は七件の殺人教唆容疑及び窃盗容疑などで今朝のうちに起訴された。殺人の実行犯である矢代剛と諸星芳紀は、すでに起訴済みだった。

裏金強奪を重ねた元自衛官、元やくざ、傭兵崩れら六人は近く東京地検に送致されるはずだ。総額百十六億円のうち九十億円は、オーストリアとスイスの銀行の秘密《ナンバード・》口座《アカウント》に預けられていた。どちらも松岡の名義だった。

　結衣の行方はわからない。パトロンの言いなりになってしまった自分を恥じ、どこかで生き直す気になったのだろう。剣持は、そうしてほしいと願っていた。

「今夜はみんなで酔い潰れるまで飲もうや。城戸も雨宮も、もっと飲れ《や》。ほら、ほら！」

　徳丸が上機嫌で、仲間たちのビアグラスを満たす。

「徳丸《トク》さん、無理強《じ》いするのは野暮でしょ？」

「わかってらあ。とにかく、一件落着したんだ。めでたいことじゃねえか。だから、みんなで愉《たの》しく飲みてえんだよ」

「佳苗ママと差し向かいで飲むほうが心地よく酔えるんじゃないのかな」

　剣持は、かたわらの徳丸をからかった。

「おかしなことを言うなよ」

「なんの悪巧《わるだく》みをしてるの？」

　佳苗ママが刺身の盛り合わせを運んできた。

「こっちの話だ。佳苗っぺにゃ関係ねえことさ」

「愛想のない男ね」

「男が愛想なくたって、世の中回らあ」

徳丸が口を尖《とが》らせた。

「そうだわ。さっき、『オアシス』のママから電話があって、徳さんが来たら、こないだのお礼を言いたいんで声をかけてって頼まれてたの。彼女、徳さんにちょっと気があるんだと思うわ。後で店に呼んでもいいでしょ？」

「お節介はやめてくれ。おれは別段、女にゃ不自由してねえよ」

「あら、そうなの？　とてもそんなふうには見えないから、仲を取り持ってやろうと思ったのに」

「おれのことより、自分のことを考えろって。鉄火肌もいいけど、少しは女っぽさを出さねえと、男が寄りつかねえぞ」

「そっちこそ余計なお世話よ。わたしのことはほっといてちょうだい！」

佳苗がまくし立て、カウンターの中に引っ込んだ。

「かわいげのない女だよな。ちょっと用を足してくらあ」

徳丸が誰にともなく言い、手洗いに立った。すると、梨乃が小声で提案した。

「ママと徳丸さんを二人っきりにしてあげれば、自然と素直に言葉を交わせるようになるんじゃないかしら？　どっちも照れ屋だから、周《まわ》りに他人《ひと》がいると、心にもないことを口走って強がって見せるでしょ？」

「そうだな。おれたち三人が消えれば、二人の距離はぐっと縮まるかもしれない。よし、おまえら二人は先に店を出てくれ。おれたちは河岸《かし》を変えよう」

剣持は梨乃と城戸を等分に見た。二人が顔を見合わせ、そっと靴を履《は》いた。

「あら、どうしたの？」

佳苗が城戸に声をかけた。

「ちょっと買物に行ってきます」

「煙草《たばこ》の買い置きはしてあるけど」

「そうじゃないんすよ。じきに戻ります」

城戸がママに言い、梨乃とあたふたと『はまなす』を抜け出した。

剣持も、すぐに小上がりから下《お》りた。靴を履いていると、佳苗が訝《いぶか》しんだ。

「あれ、剣持さんも一緒に？」

「城戸たちが急に一番星を見たいなんて言いだしたんだ。童心に返って、おれも一番星を仰ぎたくなってね」

「そういうこと言える大人って、なんか素敵だな。徳さんは信州で子供のころから美しく輝く一番星をたくさん見てるはずなんだけど、そんなロマンチックなことは言いっこないわね」

「徳丸《トク》さんは、ママと同じでシャイなんだよ。しばらく経《た》ったら、必ず戻ってくる。徳丸《トク》さんにそう言っといてくれないか」

剣持は言い置き、急いで表に出た。

一番星どころか、満天の星が瞬《またた》いている。数十メートル先で、城戸と梨乃が待っていた。近場に落ち着ける酒場が何軒かあった。どの店で、時間を潰すか。

剣持は小走りに駆けはじめた。

この作品は2012年8月光文社より刊行されました。
なお、本作品はフィクションであり実在の個人・団体などとは一切関係がありません。

徳間文庫

警視《けいし》庁《ちょう》極秘《ごくひ》捜査《そうさ》班《はん》

2017年1月15日 初刷

著者 南《みなみ》英《ひで》男《お》

発行者 平野健一

発行所 株式会社徳間書店

〒105-8055 東京都港区芝大門二―二―二

電話 編集〇三(五四〇三)四三四九
販売〇四八(四五一)五九六〇

振替 〇〇一四〇―〇―四四三九二

印刷 図書印刷株式会社

製本 東京美術紙工協業組合

ISBN978-4-19-894188-8 (乱丁、落丁本はお取りかえいたします)

大藪春彦新人賞　創設のお知らせ

作家、大藪春彦氏の業績を記念し、優れた物語世界の精神を継承する新進気鋭の作家及び作品に贈られる文学賞、「大藪春彦賞」は、2018年3月に行われる贈賞式をもちまして、第20回を迎えます。

この度、「大藪春彦賞」を主催する大藪春彦賞選考委員会は、それを記念し、新たに「大藪春彦新人賞」を創設いたします。次世代のエンターテインメント小説界をリードする、強い意気込みに満ちた新人の誕生を、熱望しています。

第1回　大藪春彦新人賞　募集

《選考委員》(敬称略)　**今野 敏　馳 星周**　徳間書店文芸編集部編集長

応募規定

【内容】
冒険小説、ハードボイルド、サスペンス、ミステリーを根底とする、エンターテインメント小説。

【賞】
正賞(賞状)、および副賞100万円

【応募資格】
国籍、年齢、在住地を問いません。

【体裁】
①枚数は、400字詰め原稿用紙換算で、50枚以上、80枚以内。
②原稿には、以下の4項目を記載すること。
　1.タイトル　2.筆名・本名(ふりがな)
　3.住所・年齢・生年月日・電話番号・メールアドレス　4.職業・略歴
③原稿は必ず綴じて、全ページに通しノンブル(ページ番号)を入れる。
④手書きの原稿は不可とします。ワープロ、パソコンでのプリントアウトは、A4サイズの用紙を横置きで、1ページに40字×40行の縦書きでプリントアウトする。400字詰めでの換算枚数を付記する。

【締切】
2017年4月25日(当日消印有効)

【応募宛先】
〒105-8055　東京都港区芝大門2-2-1　株式会社徳間書店
文芸編集部「大藪春彦新人賞」係

その他、注意事項がございます。
http://www.tokuma.jp/oyabuharuhikoshinjinshou/
をご確認の上、ご応募ください。

大藪春彦賞選考委員会
株式会社徳間書店